LES FILLETTES
CHANTANTES

ROBERT SABATIER

de l'Académie Goncourt

LES FILLETTES CHANTANTES

Roman

FRANCE LOISIRS
123, boulevard de Grenelle, Paris

Édition du Club France Loisirs, Paris,
avec l'autorisation
des Éditions Albin Michel

© *Éditions Albin Michel, 1980*

ISBN : 2-7242-0 865-X

En ce temps-là, j'habitais un jardin éblouissant. Les parterres de ma vie étaient semés de fleurs que je n'osais pas cueillir.

J'avais seize ans. Le monde m'offrait ses portes, mais je n'en possédais pas la clé. J'étais tourmenté et joyeux. Je n'aimais jamais les jeunes filles qui eussent pu m'aimer. Je fuyais le possible et recherchais un « autre chose » incertain et vague. J'enterrais mes crises d'originalité juvénile sous des émerveillements constants.

Je me souviens de flâneries dans la ville, d'errances en moi, d'apprentissages en désordre. Je gravissais des montagnes imaginaires, je voyais couler des rivières en songe, puis les sommets et les eaux devenaient réels : je rêvais d'amours impossibles et je trouvais, comme une perle, l'amitié.

Au seuil d'une guerre, l'univers apportait des vertiges qui n'étaient pas les miens. J'allais du monde du travail à celui de mes découvertes. Je connus la belle Touraine où le vin chantant pétillait dans les fillettes, je reconnus la rude Auvergne de mon ascendance, et je revenais toujours à mon Paris aux cent villages, aux cent et cent mille visages.

Vous souvient-il de vos amours ? Vous souvient-il de vos beaux jours, de tout cela qui fut le meilleur de vous-même ? Auprès de chacun de nous marche un adolescent fragile et tendre. Il sourit, il sifflote, il nous parle à voix basse, et voilà que nous ne sommes plus seuls, voilà que l'horizon bouché s'ouvre de nouveau devant nous. Comme un livre.

Un

OLIVIER s'était réfugié au sommet d'une tour de rames de papier format double raisin savamment agencée. Ce building, le plus élevé des entrepôts de papeterie, atteignait le haut du hangar sous la verrière du toit en dents de scie. Une souris domestique grignotait les quartiers de pomme que le jeune alpiniste avait jetés sur la poutre. Parfois, sans interrompre son repas, elle levait un museau inquiet, observait le garçon allongé et immobile et revenait rapidement au fruit succulent serré entre ses deux pattes. Olivier la regardait aussi et, le nez froncé, les lèvres serrées, les dents avancées, imitait le petit animal avant de reprendre sa lecture de *La Route au tabac* de Caldwell dont certains passages l'étonnaient.

Entre deux pages, il sortait de sa poche un épais carnet à couverture de molesquine serré par un large élastique et écrivait des vers dont il comptait les syllabes sur ses doigts. Près de lui, un cabas de ménagère usagé contenait quelques livres : *La Machine à explorer le temps* de Wells, *Les Fleurs du Mal*, de petits classiques Larousse, un manuel d'algèbre et un traité de littérature latine trouvé dans les boîtes du bouquiniste de la rue de Montholon, près du square du même nom.

— Olivier ! Olivier !

Il reconnut la voix du contremaître Jacquet. Il murmura : « Oh, la barbe ! » et, après un temps d'immobilité, reprit sa lecture.

— L'artilleur, je sais que tu es là-haut, quelque part !

Le charme était rompu. Olivier soupira, s'étira, cacha le livre et le cabas. L'enfant, mais non ! le jeune homme était vêtu d'une salopette bleue serrée à la taille par une cordelette. Au poignet gauche, il portait un large bracelet de cuir noir fermé par un lacet, comme un cow-boy ou un débardeur. A l'approche de ses seize ans, les cheveux blonds de l'enfance avaient mûri comme du blé. Pour ressembler à Tarzan, il oubliait de fréquenter le coiffeur, au scandale de sa tante, mais il sortait souvent un peigne de poche qu'il mouillait au robinet et lissait les longues mèches au-dessus de ses oreilles en se regardant dans ce miroir de poche orné au dos du portrait en couleurs de Priscilla Lawson. Les lectures sauvages, prolongées sous les draps tard dans la nuit, à la lueur d'une lampe électrique, avaient blessé ses yeux verts d'une myopie qui s'accentuait, mais il refusait les lunettes. L'adolescent s'était étiré, affiné, assoupli : mince, presque maigre, il avait hérité de la solide cage thoracique et de la musculature des siens, les forgerons de Saugues.

Il se dressa, contempla les gratte-ciel de vergé et de vélin, se retint de pousser le cri du roi de la jungle, sauta d'une pile de rames à l'autre en se recevant comme un gymnaste, saisit la chaîne d'une poulie et descendit à la force des bras, les jambes en équerre.

— Un vrai chimpanzé ! lui jeta l'oncle Henri qui passait, en blouse grise, des dossiers de fabrication sous le bras.

Surpris, Olivier lâcha la chaîne, s'étala sur le sol, fit une galipette pour laisser croire que cette chute était volontaire. Il y avait en lui un mélange d'agilité et de gaucherie, de défi permanent et de timidité. Il se sentit rougir et cela l'agaça.

— Jacquet te cherche. Tu lisais encore ?

— Heu, je... Oui, mon oncle.

Il avait bien changé, l'oncle Henri. Comme Bonaparte quand il était devenu Napoléon. Le visage rasé, le cheveu nordique rare, il épaississait et ses vêtements fermaient mal, mais il continuait, par sa haute stature, sa tête dessinée par Dürer, à porter beau.

— Te voilà enfin, dit Jacquet en lissant une moustache gauloise. Ta tante te cherche, bon sang !

— Tout le monde me cherche, dit Olivier.

Dans la cage d'un bureau vitré posé comme un cube au centre de l'entrepôt, la tante Victoria, en costume tailleur anthracite ajusté sur les hanches qu'éclairait un blanc chemisier d'organdi orné de motifs de dentelle, ses lunettes à épaisse monture d'écaille plantées dans son abondante chevelure brune serrée en chignon, avait, elle aussi pris de l'ampleur. Elle était devenue une dame au corsage opulent, se tenant très droit et exerçant sur toutes choses un regard critique et dominateur. « Elle a un port de reine ! » affirmait M. Corriéras, le fabricant d'emporte-pièce, quand il venait le soir pour le bridge, et son fils corrigeait : « d'impératrice ! » Elle régnait sur ce bureau vitré, cerveau de l'entreprise, univers de dossiers à tirettes, de registres à colonnes en toile noire ornés d'étiquettes rouges sur lesquelles des mots se détachaient en épais caractères noirs : *Grand Livre, Journal, Brouillard, Livre de caisse, Échéancier,* etc., avec la masse de la presse à copie de lettre en bronze qu'on n'utilisait plus, les deux machines à écrire, la Royale et la Remington, et ces objets qu'Olivier adorait : le tampon-buvard qui se balance, les punaises qu'une habile pichenette peut transformer en toupies, les attaches-trombones dont on peut faire des colliers, les souples coins de lettres, les épingles qu'on recueille avec un aimant sur le balatum, et tout cela qui rappelait l'école dont il gardait la nostalgie : taille-crayon, porte-plume, grattoirs, encriers, guide-âne. Le perforateur pouvait devenir une source de confettis et les gommes-machine d'amusantes roulettes. Pour Olivier, le bureau devenait lieu de distraction, mais on n'y entrait pas sans frapper auparavant et il devait, comme tous les employés, se soumettre à des rites de respect. « Tu dois donner l'exemple ! » avait dit la tante Victoria.

Quand il n'était pas à l'imprimerie, rue Louis-Blanc, l'oncle Henri préférait travailler sur une vaste planche à dessin posée sur tréteaux dans un lieu retiré, un coin poussiéreux et désordonné, parmi les blocs d'échantillons, les piles de paperasses, les bordereaux piqués sur des pals, les mètres pliants, les compte-fils, sans oublier des piles de journaux dont les titres disaient les heures du jour, *Le Matin, Paris-Midi, Paris-Soir,* cependant que d'autres, sans l'habitude, eussent paru énigmatiques comme *L'Excelsior* ou *L'Intransigeant,* mais le plus consulté de tous était *La Veine,* journal de courses aux tableaux marqués de crayon rouge ou bleu.

Avant d'entrer dans le bureau de sa tante, Olivier fit un détour par les lavabos. A la fontaine d'émail bleu, il but une lampée d'eau, mouilla sa tignasse et la coiffa, remonta sa cravate et fit quelques poses devant le miroir ébréché.

– T'es beau, va, t'es beau ! lui jeta Lucien, l'apprenti venu de l'imprimerie pour chercher des rames et se cachant pour fumer une Naja.

Olivier se balança sur ses jambes, choisit une grimace très niaise et la lui dédia, avant que son visage ne se chargeât d'une vague menace : il était d'usage que ses jeunes compagnons le traitassent de « neveu de singe ». Lucien jeta une petite suite de ronds de fumée et ajouta ironiquement : « Je dis qu' t'es beau et t'es pas heureux... D'ailleurs, je sais pour qui tu fais le joli cœur ! »

Haussant les épaules, Olivier marcha vers le bureau, les pouces dans sa ceinture, avec un air dur de dur. Tandis que la tante Victoria accompagnait un visiteur vers la sortie, il pénétra dans la cage vitrée. Son visage s'adoucit. Devant la machine à écrire Remington se trouvait la jeune fille : c'était Jeannette, qu'on appelait Ji, sa petite-cousine, celle qu'à Saugues, alors qu'il était encore un enfant, il avait conduite à Pompeyrin sur la bicyclette de l'oncle Victor. Avec elle, il avait cueilli d'inoubliables airelles dans la forêt sauguaine. Depuis il lui vouait un culte et lui dédiait des sentiments passionnés d'une extrême complication.

De trois ans son aînée, elle était devenue cette radieuse présence au teint velouté, au visage poudré de pastel, lumineuse, rayonnante, des lèvres douces d'un rose orangé aux yeux couleur noisette où dansait une moqueuse flamme verte, avec cette mèche châtain se détachant de cheveux bruns coupés court, à la Irène Castle. La robe fleurie, les ongles longs vernis au Cutex, les chaussures de cuir blanc ajoutaient à ce festival de nuances. Penchée sur le bas rayonne moulant sa jambe droite, elle tentait d'arrêter l'échelle d'une maille filée au moyen d'un bâtonnet de carton enduit d'une sorte de cire qu'on humectait du bout de la langue. Elle jeta :

– Zut ! Zut ! Flûte et crotte !

Ses lèvres crispées montraient sa mauvaise humeur devant cette plaie des élégantes : la maille qui file. Elle jeta vers Olivier un regard sans tendresse, comme si elle le tenait pour responsable, et elle tira brusquement sa robe sur ses genoux. Olivier trouva qu'elle ressemblait à Danielle Darrieux, et, par déférence, inversa sa phrase :

– C'est fou ce que Danielle Darrieux te ressemble !

– Tiens ! Nouveau ça. La semaine dernière, c'était Janine Darcey.

Il ne nia pas. Il retrouvait Ji dans tous les visages des étoiles qu'il admirait. Quand, après avoir vérifié le vernis de ses ongles, elle se retourna, ce fut pour fixer les pieds d'Olivier avec un sourire ambigu.

– Qu'est-ce qu'ils ont mes pieds ?

– Oh, rien...

Il s'assit derrière le bureau pour dissimuler ce que le beau Gil et Lucien, les arpètes, appelaient ses « pompes à la Charlot ». Il finissait d'user les bottines de l'oncle Henri, de trois pointures trop grandes. Avec une indifférence feinte, il regarda vers la pendule octogonale, cependant qu'en lui-même, il se répétait : « Je l'aime, je l'aime, je l'aime ! »

- Tu me taperais un poème, Ji ?
- Si tu veux, mais pas aujourd'hui.

Il détacha un feuillet du carnet de molesquine et le lui remit. Il s'agissait d'une manière détournée de confier à Ji les poèmes d'amour qu'elle lui inspirait. Il lui demanderait avec détachement son opinion et elle lui répondrait : « C'est pas mal... » avec une indifférence réelle qu'Olivier imaginerait feinte : comment résister au charme de ces octosyllabes fleuris de symboles et chargés de sens secrets ?

« Pour l'instant, ce n'est qu'un appel d'offres... » disait le monsieur de la Lyonnaise des Eaux en remettant son chapeau, et la tante répondait : « Vous verrez que notre devis sera concurrentiel, et nous pourrons toujours en reparler... » Cela avec un léger battement de cils, les belles dents blanches, dans leur écrin de lèvres carminées, mordant une branche de lunettes.

Quand elle revint vers le bureau, Olivier se leva rapidement et détacha son regard de la nuque de Ji. Il lui sembla lire de la malice dans les yeux de sa tante et il rougit une première fois de confusion et une seconde d'avoir rougi.

- Vous me cherchez, ma tante ?
- Depuis pas mal de temps. Tu passes à l'imprimerie. Tu prends les têtes de lettre du cabinet Roux. A livrer sans faute avant midi. Hullain te remettra le bon de livraison. N'oublie pas de le faire signer. Tu m'écoutes ?
- Oui, ma tante.

« Je l'aime, je l'aime, je l'aime... » : voilà ce qu'il se répétait. Et il doutait maintenant de son poème. « A quoi pense-t-elle ? » se demandait-il. Elle gommait une faute de frappe avec un joli mouvement du bras arrondi. Puis, insidieusement : « A *qui* pense-t-elle ? » Il ressentit une blessure intérieure, entendit la voix de sa tante :

- Allons, Jean de la Lune, dépêche-toi !
- Ben... C'est-à-dire que... Au cabinet Roux... Tout ce

papelard... Évidemment, évidemment... Cela fait partie de mes attributions... Par conséquent...

« Mon Dieu, ce qu'on est bête à cet âge-là ! » dirait la tante Victoria, et Ji, en détachant sa feuille du chariot, prendrait un air de complicité apitoyée.

*
**

Sur le quai surélevé où l'on chargeait et déchargeait les rames de papier, deux magasiniers en blouse bleue poussaient des diables. Jacquet, la poche de sa veste chargée d'une quantité incroyable de crayons et de stylos, écrivait sur un bloc-notes avec un crayon à l'aniline qui lui violaçait les lèvres. Olivier et Lucien marchèrent vers l'imprimerie portant chacun une rame de lourd bristol. Heureusement, la rue Louis-Blanc était proche : il suffisait de traverser le canal Saint-Martin. Depuis que l'oncle Henri avait fondé cet atelier d'imprimerie, en face des 100 000 Chemises, c'était une continuelle navette, avec, pour Olivier, un arrêt plus ou moins long sur le pont du canal, le temps de rêver au voyage en voyant glisser une péniche. L'oncle avait voulu unir la fabrication au négoce, l'imprimerie lui donnant une idée de création. Aux approches d'une belle soixantaine, ses nostalgies d'homme de théâtre s'étaient atténuées, et les vagabondages de son imagination qui l'entraînaient sur quelque scène lointaine d'où s'élevait sa voix de baryton Martin, mis au repos, s'étaient métamorphosés en moments de mélancolie souriante. Lui qui, quelques années auparavant, se souciait tellement de vêtements de qualité, de lainages anglais comme en portent les gentlemen, n'aimait plus que troquer la veste pour la blouse. Paradoxalement sa coquetterie apprêtée s'était transformée en véritable élégance. Les cigarettes Celtiques avaient remplacé les havanes et les manilles, le vin le thé, et il se rendait volontiers à la brasserie La Cigogne pour boire des chopes de bière alsacienne qui l'épaississaient. Il ne se plaisait plus qu'au travail ouvrier, son plaisir étant de palper du papier, de compter les feuilles, de les aligner, de les plier avec d'habiles mouvements, en amoureux de la matière. Laissant à sa femme la haute direction, à Jacquet et à Hullain les soins de la papeterie et de l'imprimerie, il aimait flâner parmi les machines, jeter un regard sur une feuille fraîchement imprimée, donner des indications çà et là. Il en revenait au temps où il était grouillot au journal *Le Matin*.

— *Thank you* pour le coup de pogne, dit Lucien à Olivier.

Ils déposèrent les rames sur une pile près du massicot et jouèrent au plus fin en se dédiant une ironie réciproque, des attitudes « mariolles », le quolibet toujours prêt à fleurir.

Émile le massicotier accompagna d'un sifflement impératif un geste du pouce désignant la livraison du cabinet Roux.

— Vous m'aidez à charger ? demanda Olivier sans espoir.

— Des queues Marie, répondit Émile, je suis ouvrier du Livre, pas ouvrier des Transports.

Jouant au costaud, Olivier souleva deux piles de paquets d'un coup en les coinçant sous son menton pour les porter jusqu'au triporteur Juéry peint en vert qui attendait devant le trottoir.

L'atelier d'imprimerie se divisait en trois parties. Au fond se trouvait la typographie avec ses hautes rangées de casses, où travaillait le père Hullain, le Lillois, qui était aussi prote, c'est-à-dire maître du vaisseau, un grand amateur de Boyards maïs et de prises de tabac qu'il puisait dans une tabatière de corne à lacet de cuir terminé par un nœud, en compagnie du beau Gil qui en était à sa troisième année d'apprentissage et travaillait comme un ouvrier qualifié, de Nestor le bossu dont l'haleine sentait l'oignon et qui était un brave type bien qu'un peu « rasoir », enfin d'Olivier quand il n'était pas soumis aux corvées subalternes.

Après le marbre qui formait séparation, c'était l'imprimerie proprement dite, avec ses trois Express de fabrication allemande, une Centurette pour les grands formats, une

Phénix, deux Gordon et une Minerve pour les travaux de ville. Vers la rue, avant un minuscule bureau, trônait le massicot près de l'emporte-pièce, de la piqueuse, de la raineuse, d'une scie pour les bois des clichés et d'une vaste table réservée à l'emballage et aux travaux de brochure. Là travaillaient le gros Émile aux joues et au nez vernis par l'abus du vin et du fil-en-six, et qui ressemblait à l'acteur Jim Gérald, et le brocheur Félix dit le Chat. Celui-là, Olivier ne l'aimait guère, car son plaisir était de roter bruyamment en ajoutant finement : « Raccrochez les wagons ! » Il discourait comme un dictateur en mêlant les notions les plus absurdes, parlait politique comme s'il était le confident des grands de ce monde, avec des sous-entendus menaçants.

Les imprimeurs étaient le grand David, militant syndicaliste, « mauvais esprit » selon la tante Victoria, Lucien encore apprenti, et, enfin, le plus cher à Olivier, le cousin Jean qui, avec Élodie, l'avait hébergé rue Labat après la mort de sa mère. Deux ans plus tôt, il avait quitté les savantes quadrichromies de l'Imprimerie Transatlantique pour devenir conducteur des Express chez Desrousseaux. Olivier aimait le rejoindre, s'asseoir sur une caisse près des machines. Il se tenait là, silencieux, le regardant procéder à ses mises en train au moyen de petits papiers qu'il collait selon un système méticuleux au dos de la composition sous certaines lettres ou sur la plate-forme recevant le papier. Jean et Olivier étaient ensemble, simplement, avec leurs pensées, et ils se souriaient. Ils le savaient qu'entre eux passaient des souvenirs de la rue Labat où Jean et Élodie habitaient toujours le même logis au coin de la rue Bachelet, depuis six années déjà puisque l'on était en 1938. Olivier, sans cesse, posait des questions sur une période de son enfance lointaine, avant la mort de sa mère, et qui s'était effacée de sa mémoire après le choc qu'il avait reçu, mais Jean ne pouvait toujours apporter des réponses et un grand trou noir demeurait.

Dans le bruit des Express dont les bras mécaniques

tournants prenaient la feuille blanche sur une pile et la reposaient imprimée sur une autre pile, Olivier disait :

– Et Mme Haque ?

Ou bien : et mon copain Loulou ? et Capdeverre ? et Jack ? et Mme Papa ? et la mère Grosmalard ? et... Un soir, il avait levé les yeux et dit à Jean qui chargeait sa machine de papier 21 × 27 :

– Maman...

Ce seul mot avait humecté les yeux de Jean et il avait détourné le regard, car cela lui rappelait des souvenirs du début de son mariage, quand le couple sans argent vivait péniblement. Il était très doux, Jean, il cachait un cœur sentimental derrière un sourire entendu, plein de sagesse, comme s'il se moquait de lui-même. Il avait aussi une manière particulière de taper sur l'épaule d'Olivier en disant : « Ça va, mon pote ? » Rue Labat... et ceux dont Olivier ne parlait pas et qui avaient disparu : Bougras le trimardeur dont il gardait une bague trop petite pour son doigt, L'Araignée dont il possédait les livres, le Schopenhauer et le Marie Bashkirtseff.

Qui savait qu'Olivier, seul dans quelque coin ou dans l'obscurité des draps, se livrait à des efforts de mémoire ? Du trou ombreux, parfois quelque image remontait à la surface et s'éloignait avant qu'il pût la saisir. Il ne voyait que la boutique de mercerie, des allées et venues, des présences vagues, une impression plutôt agréable. Il lui arrivait de ressentir que sa mère avait emporté, en même temps que sa propre vie, le passé de l'enfant dans la tombe. Tout se fondait en zones lointaines comme les souvenirs qu'on peut garder de son état de bébé, mais pour Olivier, c'étaient plusieurs années qui disparaissaient. Il n'osait pas questionner, un instinct lui commandait de garder ces pensées secrètes ; cependant, dès que commençait dans sa solitude sa recherche de l'« avant », il éprouvait une oppression telle qu'il en tremblait comme un malade.

Le triporteur étant chargé, Olivier consulta la montre à chemin de fer que lui avait offerte l'oncle Victor. Il s'accorda un temps de répit et se promena parmi les bruyantes machines. Lucien margeait des cartes de visite sur la Minerve, David lavait au pétrole les rouleaux enduits d'encre grasse de la Centurette et les Express de Jean agitaient leurs bras métalliques dans un bruit de soufflerie.

– Ça ira, mon pote ? demanda Jean.

– Je vais livrer rue de Châteaudun.

– C'est bientôt les vacances... cria David, les mains en porte-voix, et on le lui fit répéter pour le plaisir et la mise en boîte.

Une fois de plus, Olivier passa le peigne dans ses cheveux. Il fit craquer une allumette pour allumer une de ces Parisiennes qu'on vendait par paquet de quatre aux petites bourses.

– Tu veux me rendre un service ? demanda Jean. Tu passes au Roxy, rue de Rochechouart, et tu me loues deux places pour vendredi soir...

– J'avais compris. On joue quoi ?

– *Alerte aux Indes*, avec Sabu, et en attraction Réda Caire.

– J'aime mieux Charles Trenet.

– Tiens, tu garderas la monnaie pour t'acheter un bouquin ou de la brillantine comme l'autre fois...

– Non, non, il n'y a pas de raison.

Olivier savait que Jean économisait patiemment afin de pouvoir offrir à Élodie ce manteau façon Yémen dont elle rêvait et qu'il paierait en quinze mensualités de quatre-vingts francs.

– Bon, hue dada !

Il se mit en danseuse pour faire démarrer le lourd triporteur, tendit le bras et prit sa place dans la file d'automobiles. Ce serait dur jusqu'au pont de la rue Lafayette. Ensuite, la pente lui permettrait d'écarter les jambes du pédalier fixe et de se sentir comme un cavalier.

***

Sa livraison effectuée, il s'assit sur la selle du tri et posa ses pieds sur la caisse. Gravir cinq étages avec tous ces paquets, quelle corvée ! Et dire qu'il existait un ascenseur, mais voilà : pas question d'être autorisé à s'en servir. Le Roxy pouvait attendre un peu. Ce quartier du IXe arrondissement était le paradis des amateurs de bouquins. Il n'osait pas entrer dans les boutiques, mais devant chaque vitrine se trouvaient des caisses abondamment garnies. Dans les rues de Châteaudun, Montholon, Notre-Dame-de-Lorette, de la Victoire, Olivier glanait des recueils de poèmes, des romans, des essais. La petite armoire de sa chambre en était pleine, et aussi le devant et le dessus de la cheminée, le rayonnage supérieur de la penderie. Une idée en amenant une autre, il ne cessait d'aiguiser sa curiosité. Il lisait non par souci d'apprendre, mais par délectation. Il ignorait même que ses lectures passionnées le façonnaient. Il composait ses heures de lecteur comme un bon repas, avec sel et sucre, eau pure et vin enivrant. Il ne lisait pas pour charmer sa solitude, mais pour découvrir des domaines ignorés et il y avait toujours un miracle : la découverte d'un livre venu vers lui au moment où il éprouvait le besoin de le recevoir pour qu'il lui parlât à l'oreille. Cette incessante fringale lui posait des problèmes d'argent que résolvaient en partie le don hebdomadaire de l'oncle Henri, des pourboires reçus çà et là, et l'argent de petits travaux aux pièces dans sa chambrette. Certes, la bibliothèque municipale du Xe arrondissement lui fournissait deux livres par semaine, mais cela ne lui suffisait pas. Et puis, il souhaitait avoir des livres bien à lui. Ce matin-là, celui qu'il cherchait ne se trouvait pas chez les bouquinistes. Alors il se décida à entrer à la librairie Caffin et à demander au vendeur :

— Je voudrais *Moravagine* par Blaise Cendrars. C'est combien ?

Le vendeur parcourut les rayons et les tables du regard et bougea négativement la tête :

— Je ne l'ai pas. Tu pourras dire à ton patron que je peux l'avoir pour vendredi matin.

– Ah ? Mon patron... C'est-à-dire... Enfin, je verrai. Merci quand même.

Débrouillard, déluré en certains endroits, les librairies l'intimidaient. Alors, pour ne pas partir sans rien, il choisit *Le Neveu de Rameau* dans une édition bon marché.

Un peu plus tard, au Roxy, il demandait deux places au premier rang du deuxième balcon, et, là encore, la caissière à cheveux bleus lui dit :

– Tu diras à la personne qu'il n'y a plus que des derniers rangs au premier balcon.

– La « personne » c'est moi, dit Olivier avec impatience. Je prends.

La dame lui tendit deux billets mauves marqués de numéros au crayon rouge en maugréant : « Bien sûr, tu n'as pas de monnaie... »

Olivier pensa : « Ce que je dois avoir l'air cloche ! » Il leva le menton et se para de dignité pour flâner dans le hall en regardant les portraits des jeunes premiers. S'il apprécia Gary Cooper et Robert Taylor, il trouva qu'Henri Garat faisait séducteur à la mie de pain et que Don Amèche arborait un sourire idiot.

*
**

Quand Olivier freina devant l'imprimerie, les ouvriers sortaient et il remit ses billets de cinéma à Jean en refusant nettement de garder la monnaie. Pour rejoindre Montmartre, Jean prenait son pas de coureur. Il effectuait le trajet en ving-cinq minutes, passait une demi-heure avec Élodie, le temps du repas, et revenait avec la même hâte, car la pendule pointeuse espionnait les retards. « A la soupe ! Bon app' les gars ! » et l'on se sépara. Olivier alla se changer aux entrepôts. Le raglan à carreaux et à martingale hérité du cousin Marceau, bien que trop long, lui seyait, mais les poches pleines de livres bâillaient. Chargé de la commission quotidienne du pain, il prit deux polkas farinés et rejoignit l'immeuble du faubourg Saint-Martin.

La tante Victoria, quand elle le pouvait, rentrait avant midi pour surveiller la préparation du repas mijoté par Marguerite, « la servante au grand cœur », comme l'appelait Olivier qui avait ses lectures. La cousine Ji déjeunait avec eux. Olivier se dissimula sous le porche d'une porte cochère près du « Légumes cuits » aux odeurs de poireau et d'artichaut et attendit sa venue, de manière à emprunter l'ascenseur en sa compagnie. « Je l'aime, je l'aime, je l'aime ! » disait la litanie secrète tandis qu'il regardait une marchande des quatre-saisons recouvrir son chariot de bâche verte.

Le soleil de mai était d'une douceur exquise. Des employés de bureau, des dactylos, des ouvriers mangeaient des casse-croûte ou puisaient dans des gamelles à compartiments, assis sur les bancs de bois jaunâtre où ils se pressaient, tandis que d'autres s'étaient installés sur le rebord du trottoir, près des cageots de légumes et des épluchures. Certains lisaient *Match,* d'autres *Marie-Claire* ou *Le Film complet.* Passaient des élégantes en gants de fil blanc portant de petits chapeaux de paille coquins, des bibis chargés d'oiseaux, de fruits ou de fleurs. Des messieurs bien mis jetaient leur canne au-devant d'eux d'un geste conquérant. Des rentiers glissaient l'index sous le col amidonné.

Ses pains sous le bras, Olivier vit défiler un employé du gaz, un facteur des PTT à la sacoche vide, des charpentiers en falzar côtelé, deux sergents de ville en pèlerine qui transpiraient, une file d'hommes-sandwiches en frac chiffonné, un groupe de maçons ou de peintres mis en blanc, tout cela qui composait la physionomie vivante du faubourg et qu'on ne se lassait pas de regarder dans ce décor d'immeubles honnêtes, d'imposants étalages de grainetiers aux sacs recouverts de filets, de fruitiers, de maraîchers, de poissonniers aux étals lavés au jet d'eau luisant, de boucheries à grilles aux quartiers de viande laquée de rouge sombre, de charcuteries aux jambons roses et aux grappes de saucissons, avec soudain le mystère d'une cour pavée ou la pauvreté décente d'un gagne-petit.

Il flottait un parfum de lilas, des odeurs de vêtements et de peinture fraîche, des fumets de viande bouillie, et voilà qu'une famille endimanchée suivait un petit garçon, brassard de premier communiant au bras, un missel à la main ; le coiffeur avait sculpté un cran dans sa chevelure et l'enfant se figeait dans la dignité des bonnes résolutions. Une marchande, pour se protéger du soleil, portait une feuille de chou en guise de chapeau. Un aveugle qui montrait des souris blanches jouait de la flûte et toute la tendresse du monde s'organisait autour de sa musique.

Ji ne serait-elle pas déjà entrée dans l'immeuble ? Quelques instants d'attente encore, puis, devant les yeux d'Olivier le spectacle du faubourg se brouillait, les couleurs pâlissaient, les bruits s'atténuaient devant une présence : Ji marchait comme on danse et il ne voyait plus que sa démarche souple, sa longue taille, son visage lumineux comme une lampe. Une robe imprimée de feuillages et de fleurs faisait penser à un jardin qui marche au soleil. Elle portait sous le bras un sac de paille tressée et tenait à la main un béret bleu. Ses lèvres orangées remuaient comme des baisers sur quelque refrain, à moins qu'elle ne répétât les mots magiques : « Pomme-poire-pêche-prune » qui font les bouches jolies. Olivier sortit de sa cachette et se plaça devant la porte de l'immeuble, s'efforçant au naturel, à l'indifférence, avec ses pains qui laissaient des traces de farine sur sa veste.

— Tu m'attendais ? demanda Ji.

— Pas spécialement. J'arrive juste.

Elle sourit. Chaque jour, le même scénario se déroulait : il pénétrait dans l'immeuble, lui tenait la porte vitrée, se précipitait vers l'ascenseur, disait « Après toi... » et il tirait la grosse corde de l'Eydoux-Samain hydraulique qui montait lentement, mais trop rapidement au gré du garçon, en faisant poum-pa-poum. Dans l'étroite cabine, il se serrait contre elle, sentait le parfum de poudre de riz qui se mêlait à l'odeur des pains chauds. Au coin de la lèvre, Ji portait une légère cicatrice et, près du menton, se trouvait un grain de beauté. « Je l'aime, je l'aime à en mourir ! » se répétait Olivier.

    – Cesse de me regarder comme ça !

Il répondit brusquement, un ton trop haut, qu'il ne la regardait pas « comme ça » et ajouta : « Si on ne peut plus te regarder ! » Elle mordit l'extrémité du pain d'une bouche gourmande. Encore un étage et le charme disparaîtrait. Vite, il murmura :

    – Ji, Ji, je t'...

Il n'osait pas dire à haute voix ce qu'il se murmurait tout bas. Et elle : « On ne croirait pas que tu es mon cousin, sale gosse ! » Il rétorquait : « Cousin issu de germains, et je ne suis plus un gosse ! » Elle passait ses ongles le long de sa joue pour mimer : « Quel rasoir ! » et le coin de ses lèvres se crispait. L'espace d'un instant, il la détestait.

*
* *

Depuis le jour mémorable où, accompagné de son oncle, Olivier, les yeux humides, la chevalière de Bougras au doigt, avait passé cette grande porte palière, l'appartement n'avait guère changé. De quart d'heure en quart d'heure le carillon Westminster apportait sa gravité sonore. On frottait longuement ses semelles sur le tapis-brosse marqué d'un grand D sous le regard de Marguerite en tablier de soubrette ou de Louise, la nouvelle bonne qui se disait femme de chambre.

Devant le lavabo double, les jeunes gens se lavaient les mains ensemble et Olivier effleurait les doigts de Ji en lui prenant la savonnette. Tandis qu'ils s'essuyaient à la même serviette nid d'abeilles, leurs regards se rencontraient un instant dans le miroir. Ji se penchait sur ses bas et son corsage bâillait légèrement. Il faisait soudain très chaud.

– Allons, vite, à table ! disait la tante Victoria tandis que Marguerite jetait pour la forme : « Madame est servie ! »

Le temps de parcourir le couloir en coude, de traverser l'antichambre aux panneaux de laque, aux vitrines présentant des souvenirs de théâtre, à la moquette à damiers, et Olivier se métamorphosait. Initié aux « bonnes manières » par son oncle et sa tante, imitant l'élégance innée de Marceau, il laissait sa gouaille au vestiaire pour devenir ce jeune garçon bien élevé, attentionné, qui présentait la chaise à sa tante et attendait pour la pousser doucement. Qui aurait pu reconnaître le livreur en salopette conduisant son triporteur rue Lafayette ? Or, Olivier restait naturel ici comme ailleurs, à moins que la vie sociale ne fût qu'une comédie continuelle destinée à être minée autant que vécue.

– Olivier, si tu ôtais ce ridicule bracelet de cuir ?

– Bien, ma tante.

Il leva les yeux vers le lustre de cristal de Venise, guettant quelque tremblement des pendelopes, en souriant aux anges. Il évitait maintenant le regard de la belle Ji, posait sa serviette sur ses cuisses avec un soin exagéré.

– Je prendrais volontiers de la salade verte.

Avant de prononcer cet alexandrin, il se l'était répété plusieurs fois jusqu'à rendre sa phrase abstraite. En se servant, il émit un petit rire que personne ne comprit. Cette phrase : « Je prendrais volontiers... » lui semblait cocasse. Et il ajoutait un octosyllabe : « Et pourquoi pas un peu de pain ? »

Comme toujours, la conversation porta sur les menus événements de l'imprimerie et des entrepôts, les jeunes gens laissant parler leurs aînés. Ils n'étaient que quatre à la grande table rectangulaire, séparés par une distance absurde. Seul le passage des plats créait un lien, une chaîne de mouvements allongés dus à la multiplicité des compartiments du grand plat de crudités.

Au repas de midi, Jami, le plus jeune des deux cousins d'Olivier, restait à son école des Francs-Bourgeois près de la

Bastille. Il était devenu un garçon studieux et sa taille, héritée de son père, se développait sans cesse, laissant augurer un futur géant dont il avait déjà le visage débonnaire. Si Olivier continuait à lui faire subir son influence, comme il ressentait lui-même celle de l'aîné, Marceau, Jami, obscurément, avait sa vie propre, ses pensées secrètes traversées d'éclairs religieux et de problèmes personnels qu'on respectait. Entre deux devoirs, il disait à Olivier : « Joue avec moi ! » Cela se passait toujours dans l'antichambre où il s'installait en spectateur sur le canapé encastré dans le meuble d'acajou. Aux inspirations nées de la cape et de l'épée ou des bandes dessinées avaient succédé d'autres représentations : Jami était le seul devant qui Olivier déclamât des poèmes, les siens et ceux de Verlaine et de Rimbaud, de Baudelaire, de Maurice Rollinat ou du poète belge Iwan Gilkin qu'il avait découverts dans une anthologie. Il mêlait ses productions personnelles à celle des poètes qu'il imitait. Les sourcils froncés, Jami écoutait sagement, sans savoir qu'Olivier guettait sur ses traits une acceptation ou un refus.

L'oncle et la tante parlaient maintenant de l'emprunt-express de Paul Reynaud à six pour cent et se livraient à des calculs.

Pour rien au monde, Olivier n'aurait confié ses vers à Marceau qui fréquentait des œuvres plus nouvelles et aurait ironisé sur le tambour des alexandrins. Il est vrai que le pauvre cousin n'était pas à Paris. Sa triste jeunesse, minée par la tuberculose, son caractère ombrageux et nerveux l'avaient condamné à de constants exils. Durant une année, il avait été à Rambouillet le pensionnaire d'un collège destiné aux jeunes gens ayant besoin de discipline. Il ne venait alors à Paris que toutes les deux semaines, le temps de se dépouiller d'un austère uniforme d'écolier (Olivier avait hérité de la capote de laine bleue, ce qui lui donnait des airs de chauffeur de grande remise) et de courir au café *Le Floréal* pour retrouver sa bande, ses « mauvaises fréquentations », comme disait la tante Victoria, mais qui étaient les seules à le distraire. Un an auparavant, il était rentré en milieu de semaine, hâve, décharné, le rouge de la maladie aux pommettes, avec un mot du directeur. A bout de forces, il s'épuisait en toux sèche, et la tante Victoria dut l'accompagner, en Haute-Savoie, tout d'abord, puis en Suisse, au sanatorium Sylvana où un professeur de médecine traitait les pulmonaires à la tuberculine. La tante, parlant de lui, murmurait : « le pauvre enfant », comme la mémé de Saugues disait « le pauvre pépé » en parlant du grand-père d'Olivier, Auguste, le maréchal-ferrant, mort deux ans plus tôt, de son « mal » comme il disait, laissant sa vieille compagne aux soins de l'oncle Victor. Lorsque, faisant le jeune costaud, Olivier soulevait et faisait basculer sur son épaule d'énormes rouleaux de papier d'emballage, l'oncle Henri le regardait et il croyait surprendre un regret dans son attitude : « Tu es en bonné santé, toi... »

Quand Marguerite apporta la tête de veau sauce gribiche entourée de pommes de terre cuites à l'eau, l'œil de l'oncle Henri brilla de convoitise, tandis qu'Olivier, regardant quelques poils qui subsistaient sur la viande, pensait : « Dire qu'il va falloir avaler ça... » Il aurait aimé que la conversation prît un tour plus littéraire comme cela arrivait quand la tante Victoria avait ses moments romanesques, mais en cette année 1938, pleine de menaces, les sujets s'apparentaient à des tragédies ignorées du jeune homme en proie à sa crise adolescente, à ses agressivités juvéniles et à ses enthousiasmes refoulés.

– « Le veau d'or est toujours debout », dit-il finement en regardant le plat passer de main en main.

Il savait que cette phrase évoquerait pour l'oncle Henri le *Faust* de Gounod et que, intérieurement, il fredonnerait la suite : « Il encen-en-en-ense la puissance-an-an-ance... » Bref regard de la tante Victoria et reprise de la conversation où il était question de la concurrence des Papeteries Navarre et d'un marché en cours avec les Avions Marcel Bloch mais qui supposait une extension du négoce pour fournir en rouleaux de calque et en matériel de dessin les importants bureaux d'études.

– L'aéronautique militaire se développe et c'est mauvais signe, dit l'oncle Henri, les efforts de guerre ne sont jamais vains.

Et, s'adressant à Ji et à Olivier :

– Ah ! jeunes gens, jeunes gens, je ne vous envie pas !

Il disait aussi : « Avoir votre âge et savoir ce que je sais ! » et Olivier se demandait ce qu'il pouvait bien savoir, quels secrets révélés par la fuite du temps.

L'année précédente avait été celle des procès de Moscou, d'une guerre qui se livrait entre grandes puissances par Espagne interposée, l'année des pertes d'illusions du mouvement ouvrier, où l'on avait fait référence à des noms bizarres : Cagoule ou Croix-de-Feu. Tandis que le monde craquait de partout, que rugissaient les dictateurs, que Charles Maurras visitait le général Franco, qu'on parlait des fonds secrets du colonel de La Rocque, au cœur du désordre et de la fureur avait surgi la fausse trêve de l'Exposition internationale dont les bâtiments s'étaient élevés en dépit de tout, inaugurés par un Albert Lebrun en jaquette et haut-de-forme, et l'effrayant face à face du pavillon allemand surmonté d'un aigle et du pavillon soviétique avec son couple musclé brandissant la faucille et le marteau. Et ces deux fresques : la tragique *Guernica* de Picasso et la prometteuse *Fée Électricité* de Dufy. Et les infinis du Planétarium, et les rires de la chenille ou le voyage du *Scenic Railway*. Et cet immense panneau aux dessins composés par des milliers d'ampoules lumineuses... Olivier, fasciné, n'oublierait pas, mais pour la plupart, ces émerveillements s'enfonçaient déjà dans un passé lointain.

Olivier recevait le feu de tant d'événements sans toujours bien chercher à les comprendre. Il écoutait les rumeurs, il humait l'actualité, il mesurait les opinions des Desrousseaux et celles diverses des ouvriers et des magasiniers et ne retenait de leur choc qu'un tourbillon sonore, une sorte d'énergie vitale. Il arrivait que, la journée terminée, Jacquet, ancien combattant et partisan du colonel de La Rocque, glissât des chutes de papier sous son feutre pour se protéger lors des manifestations, tandis que David empoignait sa canne plombée qui avait appartenu à son père, un dreyfusard, pour rejoindre les formations communistes, et, le lendemain, à l'atelier, l'antagonisme avait presque disparu devant les nécessités du travail.

Le cousin Marceau affectait de ne pas évoquer la politique avec ses parents, confiant à Olivier que le dialogue avec les bourgeois restait insignifiant, ou bien il se contentait de phrases brèves, lapidaires, pas toujours claires, s'adressant à des gens qui ne voyaient l'avenir de la société qu'à travers leur progression sociale. « Ça lui passera ! » disait la tante Victoria et l'oncle Henri avouait que le point de vue de son fils, même s'il reposait sur des bases faussées, était intellectuellement intéressant. Pour Olivier, le cousin Marceau représentait un introducteur à des œuvres littéraires et artistiques échappant au commun des mortels. Ses jugements étaient toujours définitifs et tranchants. Il rejetait les auteurs favoris de la tante Victoria vers l'académisme et prônait des enthousiasmes successifs pour Céline, puis Malraux aimé et détesté, pour Freud et Marx. Il réservait une permanence admirative aux surréalistes (il avait lu à Olivier *L'Amour fou*) et, dans ses dernières lettres, parlait des jeunes Mounier et Sartre.

Comme Marceau, Olivier se taisait sur les grands problèmes, sans doute parce qu'il ne les percevait qu'en désordre. S'il laissait glisser une imprudente phrase, la tante Victoria rétorquait : « Tu es trop jeune pour avoir des opinions ! » et c'était comme s'il avait commis une faute grave, porté son couteau à sa bouche ou mangé les fruits avec ses doigts. « Bon ! mets ton mouchoir par-dessus ! » pensait-il.

— Du fromage ? ma petite Ji.

— Non merci, ma cousine.

Le repas durait longtemps, avec des pauses entre les plats. Olivier, las d'être assis, se tortilla sur sa chaise. Et voilà que l'oncle et la tante parlaient de restaurants, se disaient « fines gueules », puis sans transition des Sudètes, de l'Anschluss, car la tante avait dit finement : « Marguerite, vous m'avez *anschlussé* mon couteau... » Et l'oncle : « Marguerite, le bordeaux est trop frais. » Pour apprivoiser Ji, toujours un peu en retrait, la tante la félicitait de sa jolie robe, parlait d'une veste de faille noire, et voilà que le maintien, l'hygiène, la beauté avec son cortège de fards, de poudres, de crèmes, apparaissaient au premier plan, tandis que l'oncle Henri, ne parvenant pas à terminer ensemble le fromage et le vin, reprenait tantôt de l'un, tantôt de l'autre.

— A peu de frais, disait la tante, une femme ou une jeune fille moderne peut avoir une bonne tenue...

Elle tordait un peu, car sa gaine moulante la gênait. Plus tard, Ji dirait : « A peu de frais... évidemment, si elle vivait avec mille deux cents francs par mois, elle verrait... »

Olivier n'osait trop regarder Ji : ne lirait-on pas ses sentiments sur son visage comme dans un livre ? Il se contentait d'observer le mouvement de ses mains épluchant une orange. Les longs doigts semblaient danser autour de la sphère granuleuse qu'ils déshabillaient. Ils s'arrêtaient à un point fort de la conversation et l'orange semblait tenir par miracle au bout des ongles.

— Marguerite, fit observer la tante Victoria, vous devriez colorer la crème anglaise avec du caramel.

— Il y en a, madame.

— J'en doute. Ou alors pas assez.

Comme pour se venger, Marguerite passa derrière l'oncle Henri et adressa une vilaine grimace à Olivier qui fit mine de l'ignorer, mais lui jeta au moment où elle sortait chargée d'assiettes :

— Marguerite, votre combinaison dépasse.

« Ttt... Ttt... dit la tante, est-ce à toi et est-ce convenable de dire cela ? » et elle ajouta : « C'est vrai que sa combinaison dépasse ! » Par quelque association d'idées, elle parla des dames de la cour d'Angleterre qui ne se souciaient pas de la mode et portaient toujours les mêmes vêtements, ce en quoi elles se différenciaient des Parisiennes toujours aussi à la page comme en témoignaient les concours d'élégance automobile. Et la princesse Élizabeth qui n'avait que douze ans et déjà des prétendants : épouserait-elle le prince Gorm de Danemark, le prince Carl Johan de Suède ou le marquis d'Hartington ? De là à dériver sur l'Entente cordiale, il n'y avait qu'un pas. Et l'oncle Henri parlait de l'allure des grands monarques parce qu'il aimait ce mot.

— Les enfants, l'heure tourne...

Parmi le personnel des établissements Desrousseaux, Ji représentait une exception. Persuadée que plusieurs qualités ne peuvent s'unir chez un même être, la tante Victoria avait un faible pour les sténo-dactylos au visage ingrat, et puis elle se méfiait des faiblesses possibles de son mari, de certains de ses regards d'homme beau et vieillissant soumis aux flammes d'un été indien, d'un démon de midi toujours possibles, bien qu'elle-même gardât toute sa beauté, mais une beauté d'automne en lutte à grands renforts de crème Phébel ou Lenthéric, de fards Tho-Radia ou de Kala-Busta pour son impériale poitrine. Ji, fille de Baptiste, le chauffeur de taxi en blouse grise qui, naguère, rendait visite à la mère d'Olivier entre deux courses, avait eu sa place toute trouvée à l'entrepôt et la tante la recouvrait de son aura protectrice, sentant chez elle une secrète admiration, peut-être une envie pour la femme superbe et aisée qu'était devenue la fille du maréchal-ferrant de Saugues dont elle disait à ses amis qu'il était ferronnier d'art, ce qui mettait Olivier hors de lui, comme si on dérobait à son grand-père sa plus grande qualité.

*
**

A peine Olivier avait-il eu le temps de se rendre à sa chambre, là où des rayons d'armoire portaient ses livres, où un tiroir contenait la chevalière de Bougras, deux grosses aiguilles vertes à tricoter et des bobines rescapées du magasin de Virginie et ce qu'il appelait ses « bricoles », petits objets marquant quelque souvenir comme un fer à vache forgé par le tonton Victor ou un bouton de corsage que Ji n'avait jamais retrouvé, à peine le temps de rêver et il fallait repartir au travail. En principe, Olivier passait la matinée à la papeterie et l'après-midi à l'atelier d'imprimerie, côté typographie. Il dut quitter Ji au canal Saint-Martin. Elle haussa les sourcils de surprise quand il lui adressa des adieux comme s'il ne devait jamais la revoir alors que l'atelier était si proche. Il lui dit :

  — Bon, alors je te quitte...
  — Tu pars en voyage ?
  — Qui sait ? qui sait ? Enfin, bonne après-midi.

En regagnant la rue Louis-Blanc, il pensa qu'il aurait dû lui dire qu'il l'aimait, comme si le verbe avait un pouvoir de contagion. Il garda encore le beau visage clair dans sa pensée.

Il passa devant le café-charbons où les deux groupes d'ouvriers et d'employés, ceux de l'entrepôt et ceux de l'atelier, se rejoignaient. Le grand David, Hullain et Jacquet en sortaient. On vit arriver au bout de la rue Lucien et le beau Gil qui avaient deux ans de plus qu'Olivier, puis ce fut Jean qui revenait essoufflé de Montmartre avec une fleurette à la boutonnière. Des plaisanteries l'accueillirent où il était question de « café du pauvre » et Olivier savait qu'il s'agissait de l'acte amoureux.

Les Desrousseaux n'aimaient guère qu'il y eût cohésion entre les ouvriers des deux affaires. Ils se souvenaient du Front populaire et des grèves de 1936 où les gens chantaient ironiquement « Tout va très bien, madame la marquise... » et où elle disait : « Tu vois, Henri, ils nous narguent ! » Dans les discussions des ouvriers, des mots, des expressions revenaient : congés payés, semaine de quarante heures, mise à pied, revendications, deux cents familles... Parfois, tout le personnel se réunissait au fond, à la typo, et entamait de longues discussions. Lorsque, innocemment, Olivier arrivait, les hommes se taisaient brusquement et régnait une atmosphère de gêne. Il en demanda la raison à Jean qui finit par lui avouer :

– Tu comprends, mon pote, ils n'ont rien contre toi. D'une certaine manière, tu es comme nous. Les singes te font jouer au Poil de carotte, mais tu es quand même chez eux, tu vis avec eux. Alors ils se méfient et en même temps leur méfiance les gêne par rapport à toi. Mais ne t'en fais pas, on t'aime bien quand même...

Ainsi Olivier se sentait-il entre deux mondes, mais quand le beau Gil ou Lucien faisaient des allusions au « neveu de singe », il brandissait un poing menaçant et faisait jouer sa musculature.

– Salut, Émile, as-tu bien déjeuné ?

On savait qu'Émile le massicotier, lorsqu'il rentrait sur sa pétaradante Monet-Goyon après le repas de midi, montrait un visage violacé et non plus écarlate, comme ces baromètres qui changent de couleur selon le temps, mais là il s'agissait d'honnêtes kils de rouge suivis de pousse-café. Cela ne l'empêchait pas de couper le papier à la perfection. Quant à son compagnon, le vilain Félix le Chat, il restait devant sa table de brochage, à l'écart de ses compagnons qu'il méprisait, buvant des bols de café au lait dans lesquels, en homme du Nord, il trempait d'énormes tartines de beurre, parfois même de ce fromage appelé justement le « Puant de Lille ».

Pour la plupart en bleus de travail et en casquette, ils restaient jusqu'à la dernière seconde sur le trottoir devant l'entrée de l'imprimerie, pour profiter du soleil, les uns appuyés contre le mur, les autres assis sur le bord du trottoir. Olivier aimait ces moments d'attente calme où le temps se mesure mieux, où l'on consulte sa montre en disant : « Il va falloir y aller ! » ou « Au tapin, les gars ! » Lucien en béret enfoncé sur le front, le beau Gil aux cheveux gominés regardaient passer les belles se rendant au bureau et leur adressaient parfois des paroles galantes.

– Ce que les filles sont belles ! dit Lucien.

– Dès qu'il y a du soleil, même les moches deviennent jolies, observa le grand David. Vise, celle-là, tu as vu ses ronplonplons ?

C'était vrai : comme elles étaient attirantes les filles de 1938 ! La mode leur donnait une sorte de luminescence. Les journaux féminins, les films leur apprenaient le maintien, la démarche, un pied dans la ligne de l'autre, ce qui fait danser le corps, et il y avait en elles quelque chose de rieur, à la fois sportif, nonchalant et fleuri comme ces couvertures de *Marie-Claire* qu'elles lisaient « avec plaisir, avec ferveur » selon la chanson, et où l'on voyait chaque semaine, en couverture, de ravissants visages en couleurs sous la branche fleurie d'un arbre. La mode s'éloignait du type vamp, sophistiqué, et découvrait le naturel. Un visage devenait une harmonie de tons pastels, le teint gardait sa fraîcheur par la magie de crèmes diaphanes, de poudres nacrées, de rouges et de roses savamment nuancés de mauve, les paupières se veloutaient de lilas tendre et les cils prenaient des tons violets, les lèvres, délivrées des formes excentriques, retrouvaient les lignes données par la nature, les sourcils remplaçaient les crayonnages, les cheveux, devenus casques de lumière, se portaient haut pour dégager le front, les oreilles et la nuque. Tout le corps devenait un sourire printanier, et c'était, malgré les prévisions funestes, les angoisses, la peur du lendemain, une sorte de confiance, d'appel au bonheur.

– S'il n'y avait pas les filles... ajoutait le beau Gil.

Par elles, dans la splendeur de mai, on pouvait oublier pour un temps les troubles en Tchécoslovaquie, les Sudètes, le réarmement allemand, les rumeurs de mobilisation, les valses-hésitation des hommes politiques.

Lorsque les ouvriers retrouvaient les casses ou les machines, quelqu'un disait : « Enfin ! c'est bientôt les vacances... » et l'on pensait à des départs en train, à moto, à tandem ou à vélo. C'était là l'alimentation des rêves de tout un printemps, d'un début d'été, et l'on en parlait même au cœur de l'hiver en évoquant la campagne ou la plage.

A l'atelier, les apprentis ne se trouvaient pas toujours à la fête. Tant qu'ils ne possédaient pas la maîtrise du métier, on les soumettait aux plus sales corvées comme le voulait la tradition. En ce sens, Olivier, bien qu'on ne le maltraitât pas, jouissait d'une faveur spéciale :

« L'Olive, roule ces macules !... Gamin, un coup de balai et que ça saute !... Hé ! Olivier, viens laver ces rouleaux et proprement !... Au lieu de gober les mouches, va faire repasser la lame du massicot !... L'artilleur, fais un sac de chutes !... Oh ! feignasse, il faut six rames de duplicateur coquille !... »

Olivier ne rechignait pas à la tâche, mais parfois il se désolait devant le peu de temps disponible pour apprendre vraiment le métier, et il semblait que personne ne tînt à ce qu'il l'apprît trop vite, de crainte qu'il occupât sa place. De plus, il était maladroit. Composteur en main, il puisait les caractères dans les cassetins trop lentement ou bien il faisait du « pâté », c'est-à-dire laissait se mélanger les caractères d'une composition. Dès lors, il pouvait être accusé de commettre toutes les erreurs. Le père Hullain regardait par-dessus ses lunettes rondes, grattait sa grosse moustache jaune teintée aux extrémités de nicotine et tendait un index accusateur :

— C'est toi qui as distribué du Cheltenham maigre de douze dans l'Égyptienne grasse de dix ? Tu devrais porter des lunettes !

Mais la typo restait un lieu privilégié. Le père Hullain et Nestor le bossu méditaient longuement avant de parler de la chute de Barcelone, des réfugiés espagnols et de ce Franco apparenté à Hitler et à Mussolini. Le beau Gil préparait un sourire à la Clark Gable. La mince brosse à dents noire au-dessus de sa lèvre se françait et il disait à Olivier : « Tu tiens ton composteur comme un fromage ! »

Olivier pensait alors de lui-même qu'il était un « rien du tout », qu'il resterait un besogneux, ne ferait rien de sa vie, et même ses poèmes lui semblaient mauvais. Un samedi matin, il composa dans ce caractère appelé Grotesque et qui ne l'était nullement un de ses poèmes sataniques et baudelairiens qui ne lui ressemblaient pas, où des vers disaient : « Seul maître de l'esprit, de la chair et du sang » ou « Père du désespoir et source de la haine ». Il lia la composition et tira une épreuve au taquoir, c'est-à-dire en plaçant une feuille sur les caractères encrés et en frappant légèrement du marteau sur un carré de bois recouvert de tissu. Il décolla la feuille imprimée, la talqua et admira cette merveille : sa première œuvre imprimée. Ensuite, il brossa les caractères à l'essence et les distribua dans la casse parisienne, ni vu ni connu.

Dans un tiroir, il serrait ses outils personnels : deux composteurs bien huilés, une pince typo et un typomètre en bois jaune. Son ambition était de porter un jour une blouse grise serrée aux manches comme Hullain et Nestor le bossu, cet homme sans âge dont Jean disait qu'il avait la « tronche aérodynamique », car son nez et son menton avançaient et les poches plombées de ses yeux évoquaient des phares d'automobile.

Lucien lui montra comment marger des cartes de visite à la main et Jean l'initia au maniement des Express. Jour faste puisque Hullain le chargea d'une composition facile qu'il appelait « travail de ville ». A la typo, on pouvait parler en travaillant, car le bruit des machines y arrivait atténué.

— Les filles, dit le beau Gil, il faut avant tout savoir s'y prendre.

— Et comment ! dit le bossu, moi en 1919...

— Bref, reprit Gil après cet intermède sans intérêt, Olivier a le béguin pour sa cousine...

— Ferme ta boîte à sucres, les mouches vont entrer dedans ! jeta Olivier furieux.

— Le béguin pour la belle Ji, parfaitement, et il fait des vers, tu parles !

— C'est pas vrai !

– Elle me l'a dit...

– Tu nous casses les bonbons.

– Tu parles ! Tu en maigris de tristesse. Tu fais l'amoureux transi. Alors qu'il faut y aller carrément. Elles n'attendent que ça. Écoute : tu la coinces, tu la prends dans les bras, et...

Sans le laisser terminer sa phrase, Olivier planta son composteur et se rendit aux lavabos pour boire une lampée de flotte au robinet et se donner un coup de peigne. Quand il revint, le beau Gil expliquait que la 202 Peugeot consommait moins de huit litres aux cent à une moyenne de soixante-cinq, tandis que le gros Émile en visite nettoyait le tuyau de sa pipe avec une plume de poulet.

**

Louise, la bonne qui aidait Marguerite, fraîchement émoulue de son Limousin natal, en avait gardé la charmante rusticité. Minuscule et bien faite, elle montrait un nez à la retroussette que constellaient des taches de son, d'immenses yeux gris-bleu baignés de langueur et une énorme chevelure rousse plantée de peignes. Elle avait la manie de terminer les phrases de son interlocuteur en même temps que lui en répétant le dernier mot ou en devançant sa venue de manière agaçante :

– Louise, vous ferez l'argenterie.

– Terie, oui, madame.

– Et vous taperez les tapis du...

– Salon, oui, madame.

Elle accompagnait ses tournures locales d'emprunts à l'argot parisien, mettant une coquetterie douteuse à prendre un langage traînard, ponctué de clins d'œil malins et ne retenant que des tics : elle disait « mécredi » pour mercredi, « creusson » pour cresson et « gruère » pour gruyère, et Marguerite qui possédait une réelle élégance de parole la reprenait. La tante Victoria répétait les pataquès de Louise à ses invités sur un ton d'indulgence amusée :

– Un jour de cafard, cette petite Louise, ne m'a-t-elle pas dit, en mimant le geste du hara-kiri : « Si ça continue, je vais me faire Sacha Guitry ! »

Marguerite manifestait un sens de l'économie tel qu'un jour elle protesta auprès du bureau de tabac parce que la grosse boîte d'allumettes soufrées en contenait quatre-vingt-dix-sept au lieu des cent promises. Dans les familles d'avant-guerre, fortunées ou modestes, on ne laissait rien perdre. Même chez les Desrousseaux se pratiquait l'art d'accommoder les restes. Des recettes permettaient de se régaler avec du pain perdu ou des arlequins. Mme Duvernois, qui venait chaque vendredi soir aux Entrepôts pour s'occuper de comptabilité générale, gardait chaque année les agendas où il restait du blanc en bas de page pour attendre une année future où les quantièmes correspondraient aux jours, afin de les réutiliser. Les gens retournaient les vêtements, ramassaient tout, les bouts de ficelle, les vieux clous, les épingles, le papier du chocolat pour les bonnes sœurs ou les petits Chinois, les emballages, les bouteilles même si elles n'étaient pas consignées, le papier buvard des publicités, les prospectus. Les pneus étaient rechappés, les chambres à air couvertes de rustines. Le même vêtement passait de l'aîné au cadet, les lames de rasoir usagées étaient repassées avec des appareils spéciaux ou en les frottant sur l'arrondi intérieur d'un verre à moutarde, on gardait les vieux journaux et on écrivait au dos des factures. Et il n'était pas d'usage de laisser perdre un morceau de pain. Parfois, un homme qui ne possédait qu'un costume devait attendre chez le teinturier, en chemise et en caleçon, que le vêtement fût dégraissé. Ces vertus ménagères n'étaient pas la vertu, mais peut-être y préparaient-elles par le respect des choses et des présents de la nature.

De Louise, Marguerite se voulait la duègne. Pas question qu'il lui arrivât la mésaventure de Blanche qui l'avait précédée, cette grossesse qui l'eût laissée fille mère si un cultivateur de son village, quelque peu vieux et déjeté, ne l'avait « ramassée » comme on disait cruellement, pour lui faire sentir jusqu'à la fin de ses jours le poids de sa grandeur d'âme. Aussi les bonnes avaient-elles déserté les bals de l'Élysée-Montmartre, du Mikado ou le Balajo de la rue de Lappe pour un très sérieux « Bal des Gens de Maison ».

Quand Olivier rentra au bercail, il trouva Louise à la cuisine, toutes jupes retroussées, qui prenait un bain de pieds dans une bassine de fer-blanc. Il détourna les yeux des cuisses lisses et blanches, grogna qu'on aurait tout vu, dit « Salut, Marguerite ! », se tira au robinet un verre d'eau qu'il parfuma d'antésite à l'anis.

– Celui-là, toujours dans mes jambes, dit presque affectueusement Marguerite.

Il s'assit sur un tabouret et apprit la dernière nouvelle bien attristante : cette année-là, on n'irait pas en vacances à Saugues, mais à Montrichard, à la propriété. Il alla rejoindre Jami qui faisait ses devoirs :

– Alors, bébé rose, on trime ? Les curetons te font bosser...

– Pour te faire parler. Rassure-toi, c'est pas une composition française...

Il s'agissait d'une allusion à cette rédaction qu'Olivier avait composée pour lui et qui lui avait valu cette remarque en marge de la feuille : *Bon style, mais manque de naturel.*

Il lui tendit une main virile que l'enfant serra par-dessus son épaule. En l'absence de Marceau, il faisait ses devoirs dans sa chambre. Le lieu plaisait à Olivier. Sur un fond blanc se détachait un ensemble mobilier en ébène Macassar avec ce lit bateau et cette armoire où Olivier venait parfois emprunter une cravate ou un vêtement. Sur un rayonnage, près d'un phonographe, s'empilaient les disques de Marceau avec des noms célèbres : Count Basie, Cab Calloway, Nat King Cole, Benny Goodmann, Lester Young... Le petit Jami avait aussi imprimé sa marque : les rayonnages et la cheminée recevaient des objets lui appartenant et qui témoignaient de riches activités. Près du vieux nounours en peluche si fatigué, de la locomotive et des wagons d'un train électrique désaffecté, on voyait des plantations de lentilles et de haricots dans du coton humide, un microscope et un Meccano.

Olivier feuilleta un manuel d'histoire, puis un livre d'arithmétique, avant de dire sur un ton blasé, supérieur, mais où perçait un regret :

– J'ai connu tout ça...

Il se rendit dans sa propre chambre qui servait aussi de débarras, de resserre à provisions, à conserves et à pots de confitures. Lors de son arrivée au faubourg, il ne disposait que d'un rayon de l'armoire peinte à double partie, mais, peu à peu, avec la complicité de Marguerite, il avait grignoté de l'espace. Il s'assit à sa table, devant cette fenêtre donnant sur la cour, en face du Bâtiment B, là où il n'y avait pas d'ascenseur, où l'on disait « logements » et non plus « appartements ». Il lut *Ma Bohème* d'Arthur Rimbaud, puis *L'Oraison du soir,* avant d'écarter le rideau de macramé. Deux années plus tôt, il guettait une fillette dont le regard ne rencontrait jamais le sien et qu'il idéalisait parce qu'elle jouait du violon. Aujourd'hui encore, bien qu'elle eût déménagé, il croyait voir apparaître son visage noiraud et ses nattes nouées de rubans rouges aux extrémités entre les potées de géraniums dans leur support de métal vert, parmi les cages à serins et à perruches. Sans avoir jamais rien su d'elle, il l'avait adorée, comme Ji aujourd'hui. Et voilà qu'un soir d'automne où il descendait les ordures, il l'avait surprise dans un coin de la cour, ses lèvres soudées à celles d'un garçon, un vieux d'au moins vingt ans. Il s'était répété : « Peuh ! quelle fricassée de museaux ! », puis : « Elle est comme les autres ! » avec un pincement douloureux.

Durant quelques instants, les mots d'un vers : « Doux comme le Seigneur du cèdre et des hysopes » se brouillèrent et perdirent toute signification. Il s'abandonna à la rêverie. « Pas de Saugues, cette année ! » avait dit Marguerite qui gardait un faible pour le tonton Victor, puis philosophiquement : « Montrichard, c'est pas mal au fond, c'est autre chose, c'est spécial. » Olivier laissa errer le rayon vert de ses yeux et la

flamme de ses pensées vers la Margeride. Le chemin courait
sur le flanc de la montagne comme un lacet détaché. Une pluie
fine et douce avait apporté du gris au paysage. Le soleil se
teintait de lilas. Des vaches dans les enclos jetaient de petites
taches fauves. Devant la forge, Victor choisissait un crin blond
à la queue d'un cheval pour sa ligne de pêche. Et Olivier, dans
sa chambrette parisienne, voyait à travers l'espace toute la vie
d'un village : le cordonnier tranchait le cuir comme du pain
bis, le coiffeur Pierrot passait la pierre d'alun sur une peau
rasée, Juliette, d'un poignet souple, servait l'anis ou la gentiane
à des joueurs de cartes. Roulait un tombereau d'herbe tiré par
un attelage de vaches. De solides Sauguains, casquette vissée
sur la tête, la moustache comme herbe en pâture, l'intelligence
de la terre dans un regard sombre, discutaient du prix des bêtes
sur pied. Une vachère poussait son troupeau et elle portait un
grand bouquet de bruyère. Des villageoises tiraient l'eau à la
fontaine. Devant l'abattoir de Catouès le sang des bêtes mêlé
d'eau coulait dans la rigole. Des paroissiennes sortaient de
l'église, chapelet en main.

   — Olivier, Olivier, viens jouer aux quilles !

   Qui l'appelait ? L'ami Totor, Lebras ou Oscar ? Derrière lui,
silencieuse, la mémé en coiffe réservait ses paroles pour la
veillée. Après la soupe, elle se rendrait devant chez Fonsou
l'horloger pour assister à l'arrivée de l'autocar du Puy. Derrière
elle, on voyait le fauteuil d'osier du pépé où, depuis sa mort, on
n'osait plus s'asseoir. La sœur tourière appelait ses poules avec
de curieux gloussements. Sur le Cours National passaient
d'autres amis : Louisou avec sa canne à pêche et sa gibecière,
Papa-Gâteau suivi d'une troupe d'enfants à qui il racontait de
vieilles légendes effrayantes. Et Olivier, dans un songe, écoutait
chanter :

> *Sous sa couleur jaune*
> *Le p'tit Cœur Vaillant*
> *Son âme frissonne*
> *Son cœur est content...*

Des vieilles mangeaient lentement leur soupe maigre sur les pas de porte. Et le pauvre pépé qu'on allait visiter le dimanche matin au cimetière dormait dans la terre grasse près du mur aux escargots. Insensiblement, Olivier le rejoignait, se couchait près de lui...

— Olivier, Olivier, viens jouer aux quilles !

Non, ce n'était pas cela qu'il entendait, mais Marguerite qui l'appelait pour le dîner : « Quel lambin, celui-là ! » Il quitta Saugues, se leva, passa par la salle de bains pour mouiller d'eau ses yeux et son visage. Apaisé, il se dédia un clin d'œil dans la glace, passa la brosse enduite de brillantine cristallisée de l'oncle Henri au-dessus de ses tempes et fit deux grimaces très laides. Il ignorait que sa mélancolie lui apportait un charme infini et que son corps sur qui la fatigue n'avait pas prise était souple comme une lame d'épée.

**
*

Chez les Desrousseaux, les après-dîners étaient des moments agréables. L'oncle Henri se plaçait près du gros poste de TSF « multi-inductance » à dos rond et palpait le bouton pour trouver son émission favorite. La tante Victoria soupirait : cette radiophonie envahissante rendait son mari muet. Quelle plaie que cette invention ! Elle préférait tourner la manivelle du pick-up pour écouter de la musique viennoise. L'oncle s'honorait d'être un sans-filiste de la première heure, déjà membre des « Amis de la tour Eiffel » dans les années vingt où l'on entendait Alex Surchamp, Georges Delamare et André Delacour, où il utilisait son sommier métallique comme une antenne pour faire taire les parasites. Maintenant, il adorait écouter les vieux succès français, Mercadier, Yvonne George, Mayol, Paulus, Dranem, Georgel, Fragson, des opérettes ou des émissions de musique légère, des sketches, des mélodies d'Olivier Métra ou d'Oskar Strauss, tandis qu'Olivier s'approchait dès qu'on disait des poèmes ou qu'un écrivain prononçait une conférence. Des actualités aux informations, les voix des speakers paraissaient immortelles et c'était merveille que le plus connu s'appelât Radiolo, le plus grave et le plus solennel étant Toscane. Les balbutiements de la technique obligeaient alors à parler lentement en articulant les mots et chaque émission devenait une leçon de bon français bien parlé. De plus, il régnait une courtoisie digne du Grand Siècle qui honorait et flattait « Mesdames, mesdemoiselles, messieurs » ou « Mes chers auditeurs ».

La tante Victoria levait les yeux d'un magazine : cette Adèle Astaire, sœur du danseur et danseuse comme lui, qui était devenue lady Cavendish, Coco Chanel qui se payait le luxe de refuser la demande en mariage du duc de Westminster, la famille Casadesus où tout le monde est artiste : de quoi provoquer des rêveries !

Tandis que Jami embrassait père et mère avant d'aller se coucher, tendait une main virile à Olivier, celui-ci, assis en tailleur près des épais rideaux de velours gris souris, lisait ses livres chéris en tournant précautionneusement les pages qu'il coupait au fur et à mesure de sa lecture ou se rendait précipitamment à sa chambre pour noter une pensée (profonde) sur le carnet de molesquine. Quand l'oncle Henri écoutait extasié quelque chanteur à voix, Olivier, la main sur le cœur, singeait les attitudes qu'il lui prêtait, et l'oncle, avec un bon rire lui disait :

— Tu préfères le fou, n'est-ce pas ?

— Et comment !

Le « fou » (chantant), c'était Charles Trenet, idole d'Olivier, qui apportait à la chanson un air de liberté et évoquait des vacances vagabondes et joyeuses. La tante Victoria lui préférait Jean Sablon dont la voix, disait-elle, la faisait frissonner.

— Henri, dit la tante, comme pour échapper à une atmosphère émolliente, Henri, s'il y avait la guerre ?

— Mais non, mais non. Nous y avons échappé cette fois encore. J'ai bien craint que les élections tchèques...

– Cet Hitler, mais qu'est-ce qu'il a dans la tête ?

– Je crois que les Franco-Russes de droite, Mandel, Reynaud et Campinchi, n'ont pas tort, mais *Le Jour* et *L'Action française* ne suivent pas.

– On parle de plus en plus d'un pacte anti-Komintern. Enfin, qui vivra verra !

– Il ne peut pas y avoir de guerre, affirma l'oncle Henri. Ce serait trop horrible ! De toute façon, je suis là...

De la cuisine venaient des bruits de vaisselle bien débarbouillée aux cristaux de soude. Marguerite, suivie de Louise, entrouvrait la porte pour souhaiter bonne nuit et la tante lui recommandait de ne pas oublier de fermer les commutateurs. Quand la lumière de l'antichambre s'éteignait, Olivier savait qu'il ne restait qu'une petite demi-heure de vie commune. Parce que la tante lisait des romans, elle partageait avec Olivier une complicité et il arrivait qu'elle lui parlât de ses lectures. L'oncle Henri agaçait Olivier en chantonnant : « Je te fais pouèt-pouèt... » par allusion aux goûts du versificateur. Quel refrain idiot ! Puis la venue du sommeil s'annonçait par des silences, des bâillements discrets, quelques allées et venues préparatoires.

– Bonne nuit, mon oncle. Bonne nuit, ma tante.

Demain, à sept heures, la tante Victoria en peignoir de crépon bleu frapperait à la porte : « Allons, debout, debout ! le monde appartient à ceux qui se lèvent tôt... » Olivier s'extirperait des draps, ramasserait un livre, en grognant : « Tu parles Charles ! »

Deux

L ES goûts de « court-les-rues » d'Olivier étaient satisfaits par les courses, tantôt par le métro avec une toilette verte chargée de paquets d'imprimés (il fallait le prendre avant huit heures pour bénéficier de l'aller et retour à prix réduit), tantôt à tri, avec la voiture à bras pour les lourdes charges, ou encore à bicyclette. Olivier avait un faible pour le vélo-porteur à frein sur moyeu qui lui permettait toutes sortes d'acrobaties vélocipédiques.

– Olivier, va porter ce relevé rue Hautefeuille et tâche de revenir avec le chèque.

– Chouette alors !

– Et ne traîne pas trop.

La course faite, il attacha la bécane à un réverbère et se livra à un curieux manège. Il ébouriffa ses cheveux, sortit de la sacoche un blouson de suédine qui dissimula le haut de sa salopette, prit encore une pile de manuels retenus par une sangle et un encrier carré qui pendait au bout d'une ficelle, puis il se dirigea vers le boulevard Saint-Michel en prenant un air dégagé.

Tout à la nostalgie, au regret des études interrompues parce qu'il devait gagner sa vie, il se donnait l'illusion d'être un étudiant. Pour l'apprenti, l'Étudiant représentait un être à part ; il lui imaginait des connaissances illimitées, un savoir sans bornes, des exigences intellectuelles infinies, et les plus hautes destinées lui étaient promises ; c'est lui qui préparait les révolutions et transformait le monde ; pauvre et pur, ardent et désintéressé, il hantait la chambre de Mimi Pinson et les cafés de la bohème littéraire ; naturellement, pour ajouter aux clichés qu'Olivier recevait, il était poète à la manière des surréalistes, repoussait les idées reçues et se nourrissait de sandwiches.

Olivier, en remontant le Boul' Mich', observait ces garçons et ces filles aux allures indépendantes, rieuses parfois, souvent graves et préoccupées, et s'essayait à imiter leurs attitudes comme en témoignait l'encrier se balançant au bout de la ficelle. Ses modèles, il les trouvait plus beaux, plus libres, plus intelligents que quiconque. Alors, son film intérieur se déroulait, il mimait ce qu'il ne pouvait pas vivre et, pour un temps, devenait cet Olivier Chateauneuf qu'il avait rêvé d'être. Plus de regrets, plus de tristesse, c'était fait, il était devenu un étudiant.

Et pourtant, à l'école de la rue Eugène-Varlin, il n'avait pas fait merveille : ses notes, à l'exception de quelques matières comme la rédaction, l'histoire, l'orthographe, s'inscrivaient de manière désastreuse dans ses livrets scolaires. On le disait musard, paresseux, distrait, alors qu'il était attentif, mais à autre chose, et que sa curiosité s'exerçait hors des programmes. Seul, l'instituteur Joly lui accordait sa confiance, l'engageait à cultiver quelques dons d'écriture. L'oncle Henri inscrivait sa signature compliquée, en forme d'écrevisse, dans la case du livret mensuel avec un soupir découragé. Lorsque, l'année suivante, Olivier changea de classe, M. Joly n'étant plus là pour s'occuper de lui, ce fut pis que tout : il figura parmi les dix derniers de la classe. Il y eut chez les Desrousseaux des discussions suivies d'une prise de décision :

— Il vaut mieux en faire un bon ouvrier qu'un mauvais intellectuel, trancha la tante Victoria.

— Marceau n'a pas fait merveille non plus, observa l'oncle Henri, et pourtant il a poursuivi ses études.

— Ce n'est pas pareil.

Non, ce n'était pas pareil. La tante Victoria gardait quelques idées sur la prédestination des êtres selon leur milieu social. Si le sort avait fait d'Olivier un orphelin, pour lui, le meilleur était d'apprendre à gagner sa vie et il le ferait dans les meilleures conditions. Son apprentissage terminé, il pourrait être typo, et plus tard chef d'équipe ou prote. Marceau avait violemment protesté :

— Vous lui enlevez toutes ses chances !

— Nous lui en donnons d'autres...

Et ce petit contrariant d'Olivier qui, dès lors qu'on l'eut retiré de l'école, manifestait un goût inattendu pour la lecture et pour l'étude, comme s'il voulait donner mauvaise conscience à ses tuteurs !

— J'étais avec des amis, assurait Marceau. Lui, il faisait sa tête de lard, il ne parlait pas, il se débattait avec ses complexes d'infériorité et de supériorité, mais moi je savais...

Comment expliquer cela aux parents ? Marceau le pulmonaire et Olivier l'orphelin, tous deux blessés par la vie, se comprenaient sans paroles. Ils se rejoignaient dans une zone où l'imaginaire supplée au savoir officiel, où l'esprit se forme en liberté, par des conquêtes patientes, hors des conventions.

— Mais moi je savais, poursuivait Marceau, je savais que s'il avait parlé, il aurait dit des choses bien plus intéressantes que mes amis faussement brillants. Et puis, merde, vous ne pouvez pas comprendre...

— Bien entendu, jeta avec impatience la tante Victoria, et mon mari, comme il se doit, reste silencieux !

L'oncle Henri se dérobait. Il détestait les discussions et les criailleries, disait : « Après tout, ce n'est pas un neveu de mon côté... » Il avait fini par suggérer de laisser la parole à Olivier qui, bien que désolé de quitter l'école, pour apporter la conciliation, avait dit :

— Je voudrais être typographe.

— Autrefois, les imprimeurs portaient l'épée, affirma l'oncle Henri.

Par conséquent...

Paris avait ses lieux de fête, de promenade. Les boulevards de Rochechouart et de Clichy, au pied de Montmartre, laissaient à Olivier le souvenir de rapins exposant contre les troncs des arbres, d'odeurs de friture et de choucroute, d'une longue fête foraine, d'airs d'accordéon et d'acides trompettes de jazz. Plus bas, les grands boulevards formaient un long fleuve dont l'eau changeait de couleur selon le cours, avec les souvenirs du boulevard du crime entre la République et la porte Saint-Martin, des relents venus des Halles, les larges voies conduisant à la gare de l'Est et au Châtelet, plus loin les restes du temps où le Boulevard portait majuscule, restaurants italiens, passages pour paysans de Paris, l'Opéra, la Madeleine en des lointains admirables, et les petites baraques, le musée Grévin, le Petit Casino, l'ABC, le théâtre du Gymnase.

Mais le boulevard Saint-Michel, c'était autre chose. Partant des quais il était ascendant, montait vers des coupoles et des jardins. Des ruelles convergentes amenaient des flots de jeunes vers les terrasses bondées, caravansérail où chantaient toutes les langues. Olivier l'avait découvert avec émerveillement. Si le canal Saint-Martin évoquait quelque Hollande ou quelque Venise connues par les albums, le Quartier Latin restait le lieu le plus mouvant, le plus vivant, le plus coloré, le plus chargé d'âme, celui dans lequel on pouvait se fondre tout en gardant son relief, un lieu d'exaltation constante qu'on percevait par tous les pores de la peau, qu'on respirait à pleins poumons.

Il le gravit lentement, comme s'il voulait l'économiser, en épuiser chaque parcelle, lire l'écriture de chaque vitrine. Un coutelier l'éblouissait avec ses eustaches et ses couteaux suisses, un marchand de casquettes le dirigeait vers l'élégance d'un sportsman, et il voyait les chapeaux ronds posés sur les présentoirs comme des notes de musique sur des portées, un marchand de pipes suggérait des méditations romantiques. Il parcourait du regard les rayons des bouquinistes et sa gourmandise prenait un autre tour devant les préciosités baroques des confiseurs aux bocaux de couleur, les somptuosités d'une charcuterie alsacienne ou les rangs de tartelettes et de gâteaux d'une pâtisserie. Quelles rêveries pouvait suggérer un marchand d'ombrelles ou un camelot vendeur de vent ! S'il surprenait un étudiant coiffé d'une faluche de velours, cela lui rappelait une lointaine illustration des *Belles Images*. La voix des vendeurs de journaux annonçait la valse de quelque ministère ou, par la magie du fait divers, évoquait le temps des complaintes. Les kiosques affichaient pêle-mêle journaux français et étrangers dont Olivier tentait de trouver la nationalité.

Des gamins glissaient sur des patins à roulettes et l'un deux chanta : « Boum ! lorsque mon cœur fait boum ! » Deux déménageurs se disputaient avec des mots comme « Putain ! » et « Macarelle ! » Et Olivier se payait le luxe d'aller se laver les mains au sous-sol du Dupont-Latin. Il regardait les affiches bariolées des cinémas, admirait les photographies des couples célèbres : Tyrone Power et Annabella ou Robert Taylor et Eleanor Powell. Ici, on donnait *Balthazar* avec ce Jules Berry qu'il avait vu à une soirée chez Desrousseaux, plus haut, *Cette sacrée vérité* avec Irène Dunne, Cary Grant et le chien Ric.

Il tourna autour de la statue d'Auguste Comte, s'assit sur les marches de la Sorbonne et alluma religieusement une Gold Flake. « Tu m'en files une ? » demanda un gamin roux en culotte de golf et en bretelles. Il pensa qu'il ne lui en restait que sept, mais tendit le paquet et donna du feu. L'autre lui jeta un regard étonné, ne remercia pas, et lui demanda : « Comment tu t'appelles ? » et il répondit :

— Par mon nom signé par mon talon.

— Moi c'est Charles.

— Bon, alors moi, c'est Olivier.

— T'es étudiant ?

Quelle question ! Il se contenta de hausser les épaules et s'éloigna en tapotant sa cigarette à hauteur d'épaule avec un geste précieux. De l'autre côté du boulevard, il fouilla les boîtes de la librairie Garbure et s'offrit un André Gide. Il tira de la poche ventrale de sa salopette le vieux portefeuille à poches multiples, don de l'oncle Henri, et fit le compte de sa fortune. Il décida alors de faire une folie. Il attendit devant la terrasse du café Le d'Harcourt qu'une place fût libre pour s'y installer confortablement, étendant les bras sur les dossiers des chaises voisines. Il demanda :

– Garçon, une menthe ! et ajouta : avec de l'eau à ressort ! Cela pour s'affirmer.

Dès lors, à l'amarrage, il devenait le spectateur immobile. Il appuya sur le bec du siphon bleu et trempa ses lèvres avec un soupir d'aise, puis il ajouta de l'eau gazeuse. Les livres et l'encrier étaient posés sur la table près du verre sur sa soucoupe cerclée de bleu. Sans en éprouver vraiment l'envie, pour le geste, il alluma une nouvelle cigarette. Regardant passer les groupes d'étudiants et d'étudiantes, il réserva son attention à ces dernières. Non, jamais les filles n'avaient été aussi belles. Dans le soleil, il voyait frissonner les plis des robes et s'émerveillait des tissus fleuris, des écossais, des indiennes et des tulles. Et cette élégante qui passait et que les étudiants ne regardaient même pas ; en dépit de la chaleur, elle avait gardé une cravate de fourrure siamoise sur son col de tailleur. Elle s'assit plus loin, croisa haut les jambes et Olivier contempla ces merveilles gainées de soie brune.

Un homme-sandwich famélique portait cette pancarte : *Pour dix francs, chez Adrien, je mange comme chez moi !* A la table précédant celle d'Olivier, un monsieur qui ressemblait à Pasteur laissait refroidir son café crème dans un verre bombé. Il portait un col à la Bergson et des guêtres jaunes. Sa moustache grise frémit quand un garçon à foulard rouge présenta *Le Libertaire* devant son lorgnon. Il s'en alla et fut remplacé par un groupe de jeunes chargés de cahiers et de livres qui dirent « Salut ! » à Olivier et empruntèrent les chaises de sa table. Il entendit des conversations ésotériques, émaillées

de mots dont il ignorait la signification et qui l'impression-
naient : khâgne, hypokhâgne, taupe, tala...

– Où es-tu, toi ? demanda une étudiante.

Olivier dit « moi ? », toussota, et, du pouce, désigna la
Sorbonne derrière son dos. Comme la réponse devait être
insuffisante, pour éviter d'autres questions, il s'empressa de
tendre le paquet de Gold Flake où seul un garçon puisa. Une
autre fille se pencha en arrière, cueillit le livre qu'il venait
d'acheter, le feuilleta sans lire, le reposa. Puis elle dit :

– Je file. J'ai un cours...

Olivier faillit répondre « moi aussi », mais il préféra
s'abstenir et vida la moitié de son verre. Sur le boulevard, des
autobus passaient, grands navires verts, avec des grappes
humaines sur la plate-forme, sous la grande lettre noire. A
l'arrêt, le receveur interrogeait les voyageurs, petit ticket
numéroté couleur orange en main. Il appelait : *324, 325,
326...*, disait « Pressons messieurs ! » et le resquilleur de service
annonçait : *240 !* Il s'agissait du numéro d'une précédente file
d'attente ramassé sur le bitume. La grappe humaine était trop
compressée, le receveur cria : « Surnombre ! Surnombre ! » et
un sergent de ville fut obligé de descendre. Quand le préposé se
trouvait au fond du véhicule, toujours quelque volontaire tirait
sur la poignée flottante pour donner le départ d'un geste de
connaisseur.

Dans la circulation difficile se glissaient d'habiles motocy-
clistes, des bicyclettes. On voyait des triporteurs, des charrettes
à bras et il restait des attelages à chevaux. Derrière une
Primaquatre, une Graham Paige fit gronder un moteur
impatient. Un chauffeur de taxi dit à son client : « Que voulez-
vous que j'y fasse ? » Et puis l'horloge de la Sorbonne donna de
la voix. Olivier vérifia l'heure sur sa grosse montre, s'effara.
« Qu'est-ce que je vais prendre ! » Il appela le garçon, paya,
reprit livres et encrier et descendit le boulevard en courant. Rue
Hautefeuille, le vélo-porteur attendait. Bientôt l'étudiant Olivier
disparut pour faire place à ce titi qui pédalait en sifflotant *La*

Route enchantée, remontait les boulevards de Sébastopol et de Strasbourg avec une allure crâne, heureux de donner du mouvement à ses muscles et de se sentir plein d'insouciance.

*
* *

« Elle ressemble comme deux gouttes d'eau à Ève Curie ! » disait la tante. Et elle précisait : « D'ailleurs, bien qu'elle n'en soit pas une, elle se fait une tête d'intellectuelle : ça se lit sur son visage, et, de plus, elle pianote très bien ! » Cependant, au fur et à mesure qu'elle précisait sa comparaison flatteuse, les traits de la tante Victoria se figeaient sur une moue ironique affirmant le contraire de ses paroles.

– Enfin, Bill a voulu prendre une femme jeune. On verra bien !

William Inguibert, dit Bill, avait fait fortune avant 1914 en faisant commerce de becs papillon et de manchons à gaz, les bien connus Manchons Inguibert, « Votre éclairage », comme disaient les réclames. Avec le développement de l'électricité, les affaires avaient décliné, la clientèle se limitant aux quartiers pauvres de Paris et à la province en retard, mais Bill avait su placer à temps ses capitaux dans d'autres industries et il se contentait d'assister à des conseils d'administration et de mener sa vie à grandes guides. Quel chic lorsqu'il mettait en marche le décapotage électrique de son automobile de sport ! Passé la soixantaine, il jouait au vieux beau comme Victor Francen ou Adolphe Menjou, modèles pour l'âge mûr. Il venait de se remarier avec une très jeune femme, Viviane, Vivy pour les intimes, splendide créature prête à dévorer la vie à belles dents.

– Elle est snob à en crever ! disait la tante Victoria.

– Et elle a de splendides épaules, ajoutait l'oncle Henri avec un sourire entendu.

La tante Victoria était visiblement jalouse d'elle, mais on ne peut pas être et avoir été. Il fallait bien se résigner à la coulée de l'âge et elle proclamait : « Je suis une femme vieillissante ! », ce

qui voulait dire qu'elle restait encore jeune. Elle avouait qu'au
fond Vivy était charmante. Bien élevée, de bonne famille, elle
ne manifestait aucun ennui dans la compagnie des amis de l'âge
de son mari, mais qui sait si l'oncle Henri n'enviait pas ce vieux
Bill ?

Lorsque, ce soir-là, Olivier apprit que les Inguibert venaient
dîner, il demanda la permission d'emprunter un costume de
Marceau en serge brune, fort seyant, qu'il agrémenta d'une
cravate de soie bleue à pois blancs. La tante y consentit
aisément : autant montrer que l'orphelin était traité aussi bien
que ses fils. Comme il avait dû désencrer les longs rouleaux de
la Centurette, il frotta durant une demi-heure ses mains à la
pierre ponce et ses ongles à la brosse. Comme Marceau,
comme Jami, il devait à Bill quelques-uns des plus beaux
moments de rire de son enfance. L'homme, sans rien perdre de
sa distinction, s'affirmait comme un boute-en-train. Il connaissait toutes sortes de monologues amusants et de jeux de société.
Les traits souples de son visage savaient prendre toutes les
formes et le métamorphosaient à son gré en Sacha Guitry,
Armand Bernard, Saturnin Fabre ou Michel Simon dont il
imitait la voix de mêlé-cass. Il aimait couper un bouchon de
champagne, se poser des rondelles de liège incisées sur les
paupières et ajouter le bouchon en forme de champignon sur le
bout de son nez en faisant d'inénarrables grimaces.

— Ce qui plaît à cette Vivy, disait la tante, c'est qu'il la fait
rire. Pour le reste...

— Je suis sûr que le reste marche très bien, disait l'oncle. A
soixante ans et bien conservé...

Olivier savait ce que cela signifiait et il trouvait le dialogue
déplaisant. Les jours de réception Inguibert, les dîners étaient
grandioses et l'oncle débouchait les plus fines bouteilles. Dès
l'antichambre, la joie pénétrait dans l'appartement et aussi un
parfum capiteux et chaud qu'on recevait en bouffées sensuel-
les.

— Cette robe, cette robe ! s'exclamait la tante Victoria.

Et Vivy disait : « Ce n'est qu'une petite Schiap' » ou « C'est une Coco ». La tante était en gris perle après avoir porté durant un an le deuil du pépé de Saugues. Vivy répondait aux compliments forcés, parfois à double sens, par une admiration de jeune femme devant la femme mûre. Spontanée, elle remarquait le moindre détail heureux, trouvait ça « chou », désignait un meuble, un tissu ou un bouquet avec ravissement. Avant le repas les deux femmes se rendirent à la salle de bains pour des retouches de maquillage.

— Laissons-les, dit l'oncle en prenant le bras de Bill, Martini-gin ? Champagne-cocktail ?

Olivier suivit, les mains derrière le dos, en prenant une attitude de fils de famille. Il avait droit au Martini sans gin et au zeste de citron qu'il mordillait en écoutant la conversation pleine d'allusions à des choses passées et de sous-entendus complices. Puis, le « Madame est servie ! » de Marguerite tintait comme du cristal. Jami qui n'avait pas atteint l'âge d'être admis aux grandes invitations venait saluer et Inguibert le faisait sauter dans ses bras : « Mais c'est qu'il est lourd, le bonhomme ! Il sera encore plus grand que son père... »

— Papa, je voudrais voir *Blanche-Neige,* dit Jami qui voyait là un moment favorable à sa demande.

— Si tu es sage.

— Je suis toujours sage.

— Un film pour bébés, dit Olivier qui mourait d'envie de le voir.

Cris d'admiration devant les homards. Vivy était parée d'un tailleur léger en tissu couleur banane. Elle garda jusqu'au milieu du repas son canotier de paille maïs cerné d'un large ruban vert. « Je le quitte ! » dirait-elle et ce serait l'occasion de gracieux mouvements de bras et de tête, puis « Quelle chaleur ce soir ! » et ce serait la veste du costume qu'elle ôterait, laissant apparaître un chemisier en soie aux discrètes broderies en forme de soutaches.

— Toujours si bien brunie ! observa la tante.

– Juan, c'est Juan-les-Pins. Avril a été splendide. Regardez...

Et Vivy défit les boutons de nacre sur le soutien-gorge blanc pour montrer qu'elle était cuivrée de partout. On voyait cette ligne affolante entre les seins, on apercevait des bruneurs plus secrètes aux aréoles d'une poitrine ferme. Olivier baissait les yeux sur son assiette, Inguibert prenait un air de possession vaniteuse et l'oncle Henri cachait son trouble en plaisantant : « C'est trop ! c'est trop ! Je veux pouvoir dormir cette nuit... » sous l'œil froid de la tante Victoria.

Les casse-noix craquèrent sur les pattes de homard et l'on fit l'éloge du Chablis. « Doucement, Olivier ! » observa la tante en montrant le verre déjà vide de son neveu. Dès le canard à l'orange et le Mercurey, la conversation s'anima. Depuis son mariage, Bill sortait tous les soirs. La tante Victoria guettait les rides autour des yeux, les signes de fatigue et les veinules de la couperose autour du nez en pensant : « Il ne tiendra pas le coup longtemps ! »

– Comme Vivy est musicienne, nous ne manquons pas un concert important.

L'oncle Henri clignait de l'œil : il savait que son ami préférait le cabaret ou le music-hall. Vivy s'adressait à la seule tante Victoria en citant toujours des noms étrangers compliqués qui résonnaient comme les notes d'une musique étrange : Horowitz, Furtwängler, Gieseking, Rubinstein, Menuhin...

– A la Madeleine, nous avons vu *Le Comédien,* de Sacha. Ce Sacha, même quand la pièce n'est pas bonne...

Et Bill prenait la voix de Sacha Guitry pour citer un mot : « Mon père faisait exprès de me ressembler. Ah ! Mmmm, Mâdâme, moi je... »

– J'ai préféré, *Les Jours heureux.*

De quoi ne parlait-on pas ? De ski nautique, de respiration rythmique, d'extravagances américaines, des chapeaux de Mme Stève Pasteur, du docteur Coué, de Joë Louis, de Mistinguett qui tient le coup, d'Elvire (Popesco) ou de Marcelle (Chantal) comme d'amis intimes. Antony Eden était tellement romantique, Pierre Fresnay si délicat, le roi Gustave de Suède si chic et Jean Borotra la courtoisie même. Et Conrad Veidt et Sessue Hayakawa dans *Tempête sur l'Asie,* ah !

Soudain, les grands yeux violets de Vivy se posaient sur Olivier. Sa bouche si bien dessinée, avec un minuscule grain de beauté au-dessus du coin des lèvres, distillait sa musique :

— Et ce jeune homme... Olivier, n'est-ce pas ? Il ne dit rien ?

Olivier tenta de cacher sa confusion et s'efforça à l'amabilité. En fait, il sourit niaisement, en assurant : « Oh ! j'écoute, j'écoute... »

— Il doit penser à sa petite amie, dit Bill. Est-elle jolie au moins ?

— Je n'en ai pas.

Les quatre mots jaillirent boudeurs, dédaigneux, ce « pas » ayant le ton définitif qui clôt les conversations oiseuses. Il se reprit :

— Je n'en ai pas, monsieur.

— A ton âge, avec ta belle frimousse, allons donc ! s'exclama Bill.

Olivier le détesta. « Frimousse, toi-même ! » Il se figurait donc que tout le monde lui ressemblait, ce vieux beau ! Et cette aile de canard qui résistait au couteau, cette petite tache de graisse sur la belle cravate de Marceau... Et l'oncle Henri, malicieux :

— Vous comprenez, mon neveu écrit des vers.

C'en était trop. Quel manque de délicatesse, quelle indiscrétion ! Olivier reposa son couvert, s'essuya la bouche avec la grande serviette brodée d'initiales, hésita à se lever de table, mais Vivy se porta à son secours :

— J'aime beaucoup la poésie. Anna de Noailles, Henri de Régnier, Albert Samain... Tu aimes Albert Samain ?

— Comme ça... Je préfère Apollinaire, Breton et...

– Mais, quel connaisseur ! dit Vivy les yeux brillants, les dents comme des perles.

Olivier s'apaisa. Il crut bon de sourire. Maintenant la chair se détachait plus facilement de l'os du canard. La conversation se détournait de lui. La tante parlait de ses lectures romanesques et jetait des noms à la volée : Geneviève Fauconnier, Louise Hervieu, Jean Rogissart... Rentré en lui-même, Olivier n'écoutait plus. La fine silhouette de Ji passa dans sa rêverie, puis ce fut le visage de l'étudiante qui avait feuilleté le Gide au D'Harcourt, et elles s'effacèrent comme si le parfum de Vivy dissipait leur présence. La nappe si blanche, les verres jetant des feux, l'or et le rubis des vins, des lueurs argentées, l'éclat de la porcelaine, et les mains de Bill avec ces petites taches couleur pain brûlé, ces poils drus, cette chevalière portant un brillant. Se pouvait-il qu'il les posât sur la peau brune au grain si fin de Vivy ? La bouche d'Olivier affirma un tel dégoût à cette pensée que la tante lui demanda :

– Tu n'aimes peut-être pas le canard ?

– Oh, si ! ma tante. Il est exquis.

– Il faudrait être bien difficile, dit Bill. Ma chère Victoria, je vous ajoute une étoile.

Les invités disaient tous à peu près la même chose. Quel ennui ! Finalement, ce Bill amusait moins qu'autrefois. Vivy reprit du canard. A chacun de ses mouvements, ses yeux, ses lèvres, ses dents jetaient des éclairs d'impatiente gourmandise. Des cheveux aux ongles, tout en elle scintillait ; sa bouche était enduite d'un rouge violent au milieu et qui s'estompait aux commissures. Quand son regard se posait sur Olivier, il recevait un éclair de chaleur, un rayon de soleil éblouissant, aveuglant comme lorsque l'on ouvre les rideaux le matin à la campagne sur un dormeur, et voilà qu'à l'éveil brusque se mêle une sorte de peur suivie de ravissement.

Toutes les paroles qu'entendait Olivier devenaient vaines, lointaines, langue morte. Si une phrase s'élevait, elle retombait aussitôt, s'enlisait dans le verbiage. « Que de lieux communs ! »

aurait dit Marceau. Et si cette belle Vivy, pas plus à son aise que lui-même, jouait la comédie, si tous jouaient la comédie pour l'isoler dans son silence ?

— Et les affaires ? demanda Bill.

— Stagnantes, dit l'oncle Henri, et il répéta ce mot qui lui plaisait : *stagnantes,* surtout à l'imprimerie. La conjoncture est mauvaise : les bruits de guerre, les craintes de mobilisation ne sont pas faits pour arranger les choses. On survit simplement. Goûtez ce brillat-savarin, il est d'une pâte !

— Je ne crois pas à la guerre, dit Inguibert, les armées sont trop puissantes. Soyons fermes et le Führer mettra les pouces.

— En attendant, je vais devoir mettre à pied pour une semaine un de mes imprimeurs.

Olivier tressaillit et se demanda s'il s'agissait de Jean ou de David. Une mise à pied, l'oncle en parlait légèrement, comme d'un fait courant, habituel, mais Olivier, par l'exemple de Jean, savait ce que cela représentait de privations et de craintes.

— La guerre est à nos portes et on nous parle de congés payés.

— Ah ! voilà les desserts et le malaga.

— Et la villa de Touraine ?

— Nous y serons en août. Nous aimerions vous avoir...

— Malheureusement non, les îles grecques...

L'image passa d'un pont sur le Cher et d'une plage où couraient des enfants. Une autre s'y substitua : la mémé marchait sur un chemin, glissait son bâton sous le bras gauche et se signait en passant devant le cimetière. Que disait l'oncle Henri ?

— Autrefois, ma femme riait de bon cœur quand je racontais une histoire qu'elle connaissait déjà. Maintenant, elle prend un air excédé...

— Comme maintenant, dit la tante, car cette réflexion, je l'ai déjà entendue.

Olivier se dit qu'ils allaient se raconter des histoires de couples, de vie difficile en commun, avec de fausses plaintes,

de petites agressivités corrigées par le sourire et suscitant des
« C'est comme nous... » Il tenait cela en horreur.

    – La petite Simone Simon a un *sex appeal* fou !

    – Il paraît que maintenant, on dit du *yumph*. Quel *yumph !*
Qui disait cela ? Vivy ou la tante Victoria ? Cette dernière
plaça un disque sur le phonographe. Tiens ! Ravel. Inattendu
cela, mais la conversation ne cessa pas pour autant. Vivy sauta
de joie quand l'oncle Henri déboucha le Dom Pérignon et elle
se passa du champagne derrière l'oreille. Au salon, l'oncle
Henri croisa ses mains sous son ventre comme pour le
soutenir. Inguibert redressa son nœud papillon devant la glace
de Venise avec un soin exagéré. La tante Victoria choisit une
pose élégante, jambes croisées et la main droite posée sur le
bras gauche. Vivy s'assit à son tour sur un pouf sans chercher
aucune harmonie et la trouvant naturellement. Les messieurs
allumèrent des havanes à une bougie et leurs joues se
creusèrent et se gonflèrent successivement, ils regardèrent le
bout du cigare incandescent, puis la fumée fauve. On parla
d'une partie de cartes. Olivier, ne sachant trop que faire, allait
de la salle à manger au salon par la grande baie de séparation
dont on avait déplié les portes. Avant que sa tante ne lui dît :
« Olivier, tu dois te lever de bonne heure demain matin... » il
prit sa décision :

    – Puis-je me retirer ?

Il avait voulu dire cela discrètement et voilà qu'il discernait
dans son ton une note d'impertinence. Il dut répéter sa question
qu'on n'avait pas entendue, et la tante répondit : « Il doit se
lever de bonne heure demain matin... » Vivy demanda : « Les
études ? » et elle ne répondit pas. Olivier s'inclina devant sa
tante, serra la main de Bill et de l'oncle Henri, mais quand il fut
devant Vivy, elle se leva et dit avec une spontanéité
charmante :

    – Tiens, je t'embrasse.

Ses mains voltigèrent et le bout de ses doigts se posa sur les
épaules d'Olivier. Il se sentit prisonnier d'un espace parfumé et

lorsque les lèvres si rouges effleurèrent ses joues, ce fut une
fraîche brûlure. Il resta immobile comme un boxeur « sonné »
sur place et qui ne tombe pas. Il sortit sans se retourner, très
vite.

Il s'appuya à la cheminée de sa chambre, se pencha sur la
glace au tain piqueté de rouille et trouva sur sa joue gauche,
celle où le baiser était resté plus appuyé, une trace de rouge à
lèvres. Il y porta la main comme pour la préserver. Longtemps
il resta devant la fenêtre ouverte sur la nuit, émerveillé d'une
douce flétrissure et ce fut comme s'il ne gouvernait plus son
corps.

*
**

Chaque vendredi soir, les imprimeurs se retrouvaient à La
Cigogne, au coin de la rue Louis-Blanc et du faubourg Saint-
Martin, pour l'apéritif hebdomadaire avant la semaine anglaise
devant l'étain bosselé du grand comptoir dans une chaude
odeur de café arrosé, de liqueurs sucrées, d'anis, de bière et de
tabac. Chacun avait hâte de rentrer chez lui, mais sacrifiait
volontiers à un rite, un acte social, écoutait les autres et confiait
lui-même ce qu'il ferait samedi et dimanche.

— On t'emmène Olivier, avait-on proposé.

— Non merci, monsieur David, j'ai un rencart.

— Que tu dis !

Olivier fila comme une flèche, descendit le quai de Valmy,
prit la rue Eugène-Varlin et se posta dans le hall du Varlin-
Palace. Là, il attendit en regardant les photographies de *La
Bataille de l'or,* avec Georges Brent et Olivia de Havilland dont
le nom évoquait quelque parfum. Il eût aimé participer aux
apéritifs du vendredi soir, mais il savait qu'on lui proposait de
venir par politesse, sans trop y tenir. Au retour d'une course, il
lui arrivait d'entrer en sueur à La Cigogne pour consommer un
demi-tango ou un panaché, mais il préférait le bar Le Floréal

posé comme une île au carrefour Lafayette, Saint-Martin, Louis-Blanc, face au métro. L'arrière-salle avait un aspect feutré, intime. Il y flottait un souvenir de Marceau, de ses amis que la tante trouvait « mauvais genre », des jolies petites amies. La grue nickelée dans sa cage de verre pouvait arracher des trésors de leur nid de pastilles vertes que les enfants récupéraient au fond du tiroir comme au café L'Oriental à Montmartre quand Olivier était un poulbot. La tradition limonadière voulant qu'on servît les verres devant les clients assis, sous leur œil évaluateur, Marceau et ses copains commandaient exprès des apéritifs différents en les choisissant doubles :

– Un Export-cassis... Un Chambéry-fraise... Un Mandarin-curaçao... Un Picon-grenadine... Un Guignolet-kirsch... Un Cap Corse-citron...

Si l'on était six, le garçon devait apporter douze bouteilles sur un plateau dont on envisageait la chute, prêt à crier « Faites chauffer la colle ! » Pour rien au monde il n'aurait protesté devant le client-roi.

« Et si Ji était déjà passée ? » se demanda Olivier. Non, la tante Victoria trouvait toujours quelque travail de dernière minute pour retenir Ji au bureau, surtout le vendredi soir où l'on expédiait les factures. Payés au mois, les employés ne risquaient pas la mise à pied, mais en revanche ils étaient soumis à des surcroîts de travail.

Olivier se caressa les joues. Depuis quelques mois, le duvet s'étant transformé en poil, il devait passer le Gillette tous les deux jours. Le matin, toute la famille se levant à la même heure, il procédait à ses ablutions à la cuisine, devant la pierre à évier, et il se réservait de faire sa toilette complète le soir dans la salle de bains, car il n'aimait pas se montrer nu devant Louise et Marguerite. Son nécessaire de toilette était disposé au-dessus du robinet sur la planche soutenant l'énorme compteur à gaz rouge. Pour se raser, il accrochait un miroir rectangulaire bordé de métal à l'espagnolette de la fenêtre. Dès qu'il passait le blaireau mousseux sur sa peau, Marguerite ricanait et il répondait par un regard étudié, un regard de jeune mâle. « Il fait de ces yeux qu'il ferait peur... » disait Louise. Et Olivier, le doigt levé : « Que personne ne se serve de ma brosse à dents ! » Cela pour Louise qui complétait sa toilette dans la cuisine après le départ des patrons et rinçait ses cheveux à la camomille allemande, restant toute la journée coiffée en saule pleureur. Il guettait quelque réplique, prêt à riposter. Deux années plus tôt, quand sa voix avait mué, ce qui lui permettait de chanter « J'aime le son du cor » ou l'air de la Calomnie du *Barbier de Séville,* que de mauvaises plaisanteries sur les sons caverneux qui sortaient de sa bouche comme d'une grotte !

Il attendit dans le hall du petit cinéma comme un amoureux au rendez-vous qu'il n'avait pas. Des visages s'ajoutaient à ceux des photos de films, ceux de Vivy, de Louise, de jeunes filles entrevues, mais voilà que du bout de la rue arrivait celle qui les résumait toutes, la belle Ji. Elle était mise tout en bleu dont on trouvait toutes les nuances : ardoise, saphir, azur, jusqu'au mauve et au lavande. Sa robe arachnéenne, sa démarche dansante, ses pommettes hautes, sa luminosité, elle, Elle... « Je l'aime, je l'aime... » Parce qu'elle ressentait la fatigue de sa journée de travail, le moment du « coup de pompe », elle paraissait grave. Comment l'aborder ? Aller à sa rencontre ? Se laisser dépasser ? Stratège, Olivier pénétra dans une épicerie qui sentait la cannelle et le Miror, demanda absurdement de l'aspirine, s'excusa de sa confusion et s'arrangea pour sortir au moment même où Ji passait.

— Tiens, Ji, quelle surprise !

— Ah oui ? Des surprises comme celle-là, il y en a tous les soirs. Il suffit de se baisser pour les ramasser.

— Je peux t'accompagner à ton autobus ?

Elle ne dit ni oui ni non. Comment empêcher Olivier de la suivre ? Parce qu'elle portait des chaussures à hauts talons, il se redressa. Il prit les enveloppes vitrifiées qu'elle tenait à la main pour les glisser dans la boîte aux lettres de la grande poste. Il essaya de régler son pas sur le sien, gonfla sa poitrine, porta ses épaules en arrière, agita un index comme s'il rythmait du jazz, avec désinvolture.

— Tu as fini de te tortiller comme ça ?

— Je ne me tortille pas, je marche.

Il tenta de lui prendre le bras et elle lui dit : « Et puis quoi encore ? » Il l'entretint de cinéma. Pourquoi ne l'accompagnerait-elle pas au Rex ou au Gaumont le samedi après-midi ? Elle répondit par ce refrain : « Pour voir ta p'tite binette la semaine me suffit ! » et il pensa que ce n'était qu'une plaisanterie. Il marchait près d'elle, mais il ne marchait pas avec elle. Il se dit qu'il n'existait aucun accord entre eux, aucune vibration, aucun lien, et cela lui sembla injuste, impensable, lui qui aurait donné sa vie pour elle et qui l'aimait comme personne ne l'aimerait jamais.

Arrivés à l'angle du faubourg Saint-Martin et de l'avenue de Verdun, elle s'arrêta pour se regarder dans un miroir de poche, mordiller ses lèvres, passer un doigt mouillé sur les sourcils et les cils en remontant, vérifier sa coiffure, comme si elle était seule. Elle regarda Olivier sans le voir et dit :

— Bon. Tu vas me laisser maintenant.

— Je t'accompagne jusqu'à ton bus.

— Si tu y tiens, mais tant pis pour toi !

Il l'attendait sur le terre-plein des autobus et lui fit signe de loin. « Il », c'était un garçon d'une trentaine d'années, le genre costaud, avec un menton carré piqué d'une fossette, des joues bleues, un nez de boxeur, des cheveux frisés, des pattes en forme de cimeterre coupant son visage. Ji se haussa sur la pointe des pieds pour baiser la joue mal rasée et Olivier pensa douloureusement que, sans sa présence, ils se seraient peut-être embrassés sur les lèvres en pleine rue. C'était dégoûtant.

— Max, celui-là, c'est mon cousin, Olivier Chateauneuf.

— Salut, petit.

Cette manière de jeter son coude en arrière, de faire un grand détour pour tendre une main de brute dans un geste qui se veut élégant et sportif... Olivier fit exprès de tendre des doigts raides qui se refusent et que l'autre broya. Ce Max eut le toupet de proposer de prendre un *drink* tous les trois et Olivier fit une fois de plus le mensonge du « rencart ». Et maintenant, Ji suspendue au bras replié de son amoureux, le regardait, lui, Olivier, plus affectueusement, comme pour éveiller la jalousie de l'autre : « Il est mimi mon cousin, tu trouves pas ? » Et ce Max, sûr de lui, de sa virilité stupide, qui approuvait bêtement. A quoi pouvait-il s'intéresser, ce bellâtre, ce grand dépendu ? Quand ils montèrent sur la plate-forme de l'autobus, Olivier resta sur le trottoir devant l'abri de la TCRP, ne pouvant détacher son regard de Ji, comme s'il la découvrait tout autre qu'il ne l'imaginait. Elle se pencha sur l'appui de bois et lui fit signe d'approcher pour lui dire contre l'oreille :

– Tu comprends, j'ai un faible pour les grands frisés.

Était-il frisé, ce type ? Il ne le regarda plus. Il s'éloigna, Olivier. Il gardait son amertume, Olivier. La litanie des « Je l'aime, je l'aime » devenait dérisoire, blessait sa bouche et sa pensée. Tandis qu'il fouillait machinalement côté bouquins dans les boîtes du brocanteur au coin de la rue du Terrage, sans même lire les titres, des sentiments contradictoires se heurtaient en lui. Il imaginait déjà ses futures relations avec celle qui l'avait trahi, qu'il jugeait infidèle, élaborant les prémices d'une stratégie de reconquête faite d'indifférence dosée, de politesse froide, de dignité impertinente, et qui, en fait, se traduirait par de muets reproches, des soupirs et des évanescences blessées. Il regarda les livres en se demandant ce qu'il faisait là, car il ne trouvait jamais rien d'intéressant dans ces boîtes.

Il revit ce Max qui lui avait tendu sa grosse patte et une rage froide le traversa, des pensées qu'une part de lui-même aurait trouvées injustes en un autre moment, ce qu'il savait et qui augmentait sa colère. Il se répéta : « Ce type, ce type... » et cela devint : « Ce sale type ! » puis « La brute épaisse ! » Et si lundi matin il demandait à Ji : « Comment va la brute épaisse ? » Le dimanche, il devait l'emmener voir des matches de foot ou de basket, et Olivier qui, avec les rames et les rouleaux de papier, faisait jouer sa musculature, se prenait à détester le sport accusé de rendre idiot. Si lui sortait sa cousine, il l'emmènerait sous les marronniers du Luxembourg, lui dirait des vers de poètes maudits, lui montrerait ce que sont les distractions enrichissantes, les plaisirs artistiques. Et Olivier, dans son imaginaire, devenait ce gentleman loyal, courageux, respectueux de l'autre, avec *fair-play* et *self-control* à l'appui. Il s'effaçait devant Ji en robe du soir qui pénétrait dans la loge tout en or de quelque théâtre somptueux. Ou bien, au concert, il lui tendait un programme parfumé. Mais toujours, la « brute épaisse » intervenait dans ses phantasmes.

Et voilà qu'Olivier mettait le monde en accusation, qu'il regardait ses chaussures trop grandes avec ce bout arrondi absurde, qu'il toisait les passants et les trouvait ridicules parce qu'il se trouvait lui-même ridicule. Dans cet univers devenu en quelques instants effroyable et néfaste, il se sentait désarmé, orphelin, exilé. Il pensa à son carnet chargé de poèmes : et s'ils étaient mauvais, dérisoires ? Qui pouvait le comprendre ? Il devenait Baudelaire, Rimbaud, Verlaine. Et lui qui, secrètement, pensait à des unions de mots qui bouleverseraient le monde, voilà qu'une déception amoureuse le réduisait à n'être que ce qu'il était : un apprenti maladroit, un faux étudiant qui masquait son insuffisance derrière des apparences, errant dans une forêt de livres mal compris, sans méthode, en vagabond, ne trouvant rien à exprimer de personnel, car rien dans sa solitude ne pouvait lui indiquer que son éducation sauvage portait quelques bienfaits. Il éprouva l'envie de s'enfouir au fond de son propre corps, de se cacher dans ses chaussures trop grandes que l'oncle appelait bottines, d'être en boule comme un chat, de ne pas être né, il se prenait à détester son corps.

— Salut, Chateauneuf, qu'est-ce que tu deviens ?

Il leva la tête. C'était Bédossian, le copain arménien de la classe de M. Joly, un grand garçon brun à la lèvre ornée d'un duvet noir cerné d'acné juvénile. Il présenta Olivier à sa sœur :

– Jocelyne, c'est le copain dont je t'ai parlé, Chateauneuf.

– Mademoiselle, enchanté.

La main de la jeune fille était longue et douce, comme celle de Ji, et c'est pourquoi il la retint, comme un noyé à qui on porte secours. Brune comme un pruneau, elle avait le nez trop long, mais très droit, de son frère, et ses yeux, immenses, semblaient faire de l'ombre.

– Je ne savais pas que tu avais une sœur. Toujours à l'école ?

– Je suis à Colbert. Et toi, au turbin ?

Pour Bédossian qui ne rêvait que de rejoindre son père pour travailler à la tapisserie, parler de « turbin » c'était témoigner d'une certaine considération. Ne pouvant le comprendre, Olivier qui enviait le collégien prit un air mystérieux, celui que devait avoir le comte de Monte-Cristo. Il toussota et enfila quelques mots sans suite :

– Le boulot, certes... façon de parler... car en fait... ça va plus loin, tu comprends ? que les apparences... Il y a, tu vois ? une autre manière d'être, et...

– Tu étais vachement fort en rédac.

– La rédaction... Oh ! tu sais. Plus c'est banal, plus ça plaît.

Il parlait moins pour le grand Bédossian que pour sa sœur, et la jeune fille le regardait comme si elle attendait de lui des paroles rares, peut-être avec cette attention admirative que conseillaient les magazines féminins pour plaire aux hommes. Olivier dit : « Je suis en retard... » Il serra la main de Bédossian, puis celle plus douce de Jocelyne qui lui dédia un sourire mystérieusement oriental et chargé de candeur comme si, par magie, elle venait de comprendre tout de lui en un instant.

En fin de journée, les commerçants du faubourg rentraient leurs étals. Un tuyau de caoutchouc rouge laissait couler de l'eau sur les rayons recouverts de toile cirée blanche du tripier. Les garçons bouchers en toile bleue finement quadrillée et en tabliers sanglants rentraient la viande ou grattaient des billots de bois creusé. Chez le volailler, un poulet jaune disait sur une ardoise piquée dans sa chair : « *Je suis tendre* ». A côté, chez le beurre-œufs-fromages, on lisait : « *Œufs frais, 0 frs 65, Œufs très frais, 0 frs 75.* » Après les sacs à bord roulé de la graineterie, la fleuriste arrosait avant de les rentrer ses cornets de métal vert et ses potées couleur brique. Le « Légumes cuits » sentait cette fois le chou bouilli et le poireau. Un enfant tirait la laisse d'un chien plus grand que lui. On baissait à grand bruit les rideaux de fer, on tirait les grilles, on enroulait les bannes à la manivelle, et c'était comme le glas du jour. Des gens attardés se pressaient vers la station de métro Château-Landon. Les arbres, prisonniers de leur grille au pied et d'une autre autour du tronc, trouvaient la force de reverdir. Dans un silence soudain, l'air semblait plus léger.

Curieusement, le choc de sentiments divers, souvent contraires, s'atténuait en Olivier. A partir du dédain de Ji et du sourire d'une autre jeune fille naissait un courant dynamique, une énergie nouvelle qui transformait tout. Lorsqu'il pénétra dans l'ascenseur asthmatique, Olivier métamorphosait déjà ce qui l'avait blessé et son mal semblait engendrer lui-même le baume guérisseur. Sa cousine Ji ne fréquentait ce « type » que parce qu'ils effectuaient le même trajet. Au fond, elle devait bien se moquer de lui. Ce n'était qu'un flirt, rien de plus, et peut-être même pas un flirt, rien, rien du tout. Elle le faisait marcher. D'ailleurs, c'était un benêt, un grand flandrin, un décroche-banane. L'idée que Ji pût avoir des rapports amoureux avec ce nigaud, ce niquedouille, lui parut tellement scandaleuse, inhumaine, qu'elle ne fit que l'effleurer. Alors, lentement, pensée après pensée, s'élabora une Ji pleine de subtilités, machiavélique, inventant, préparant tout cela dans le but de s'attacher davantage Olivier. Un jour, elle avouerait son sentiment et...

Olivier fit tinter trois fois la sonnette de l'appartement et ce fut comme si trois petits rires s'échappaient de lui.

*

À l'atelier, le temps d'une pause, le gros Émile assis sur une pile de rames, les jambes pendantes et se balançant, semblait donner un cours de vie sociale à l'usage de Félix le Chafouin, du grand David et de Jean qui ne l'écoutaient que d'une oreille distraite :

— Au sens fort du terme, chacun doit préserver son bon droit. Je n'admets pas qu'un contrôleur de train, s'il ne porte pas de gants, me prenne mon billet.

— Quelle blague ! dit Jean.

Olivier, en retrait avec Lucien, se préparait à compter les coups. Félix, dès lors qu'il s'agissait de critique, marquait volontiers son accord, mais il attendait une nuance lui permettant la contradiction. Il fit couler de l'huile de graissage sur son auriculaire et se frotta énergiquement le creux de l'oreille. Il excellait à mener de front plusieurs travaux à la fois : il encollait le dos de brochures manifolds avec cette chaude colle d'os à odeur forte qu'on achetait en plaques ambrées ou en petites billes luisantes pour les faire fondre dans un chaudron électrique à compartiments ; le temps du séchage, il frottait une brosse à patience sur un grillage et les éclats d'encre violette jaspaient des paysages pointillistes sur les tranches des registres à façon ; pour ne pas perdre une minute, il cousait des cahiers imprimés le long d'une sangle ou jouait d'un plioir de buis. Il fallait bien qu'il fût un fameux ouvrier pour qu'on supportât son sale caractère et son odeur de poisson. Ne pouvant contredire Émile, il renchérit :

— Le citoyen a tendance à se faire plumer. S'il défendait ses droits... Mais il a aussi des devoirs.

— Écoute-le, l'autre ostrogoth ! jeta le grand David.

— Le citoyen, dis-je, devrait savoir pas mal de choses, mais il est ignare. Qu'on te fasse attendre plus de quarante minutes à un passage à niveau et tu peux faire un procès. J'ajoute !...

Il leva un doigt de prophète au-dessus de son glacis à la croûte de colle séchée :

– J'ajoute qu'un taxi pris avant vingt-trois heures doit maintenir le tarif de jour tout au long du parcours. J'ajoute !...

– Les gars, faudrait voir à travailler un peu, jeta le père Hullain du fond de la typo où Nestor lui décrivait Deglane dans un match de *catch as catch can* qui ne l'intéressait pas.

Les imprimeurs revinrent lentement vers les machines muettes. Le grand David jetait à Jean des regards chargés de reproche. A la typo, le beau Gil coupait des interlignes tandis qu'Olivier empilait les compositions sur leur support de carte de Lyon et que Lucien frappait d'un marteau léger pour coincer l'une d'elles dans une forme au moyen de petits morceaux de bois taillés en biais. Olivier regardait le travail rapide d'Hullain avec admiration. Malgré le vasistas de la verrière, l'atelier manquait d'aération et, les mois d'été, régnait une chaleur de serre. Les odeurs d'encre grasse, d'huile chaude, de plomb, de poussière entêtaient. Des affiches de couleur tapissaient les murs : les unes avaient été imprimées pour la CGT toute proche, au coin de la rue Lafayette, d'autres pour l'USM (Union Sportive Métropolitaine) qui donnait ses matches au stade de la Croix-de-Berny, une autre encore présentait le menu d'un banquet d'amicale où on lisait « Les truites de la Loue farcies de queues d'écrevisses ».

– Il y a de la lino à prendre à la Cité Clémentel, dit M. Hullain, et tu leur rapporteras le plomb usé, mais Olivier fit la sourde oreille.

– David, cria Jean à son collègue qui recouvrait la Centurette de sa bâche de toile, ne me fais pas la tronche ! Tu sais que je n'y suis pour rien.

– Je ne t'ai rien dit. Tu me les casses, répondit David avec lassitude.

Les autres ouvriers échangèrent des regards gênés. Le grand David venait d'être mis à pied pour une semaine. Il ruminait sa colère : toujours les mêmes qui « y ont droit » sous le prétexte de moins de travail pour la Centurette que pour les autres machines. Peut-être aussi parce qu'il était célibataire et Jean marié. A moins que Jean, apparenté au neveu du singe... ? David cherchait des raisons et enrageait de devoir en réfuter la plupart. Ou bien le visait-on particulièrement parce que *L'Humanité* dépassait de la poche de ses bleus et parce qu'il disait ce qu'il pensait devant les patrons ?

« Au sens fort du terme... » reprenait Émile en faisant tourner la grande manivelle du pressoir à papier avant d'abaisser la lame du massicot. Les apprentis, au marbre comme devant un zinc, parlaient du Tour de France dont le départ était proche. Lucien mettait toute sa fierté dans un superbe vélo de course bleu. Il courait même pour l'ACBB (Association Cycliste de Boulogne-Billancourt) sur la piste de la « Cipale ». Quand Olivier chevauchait son robuste vélo-porteur, il lui disait qu'il pédalait comme un facteur. Mais entre les jeunes, la conversation finissait toujours par dévier sur une préoccupation commune : les filles. Gil et Lucien se moquaient d'Olivier en faisant allusion aux puceaux et au *Rosier de Madame Husson* joué par Fernandel.

— Ta cousine Ji, dit le beau Gil, si je voulais... Toi, tu t'y prends comme un branque. Écoute : tu t'approches d'elle, tu la regardes droit dans les yeux, elle commence à frémir, tu l'attrapes par la taille et tu la renverses comme au tango. Et hop ! tu lui en roules un en la serrant très fort.

Et le beau Gil arbora un sourire de séducteur. Olivier lui fit une grimace d'innocent de village et tourna autour du marbre en tremblant comme un vieillard gâteux.

— Moi, dit Lucien, c'est tout le contraire. J'attends qu'elles me violent. Si une bergère me plaît, je la regarde gentiment et je lui dis : « Que ta mère soit bénie qui t'a faite si belle ! » Comme les Espagnols. Ça marche toujours !

Jean riait. David dit : « Ces jeunes, y'a pas plus cul ! » et le père Hullain s'adressa à Olivier :

— Tu ne peux pas lutter avec eux. Toi tu es un sentimental. Laisse-les dire, ces jolis frisés.

– Un jour, on te fera connaître la vie, mon petit, conclut le beau Gil.

Olivier essuya le marbre où il avait renversé le bidon d'essence. « Ces jolis frisés... » comme la « brute épaisse », le flirt à la mords-moi-le-doigt de Ji.

Il grignotait ses méditations quand on frappa à la vitre près de la porte donnant sur la cour. Il fallut déplacer deux sacs de chutes de papier, le blanc et la couleur, pour l'ouvrir sur un monsieur élégant :

– Mme Desrousseaux est-elle ici ? Ou à défaut M. Desrousseaux ?

– Non. Bonjour, monsieur. Voulez-vous entrer. Je vais téléphoner, dit Olivier, tandis que le prote Hullain s'avançait pour conduire le visiteur vers le minuscule bureau où l'oncle venait parfois travailler.

*

Ce monsieur qui portait un nom à compartiments : Jean-Gabriel-Benoît Lacroix-Laffitte et qu'on appelait L.L. était un gros client et il fallait le soigner. Vêtu d'un costume croisé en tissu peigné bleu marine à fine rayure, il s'éventait avec son chapeau Eden. Une chaîne de montre à plusieurs rangs où dansaient des breloques barrait son gilet de soie brune et moirée, soulignant ce qu'il avait de confortablement replet. La chaleur ne l'empêchait pas de rester ganté de chevreau clair et sous les guêtres grises ses chaussures Richelieu étincelaient. Il portait de manière inattendue une cravate lavallière à pois blancs sur fond bleu qui ajoutait une note de fantaisie et un monocle cerclé de noir était vissé à son œil gauche.

Tandis qu'Olivier téléphonait aux entrepôts de papeterie, il se tenait assis sur une chaise de bois courbé et regardait autour de lui, sans doute étonné de se trouver dans un endroit pour lui insolite. Il examina le jeune homme avec sympathie.

– Mme Desrousseaux sera ici dans un instant, monsieur.

– Merci. Dites-moi, vous êtes bien le neveu orphelin ?

– Oui, je suis le neveu.

Olivier s'efforça de prendre un air distingué, ce qui n'était guère aisé avec cette salopette tachée et ces mains noires qu'il croisait derrière son dos.

– Alors, c'est bien vous qui écrivez des vers ? demanda le visiteur.

Olivier se troubla et rougit à la fois de confusion, de timidité et d'agacement. Il bougonna quelque chose d'incompréhensible qui pouvait passer pour un acquiescement. M. Lacroix-Laffitte se leva pour fermer la porte et le bruit des machines n'arriva plus qu'atténué. Des petits cheveux frisottaient au-dessus de ses tempes, là où la calvitie ne s'était pas encore étendue. Il essuya son monocle avec sa pochette, le remit soigneusement en place avec une petite grimace et dit :

– Jeune homme, si je vous ai reconnu, c'est que vous ressemblez à votre tante, ce qui pour moi est un compliment, surtout par la bouche et le bas du visage. Cela vous plaira sans doute d'apprendre qu'en marge d'occupations philanthropiques, je suis avant tout un poète, oui, un poète d'obédience parnassienne, strictement parnassienne. Vous pourrez me montrer ce que vous écrivez...

– C'est-à-dire... Ce n'est pas tout à fait prêt...

– J'espère que vous rimez ! dit M. Lacroix-Laffitte en tapotant sa bouche avec sa pochette, car les gens qui ne riment pas sont en général des anarchistes. Tout en poésie est affaire de bonne prosodie. Connaissez-vous la prosodie ?

Olivier ressentait de curieuses impressions. Pour la première fois de sa vie, il voyait un poète et ne l'eût pas imaginé ainsi. Les paroles de L.L., son intonation précieuse lui déplaisaient et, en même temps, il imaginait des préoccupations communes, trouvait quelqu'un à qui pouvoir se confier sans qu'il se moquât.

– Oui, j'ai écrit des alexandrins et des octosyllabes, avec la césure, et un sonnet...

– Admirable, le sonnet. J'espère que vous l'avez fait régulier. Et que vous ne faites pas rimer comme certains un singulier avec un pluriel !

Il posait maintenat un regard de juge sur Olivier qui se sentait comme devant un maître d'école.

– Et quels sont vos poètes ?

– Oh ! je lis un peu de tout.

– Pas de « modernes », j'espère. Il faut lire et relire Corneille, Victor Hugo et Leconte de Lisle.

– Je les lis aussi. Et puis Blaise Cendrars, Jean Cocteau, Max Jacob...

La bouche de poupée de M. Lacroix-Laffitte fit : « Pfffuit, pffuitt ! » et Olivier, devant cette désapprobation, se sentit mal à l'aise et déplaça des dossiers sur le bureau pour éviter une discussion : surtout ne pas contrarier le « gros client ». Il s'occupait de sociétés philanthropiques et, d'année en année, commandait des imprimés par centaines de milliers d'exemplaires. Cela avait commencé par un comité de bienfaisance sous le signe de la défunte reine Astrid dont le portrait imprimé était envoyé aux généreux donateurs. Puis la médaille de la Marne, des médailles en carte légère découpées à l'emporte-pièce, distribuées aux poilus qui s'étaient trouvés sur le front de la Marne (« Même ceux qui pêchaient le goujon ! » disait ce médisant de David). Enfin ce seraient des appels à la charité en caractères Braille sur des feuillets piqués dans une mince couverture. Après avoir déchiffré l'écriture des aveugles, il fallait envoyer un mandat qui leur apporterait des bienfaits. Des dizaines de concierges parisiennes inscrivaient sur des enveloppes de papier bulle des adresses prises dans les annuaires.

L.L. avait cette souplesse de gestes, cette agilité et cette élégance pateline qui sont souvent le fait des hommes ronds. On sentait l'homme du monde, l'habitué des salons. Olivier savait qu'il baiserait la main de la tante Victoria et que les ouvriers s'en amuseraient. Quand arriva la tante, cela se fit tout naturellement. Il éleva avec componction la main gantée de fil blanc à hauteur de sa bouche, l'effleura et la retint un instant.

– Chère petite madame, chère amie, veux-je dire...

La tante Victoria avait quitté sa blouse sur une robe de Mme Bruyère, place Vendôme, et n'avait pas pris le temps de mettre un chapeau :

– Je vous ai fait attendre...

– J'avais compris que le rendez-vous était ici, pardonnez-moi. Notre jeune poète m'a tenu compagnie.

La tante fit : « Oh... » comme pour dire que c'était là un bien grand mot, puis « C'est bien, Olivier... » et il comprit qu'il devait quitter le bureau. Après quelques galanteries, quelques minauderies de la tante qui pensait surtout à la commande d'imprimés, on en viendrait aux affaires et, plus tard, le chauffeur en uniforme, aidé par Olivier, chargerait dans la longue limousine les paquets de missives imprimées que des gens seraient flattés de recevoir. Au fond de l'atelier, le beau Gil mimait un baisemain et Lucien se trémoussait. Il secoua la tête avec commisération : ces gars-là n'avaient donc jamais rien vu !

**
*

– Qu'est-ce que tu fais comme fautes d'orthographe ! dit Olivier en reposant la copie de Jami.

– C'est exprès, dit Jami, pour ne pas avoir l'air prétentieux comme certains...

– Que t'es-ce !

Il disait « que t'es-ce » pour « ce que tu es » et c'était une déformation de langage venue de l'atelier où, dans l'ennui des journées, d'une machine à l'autre, on se jetait des termes absurdes, jaillis parfois du parler populaire ou de l'argot, et souvent inventés, qu'on accompagnait au besoin d'un geste peu recommandable comme de se taper sur la cuisse en désignant ce que la bienséance interdisait de nommer.

– Bon, c'est pas tout ça, Jami-les-grandes-guiboles, mais j'ai à faire.

A la cuisine, penchée sur la jeannette de la planche à repasser, Louise glaçait des cols à l'amidon Rémy tandis que Marguerite, entre deux gorgées de thé mexicain, astiquait les cuivres du fourneau. Olivier se tira un verre d'eau au robinet, y fit couler du sucre en poudre, s'assit sur un tabouret et rêvassa en faisant tourner le liquide dans son verre. Il dit poétiquement : « La vie humble, aux travaux ennuyeux et faciles, quoi ! » et Marguerite répondit : « Pas si faciles que ça ! » Louise défit trois boutons de son corsage et soupira : « Quelle canicule ! » De sa place, Olivier apercevait ses petits seins roux et pointus qui bougeaient. Elle le faisait vraiment exprès : quand ce n'étaient pas ses jambes, c'était sa poitrine. Marguerite ouvrit le placard métallique, donna une poignée de cerises à Olivier et ajouta une caresse sur sa joue. Il dit qu'il allait pleuvoir. Elle était adorable, mais il savait que bientôt elle ne manquerait pas de jeter : « Tu n'as vraiment rien à faire ? » et lui placerait un moulin à café entre les cuisses. Par précaution, il dit encore, comme à Jami :

– C'est pas tout ça...

– Oui ?

– Voilà, Marguerite. Autant dire les choses. Bref, vous ne me prêteriez pas dix francs jusqu'à demain matin ?

– C'est bien vrai ce mensonge-là ?

– Ce soir, j'aurai ma semaine.

Elle n'avait pas attendu la réponse pour ouvrir son porte-monnaie. Olivier empocha joyeusement la pièce et remercia. En quittant la cuisine, il entendit :

– Tu ne vas pas un peu fort, toi ? Tu vas l'affoler...

– C'est un amour, un amour ! chantonna Louise en lançant dans le vide de bruyants baisers.

Ainsi ses exhibitions étaient volontaires. « Peuh ! si elle s'imagine... » se dit Olivier flatté tout de même. En traversant le couloir, il fit mine de porter un monocle et dit d'une voix comique : « Sieur Olivier Châteauneuf-du-Pape, seriez-vous voué aux amours ancillaires ? »

— Tu fais encore le zouave ? lui dit Jami.

— Que t'es-ce ! Que t'es-ce !

Il faudrait qu'il évitât désormais de se rendre à la cuisine, ou plutôt à l'office comme disait la tante Victoria. En même temps, troublé, il éprouvait déjà l'envie d'y retourner. Il déambula dans l'appartement, jouant à remettre en place objets et bibelots alors qu'il ne faisait que déranger leur ordonnance. Il rejoignit Jami dans la chambre de Marceau et cligna de l'œil sur le microscope. L'enfant lui fit observer qu'il ne pouvait rien voir, car il n'avait pas placé la plaquette de verre portant la matière à analyser. Philosophe, Olivier répondit : « Mon cher, il y a toujours quelque chose ! » Puis il taquina son cousin à propos d'un costume marin en serge bleue avec un chapeau forme boléro qu'il détestait. Marguerite cria du couloir :

— Jami, prépare-toi, nous partons...

Olivier prit un ton bêtifiant :

— Et n'oublie pas ton cerceau, mon coco chéri, et ton seau, ta pelle et ton râteau.

Il ajouta : « Attention à la trompette en bois ! », allusion à un incident : plus petit, Jami avait avalé un mécanisme de trompette et il avait fallu lui faire avaler de l'huile de ricin.

Jami prit un livre, haussa les épaules comme quelqu'un qui n'a que faire des boniments. En sortant, il murmura quelque chose d'incompréhensible comme : « Oh ! Ah ! Han ! » Olivier porta sa main en cornet à son oreille en affirmant que les froussards devraient parler plus fort. Jami courut vers Marguerite et, dès qu'il fut sous sa protection, articula ces paroles :

— Peau d'hareng !

A quoi Olivier répondit : « Triple terrine de gelée de peau de fesses ! » Resté seul, il ouvrit sans bruit la porte de l'armoire de Marceau et choisit un blazer en jersey bleu sans col ni revers dont il dut replier les manches trop longues aux poignets. Sur le rayon, il cueillit un chapeau en feutre vert acide. Il remettrait tout en place sans se faire prendre.

Il entrouvrit la porte de la cuisine au moment où Louise sortait par la porte de service. Il ignora le sourire gênant qu'elle lui dédia. A son tour il quitta l'appartement en sifflotant pour rejoindre le faubourg qui avait pris son visage du samedi après-midi entre deux marchés.

Devant la poissonnerie, il regarda les soleils de harengs fumés dans leur boîte ronde et les bigorneaux qu'on vendait en sachets en fournissant une épingle. Après réflexion, il opta pour un bock au café du coin de la rue de Château-Landon. Il aimait particulièrement le moment où le garçon en gilet guillotinait la mousse au ras du verre avec une règle plate en bois. Par habitude, il disait toujours « sans faux col » alors qu'il adorait tremper ses lèvres dans la mousse crémeuse. Connaissant l'origine auvergnate de nombreux garçons de café, il demandait : « Vous ne seriez pas de la Haute-Loire, vous ? » et il suscitait aussitôt l'intérêt. Presque toujours on lui répondait par des noms de départements, le Cantal, la Lozère ou le Puy-de-Dôme, que suivait un nom de village, et il expliquait à son tour qu'il était de Saugues, parlant du pays et jetant quelques mots de patois.

Il descendit aux lavabos pour essayer le chapeau qu'il tenait encore à la main. Ce feutre, Marceau l'avait acheté par amusement et parce qu'il faisait « barbeau ». Olivier le plaça à l'arrière de sa tête, releva le bord, arrangea ses cheveux par-devant pour ressembler à Charles Trenet.

En sortant, il trouva Félix le brocheur dont les yeux gardaient une fixité gênante. Il distribuait des tracts où on lisait « Le Juif et la France » car il militait dans un mouvement antisémite sous la houlette d'un nommé Darquier de Pellepoix qui, plus tard, ferait parler de lui. A l'atelier, à l'exception du grand David qui l'appelait « tête à claques », on ne prenait pas garde à ses propos maniaques. Il cherchait à persuader les apprentis qui riaient d'une idée fixe sur laquelle ils ne se posaient pas de questions.

Quel beau samedi ! Un jour tout en organdi et en crêpe georgette, avec une brise légère qui faisait voler le tissu des robes et chanter le feuillage des arbres. Olivier, marchant en direction de La Chapelle, lisait du bonheur sur les visages. Que de sourires rouges sur les minois roses ou peau de pêche des belles Parisiennes ! Jusqu'à l'eau de la voirie qui prenait des teintes de rivière. Et ces pots de fleurs sur les fenêtres, ces envols de pigeons et de moineaux, cet air de jubilation de la nature affirmant ses jeunes certitudes parmi l'asphalte et le pavé. Olivier regardait les automobiles en stationnement, une « Citron », une Celtaquatre, une petite Rovin toute jaune. Il fit « Vroum ! Vroum ! » et siffla.

Dans le cageot délaissé d'une fleuriste, il choisit un œillet pas trop fané et le planta dans la plus haute boutonnière du blazer. Il marchait le long du trottoir en comptant ses pas et en évitant les raies séparant les blocs de pierre, ce qui lui permettait de formuler des vœux amoureux dirigés vers sa cousine Ji. Il l'avait tant et tant regardée qu'il la portait en son cœur comme une image sainte. Il réfléchit, se ravisa et revint sur ses pas pour atteindre la rue Chaudron, car il gardait sa petite idée en tête. Curieusement, il entra chez le coiffeur pour dames annoncé par une boule de cuivre où pendait une chevelure, et dont il ressortit bientôt. Le coiffeur avait dit : « A cinq heures et demie, si tu veux... »

Il hésita alors entre le Quartier Latin et Montmartre et se décida pour la Butte. Il suivit un moment le boulevard de La Chapelle et coupa par la rue de Chartres, là où il n'osait pas passer étant petit. Pour se donner l'air affranchi, il alluma une Celtique dérobée à l'oncle Henri, mais pressa quand même le pas devant les prostituées en corsages luisants de satin noir et dont les lèvres peintes semblaient saigner. Appuyées dans des encoignures ou devant des boutiques sordides, elles somnolaient au soleil. Pour le principe, l'une d'elle l'interpella : « Eh !

le gars au bitos, tu viens ? » et il répondit sans oser la regarder :
« Non merci, je suis pressé ! » ce qu'il trouva très digne.

Lorsqu'il montait vers Montmartre, c'était toujours avec un sentiment de fraude, presque de culpabilité. Sans jamais l'avoir exprimé directement, il savait que la tante Victoria ne tenait guère à ce qu'il fréquentât Jean et Élodie. A l'atelier, si elle le surprenait à converser avec Jean près des Express, elle lui jetait un regard noir de reproches, chargé de dignité blessée devant quelque ingratitude. Il n'empêche : arrivé à hauteur de La Maison dorée, à Château-Rouge, l'air lui semblait plus pur. Après un regard sur le tableau d'affichage du glacier, il passait devant son ancienne école, regardait l'emplacement où il jouait aux billes, s'arrêtait devant le tabac L'Oriental et remarquait que la marchande de journaux en fichu était toujours la même. A son bonjour, elle répondait avec perplexité : elle ne le reconnaissait pas. Et non plus M. Poupon le marchand de couleurs en longue blouse blanche ou la dame de La Bordelaise. A voir l'épicerie du 75, rue Labat dont les peintures vertes s'écaillaient et qui semblait être là depuis des dizaines d'années, qui aurait pu croire qu'au même emplacement se trouvait la coquette mercerie de Virginie Chateauneuf ? Au 77, il regarda dans l'entrée les iris de la céramique, monta deux marches par deux marches l'escalier au mur peint en faux marbre et s'arrêta devant la porte surmontée d'un petit bois taillé en volutes. Il frappa si doucement qu'on ne l'entendit pas et qu'il dut recommencer. Élodie qui ôtait ses bigoudis lui ouvrit la porte dans un éclat de rire et dit, comme chaque fois : « J'avais deviné que tu viendrais ! » Et elle lui donnait le triple poutou de la Sainte Trinité, emplissait de sa faconde le logement si propre qu'on aurait mangé par terre, appelait Jean qui embrassait Olivier à son tour, ce qu'il ne faisait pas à l'atelier. Sur les napperons de dentelle du Puy chaque bibelot brillait. Et Olivier regardait la coupe avec les raisins et les pommes en cire, surprenait quelque changement et disait : « Tiens, avant ce n'était pas là ! »

— On allait partir, mais tu prendras bien une cerise à l'eau-de-vie. Tu as un drôle de chapeau ! Oh ! tu ne fais rien comme les autres, toi. Tu es grand maintenant. Viens dans la salle à manger.

Elle prononçait « minger » avec l'accent de la Lozère. Olivier regardait la petite alcôve où il avait dormi après la mort de sa mère, avant son adoption par les Desrousseaux. Tout était clair, ordonné, semblait témoigner du bonheur de gens qui s'aiment.

— Le tandem ? dit Olivier.

— Tu ne l'as pas vu ? Il est rue Bachelet près du bec de gaz.

Car il restait un bec de gaz, un des derniers de Paris. Tandis qu'Olivier suçait les cerises, le couple finissait de se préparer. Elle était touchante la jolie Élodie, honnêtement rondelette dans son blouson de toile à manches courtes avec sa jupe-culotte assortie au short bleu marine de Jean. Ils portaient des socquettes de fil à bord tricolore, des chaussures cyclistes et tenaient à la main une visière pour se protéger les yeux du soleil.

— Ce soir, nous coucherons à Villeneuve-Saint-Georges chez des amis du Malzieu. Lui est au chemin de fer.

— Une belle trotte...

Il fallait partir. Olivier remit son chapeau, garda un noyau de cerise dans la bouche. Il accompagna ses cousins jusqu'au tandem bleu argent dont chaque partie brillait à la lumière. Jean plaça sur le porte-bagages des pèlerines de soie huilée et des paquets, sans doute des cadeaux pour leurs hôtes. Olivier assista au départ, regarda le tandem s'éloigner vers la rue Caulaincourt et il agita son chapeau.

*
**

Il s'assit sur les marches de la rue Bachelet devant le terrain en broussaille pour avoir un regard d'ensemble sur son ancienne rue. Le beau temps de la semaine anglaise avait vidé Paris que les gens quittaient plus volontiers qu'autrefois. Les piscines devaient être pleines. Il reconnaissait de rares passants qui ne le reconnaissaient pas et il murmurait des noms : Boisier, Mme Papa, la petite Italienne, Gisèle... Si jeune, il lui semblait déjà avoir un passé, des nostalgies, des regrets. Une fois encore, il tenta de se souvenir du temps qui avait précédé la mort de Virginie, mais sans y parvenir, ce qui l'effrayait toujours. Sa montre lui indiqua qu'il devait changer de lieu, mais qu'il lui restait deux bonnes heures de flânerie avant son rendez-vous.

Il hésita. Graviraient-il ces rues grises parmi les façades lézardées pour atteindre le Sacré-Cœur avec ses minces boutiques d'objets pieux et de souvenirs, ses nouveaux immeubles, ses maisons à bow-windows ? Il pensa qu'il ne retrouverait pas ses terrains vagues cernés par des palissades recouvertes d'affiches superposées pour former d'épaisses plaques de papier que défaisait la pluie. Certes, il reverrait les murs aux épais contreforts de la rue Saint-Vincent, quelques enclos préservés où l'on trouve du lierre, des acacias et des lilas, mais il n'en avait plus le goût et il marcha en direction du boulevard de Rochechouart par le boulevard Barbès.

On ne consomma jamais autant de cacahuètes qu'aux terrasses des brasseries d'avant-guerre, les Dupont, les Biard ou La Bière. Les coques débordaient des cendriers, envahissaient la sciure dorée aux bords finement dessinés en arceaux au balai. Olivier regarda les buveurs de bière avec envie, mais il dut se contenter d'une lampée d'eau à la timbale bosselée pendant au bout de sa chaîne à la fontaine Wallace. Heureusement, les multiples spectacles étaient gratuits. Il passa devant le Palais de la Nouveauté, anciennement Dufayel, aux rideaux de fer poussiéreux. Il regardait tous les affichages des cinémas. Au Barbès-Pathé, on jouait *On lui donna un fusil*, avec Franchot Tone et Spencer Tracy, au Louxor *Un monde en marche*, avec Joël Mac Créa, à La Gaîté-Rochechouart *Les Deux Bagarreurs*, avec Victor Mac Laglen, au Delta *Le Dernier Gangster* et l'on voyait sur un calicot grossièrement colorié la lippe d'Edward J. Robinson. Le boulevard adorait les films américains, de préférence violents.

A l'endroit où la ligne de métro quittait sa rampe aérienne pour entrer sous terre, sur le terre-plein, une loterie jetait ses lumières en plein jour et Olivier joua aux pronostics en surveillant les numéros et les lettres sur la grande roue dont il aimait le son. Au cinquième tour, la petite lanière lui indiqua qu'il aurait pu gagner un kilo de sucre Say. Tout un peuple bigarré se pressait, avec beaucoup d'Africains, de Nord-Africains parfois chargés de tapis, groupes de filles en cheveux, couples d'ouvriers jouant aux bourgeois, marchands à la sauvette ouvrant des parapluies chargés de pacotille, vendeurs de photos spéciales, camelots, militaires, retraités, et l'on sentait des odeurs de brillantine, des parfums de lavande, de violette et de Cuir de Russie, des relents d'ail et d'oignon, de frites et de gaufres. En dépit des chaussures à la Charlot, Olivier, à l'ombre de son chapeau, avec ce blazer trop long, se sentait élégant, il regardait les jeunes filles, surprenait un clin d'œil canaille suivi d'un rire trop fort, prenait des poses, un pouce dans la ceinture de son pantalon, attitude qu'aurait désavouée la tante Victoria.

En face du Dupont-Barbès, sous le métro aérien, Olivier reconnut un vieux couple de chanteurs des rues, au centre d'un cercle de badauds, qui diffusaient sur du mauvais papier les couplets qu'ils chantaient en s'accompagnant à l'accordéon et au banjo : « Demandez les succès parisiens ! » et les gens fredonnaient *La Valse à tout l'monde, Le Secret de tes caresses* ou *Je rêve au fil de l'eau.*

L'heure lui conseilla d'oublier sa flânerie. Par contraste, rue Louis-Blanc, il éprouva une singulière impression de silence. Passant devant le collège Colbert, il pouvait entendre son pas sur le trottoir, d'autant que de petits arcs de métal protégeaient les talons et le bout des semelles, ce qui lui permettait d'imiter les claquettes de Fred Astaire.

Il s'arrêta devant le salon de coiffure, regardant les réclames de parfumerie, les flacons, les tubes, les boîtes de crème et de poudre de riz, les portraits de comédiennes aux cheveux en vagues éblouissantes. Il hésitait, puis, comme on plonge dans une eau froide, il appuya sur le bec-de-cane de la boutique et sursauta quand la porte fit entendre une sonnerie aiguë qui se prolongea jusqu'à ce qu'il l'eût refermée.

*
**

Quand il revint vers l'appartement, son chapeau enfoncé jusqu'aux sourcils, le ciel se colorait de framboise. Il put se glisser jusqu'à la chambre de Marceau sans qu'on l'aperçût et remettre sur son cintre le blazer pour reprendre ensuite, dans sa chambre, le blouson de suédine à fermeture Éclair serré aux manches et à la taille par une bande élastique.

A la cuisine, Marguerite, avec une cuillère en bois, préparait une sauce au roux pour les petits pois de saison. Louise, assise sur un tabouret, les coudes appuyés à la table, cachait son visage dans ses mains. « Elle pleure ? » chuchota Olivier inquiet à l'oreille de Marguerite. Dans un sourire, elle dit à Louise : « Il croit que tu chiales... » La petite rousse leva la tête et Olivier vit qu'elle pressait sur son visage des feuilles de laitue.

– C'est pour la peau, tu comprends, expliqua Marguerite.

– Curieux, curieux, répéta Olivier en faisant tourner son index sur sa tempe.

Une autre fois, il verrait Louise procéder aux mêmes soins de beauté au moyen de ronds de concombre et de tomate. Cela devait être bénéfique : son teint gardait une réelle fraîcheur.

Dans la salle à manger, tout le monde lisait. La tante Victoria feuilletait *Marie-Claire* et l'on apercevait les quintuplées qu'on appelait « les quintuplettes », les sœurs Dionne, disant l'excellence du *Quaker Whate Catson*. L'oncle leva la tête de son journal et dit :

– Benès, voyez-vous, ce n'est pas n'importe qui. Il est plus obstiné que Masaryk, et, selon Bertrand de Jouvenel, il a raison : les Allemands bluffent. Les Tchèques sont capables à eux seuls de tenir leur armée en respect. Tous est en façade. L'écrivain Thomas Mann pense aussi que le peuple allemand n'est pas en état de conduire une guerre.

— Excellente nouvelle, dit la tante Victoria en passant à la lecture d'un article d'Henry Bordeaux présentant les actrices ayant tenu le rôle de Jeanne d'Arc : Falconetti, Simone Genevois, Sybil Thorndyke, Ludmilla Pitoëff...

Jami, assis en scribe sur le tapis de Chine, leva les yeux de son illustré et dit en prenant une voix de bébé :

— A beau papeau, Olivier...

— Ce type, quel œuf, madame !

— Encore une expression élégante, remarqua la tante Victoria. Olivier, si tu ôtais ce chapeau ridicule.

Olivier rougit et quitta la pièce pour se rendre dans sa chambre. Une visite aux livres lui ménagerait un répit et lui ferait du bien. Ces bouquins affirmaient une telle diversité qu'on aurait pu croire qu'ils appartenaient à des personnes différentes : un mélange de manuels, d'essais, des feuilletons historiques de Maurice Landais, *Carot Coupe-Tête,* des classiques, des poètes comme Paul Valéry, Lautréamont et Léon-Paul Fargue, un atlas, des Jean de La Hire et des Paul Féval. Qui aurait pu établir un rapport entre *Texas Jack* et Disraeli ou entre Las Cases et *Naz-en-l'air ?* Et tous ces livres étaient soigneusement recouverts de papier écolier ou de cellophane avec des étiquettes portant des titres en écriture de ronde. Il leva son chapeau devant la glace et le remit avec une grimace douloureuse.

Quand on l'appela pour le dîner, il avait pris une décision et il dit fermement à la tante Victoria :

— Voilà : je suis obligé de garder mon chapeau, parce que, parce que j'ai froid à la tête !

— Qu'est-ce que c'est que cette comédie encore ?

— J'avoue que c'est un phénomène étrange, mais j'ai froid, ma tante, un froid glacial.

Et ce froid qu'il inventait il était bien près de le ressentir. L'oncle Henri leva des sourcils étonnés. Jami qui pressentait quelque chose de joyeux dit : « Il est toc-toc ! »

— Cesse cette comédie, dit sévèrement la tante. Tu n'imagines pas passer à table avec un chapeau sur la tête, par hasard ? Déjà, rester couvert devant moi est de trop... Tu te crois encore rue Labat ? Pour la dernière fois, ôte ce chapeau !

Et Olivier, penaud mais armé de courage et de défi, retira le couvre-chef, ce qui provoqua immédiatement un quadruple éclat de rire (Marguerite venait d'entrer avec la soupière). L'oncle aussitôt fredonna :

> *Quand j'danse avec mon grand frisé,*
> *Je perds la boule,*
> *Je suis comme soûle !*

Pour ressembler à ces séducteurs qui, comme le beau Gil ou la « brute épaisse » plaisent aux jeunes filles, Olivier s'était offert une indéfrisable que le coiffeur pour dames de la rue Chaudron proposait au rabais. La tête couverte de petits crans, il tira sa chaise en s'efforçant vainement de prendre un air désinvolte, celui qu'aurait eu Marceau en pareil cas, mais la tante Victoria dit :

— Après cela, j'aurai vraiment tout vu. Marguerite, vous lui dressez son couvert à la cuisine.

**

Contrairement à tout ce que l'on aurait pu imaginer, la surprise passée, le supplice fut de courte durée. Certes, il avait fallu s'asseoir chez le coiffeur parmi des dames ironiques qui devaient le prendre pour ce qu'il n'était pas et subir ensuite les moqueries de la famille et, sans nul doute, des allusions blessantes à l'atelier. Il devait se blinder, tout affronter en opposant un mépris souverain. Cependant, le lendemain, après un coup de peigne dans les cheveux, les petits crans collés sur la tête se transformèrent en belles et souples ondulations. La tante avait oublié ses rigueurs de la veille. Elle dit même en souriant :

— Le pire, c'est que ça ne lui va pas si mal !

Le plus difficile restait la papeterie et l'imprimerie. Il avait pris d'avance son parti. Il ne répondrait pas. Il n'était pas comme les autres, voilà tout ! Il serait un dandy comme Baudelaire. Pour en rajouter, il se confectionna une lavallière avec un coupon de rayonne. Comme M. Lacroix-Laffitte qui, de plus, portait le monocle. Les réactions de ses compagnons furent diverses. Hullain et Nestor dirent : « Ah ! jeunesse... » et « Il faut bien que jeunesse se passe... » Et Jean : « Tu aimes te distinguer, toi, hein ? déjà tout petit... » mais il n'en dit pas davantage. Les plus agressifs furent les apprentis :

— T'as l'air d'une tata, dit Lucien.

— Hou ! Hou ! je te jette un cil ! fit le beau Gil.

Olivier resta muet et lointain. Comme la plaisanterie durait un peu trop et ne se renouvelait pas, il laça son poignet de force en cuir, fit saillir ses biceps et dit :

— Je vous prends l'un après l'autre...

— Pas de castagne ici, dit Hullain.

— Alors, moi, mes petits, reprit Olivier, je vous enquiquine à pied, à cheval et en voiture.

Il chercha un terme et finit par les traiter allégrement d'« empapaoutés ». Mais, comme c'était lundi, chacun préféra bientôt raconter sa fin de semaine, parler des courses, des sports et du ciné. Alors, ayant l'impression d'avoir réussi un domptage, Olivier prit le premier prétexte venu pour se rendre aux papeteries.

La cousine Ji était seule au bureau. Elle crachait sur une petite brosse noire et la passait sur ses cils en remontant, puis, de l'index, elle mit du rouge à lèvres avec un soin tel qu'elle n'entendit pas entrer Olivier. Lorsqu'il lui tendit la main, elle sursauta :

– Te voilà, toi. Tu m'as fait peur.

– Me voilà, moi.

Il s'assit négligemment sur le fauteuil tournant de la tante Victoria et il dit : « Bonjour, d'abord ! » Elle répondit par un signe de tête et il grogna : « Bonjour, mon chien ! » Comme elle ne se souciait pas de sa présence, il l'imagina bourrelée de remords et eut un désir généreux de pardonner à l'infidèle :

– C'est fou ce que ta coiffure me fait penser à Katharine Hepburn.

Elle dit : « Ah ! » et, pensant que cela ne pouvait que lui plaire, il ajouta : « en moins excentrique, bien sûr ! » A quoi, elle ajouta un second « Ah ? » La taille de sa cousine, étonnamment affinée et souple, lui faisait penser à une liane, comme d'ailleurs il l'avait dit dans un poème. Il la trouvait désirable et répétait ce mot en lui-même. Il se retint de le lui signaler et préféra lui parler du dimanche. Elle lui dit : « Je n'ai rien fait de spécial » et il lui raconta le film *Délicieuse* avec Deanna Durbin qu'il avait vu en famille. Là encore, il lui dit : « Elle te ressemble par certains côtés, mais tu es mieux ! » Surtout, pas d'allusions à « la brute épaisse ». Comment s'appelait-il ? Ah oui, Max. Sans intérêt.

– En attraction, il y avait le Chanteur sans nom : il a l'air d'un déménageur...

Il faillit ajouter : « comme certains ! » Comme elle restait muette, il murmura : « Quelle comédienne ! » Et voilà qu'elle dégrafait ses jarretelles à travers sa robe, qu'elle roulait ses bas jusqu'à ses pieds. Quel sans-gêne ! « La barbe, les filles ! » Quelle était la phrase de Lucien ? Ah oui ! Il prononça lentement à voix haute et modulée :

– « Que bénie soit ta mère qui t'a faite si belle ! »

– C'est gentil, ça.

Tiens ! Elle lui adressait un ravissant sourire à fossettes. Il passa ses mains dans ses cheveux ondulés pour vérifier s'ils ne s'étaient pas aplatis. Pas mauvaise, la phrase de Lucien. Elle ne semblait pas s'apercevoir de sa coiffure. Et quel conseil avait donné le beau Gil ? « Tu t'approches, tu la regardes longtemps dans les yeux... » Pour cela il fallait se déplacer pour être en face d'elle et elle bougeait tout le temps. Il la fixa intensément sans qu'elle s'en aperçût, puis, soudain, elle le regarda aussi et il sentit une onde chaleureuse. Il s'efforça de ne pas ciller. Elle aussi le regardait. Intensément. Un moment délicieux, mais qui s'acheva sur une parole inattendue :

— Tu as un point noir sur le nez.

C'est tout ce qu'elle voyait, même pas son ondulation. Son calme devait être affecté. Son cœur devait battre aussi fort que le sien. Elle dit en se rapprochant de lui :

— Ton point noir, je vais te l'enlever.

Elle lui recommanda de rester immobile. Il sentit les doigts doux et frais sur sa joue brûlante, puis deux index se posèrent sur l'arête de son nez, là où se trouvait ce point noir providentiel ou, peut-être, imaginaire. Il sentit le parfum de sa poudre et de sa peau. Ils durent se déplacer sans se séparer face à la lumière électrique et il effleura sans le vouloir la petite poitrine dure.

— Tourne-toi un peu. Ne bouge pas.

Elle devait pourtant bien le voir que ses cheveux faisaient des vagues. Et le beau Gil, qu'avait-il conseillé ensuite ? « Tu la prends par la taille et tu la renverses comme au tango... » Facile à dire. Ji aurait été moins grande que cela eût facilité les choses. Il sentit les ongles qui pressaient sa peau, il fit « aïe ! » et elle le traita de douillet. Pourquoi les filles aiment-elles tant presser les points noirs ?

Le temps d'agir était venu. Sa main droite glissa derrière la taille fine, la gauche au-dessus de l'épaule et brusquement il la serra, mais sentit son corps se raidir. Il n'allait tout de même pas lui faire mal, la casser. Il se haussa sur la pointe des pieds, sentit sa bouche parfumée près de la sienne, mais elle avait posé ses mains sur ses épaules pour une défense infranchissable. Il allongea le cou, la brusqua, mais elle tourna la tête et il ne put que baiser sa joue. Elle se dégagea brusquement, il trébucha et se retrouva assis sur la chaise.

— Tu es complètement fou ! C'est malin, tiens ! Quel empoisonneur ! Tu es donc comme les autres...

Lui fermait les yeux pour revivre cet instant du baiser manqué. Quand il la regarda, elle se repoudrait et un nuage ambré flottait autour de la houppette. Seul le désordre de sa toilette la préoccupait. Elle tapotait en rentrant les lèvres comme pour effacer une salissure.

— Non, je ne suis pas comme les autres, dit Olivier, c'est plus fort que moi parce que...

Il ajouta avec une sorte d'énergie désespérée :

— Parce que je t'aime, je t'aime... violemment.

Il crut entendre un très vilain mot, mais ne put le croire. La tante Victoria donnait des ordres à Jacquet et le son de sa voix se rapprochait. Il passa sa main sur sa bouche comme s'il avait lui aussi quelque chose à effacer. Déjà le visage de Ji était plein de sérénité. Cet incident devait lui arriver souvent. Alors, il dit négligemment :

— Ji, tu n'as rien remarqué ?

— Quoi encore ?

— Mes cheveux...

— Tes cheveux ?

A peine un coup d'œil. Et la tante qui arrivait. Le matin, elle faisait des achats pour le repas de midi sur le marché du faubourg. En arrivant au bureau, elle demandait au premier employé rencontré de monter les filets chargés de victuailles à l'appartement et les amateurs ne manquaient pas, car Marguerite offrait toujours un verre de vin et comme elle unissait le charme à l'amabilité...

— Mes cheveux se sont mis à onduler, ma chère !

— Ah bon ? Ils n'ondulaient pas avant ?

C'en était trop. Il faillit lui dire que le jour de la distribution de la couche elle n'était pas cachée derrière l'écurie. Mais il se contenta d'une résignation boudeuse :

– Bien. Très bien. J'ai compris.

Il la quitta les épaules basses. Le truc du beau Gil : tu parles ! Il se retourna pourtant et passa sa main sur sa tête avec fatalisme. Il se retint de jeter un désinvolte « Salut, baby ! » pour murmurer un « Bonne journée ! » qui ne fut pas entendu.

– Tu es là, dit la tante, monte donc ces filets à Marguerite.

Il répondit par un chapelet de paroles mortes : « Pourquoi pas ? Évidemment, bien sûr... » et la tante Victoria haussa les épaules, ce qui fit bouger les manches gigot de sa robe.

*
* *

En dépit des rumeurs fatales, la saison de Paris battit son plein. Les aspirations au bonheur étaient telles que les événements internationaux les plus graves ne les atteignaient pas. Pour les plus favorisés ou pour les plus futiles, ils apparaissaient même comme une ombre nécessaire pour mettre en valeur les aspects lumineux du tableau. Les sollicitations étaient innombrables. L'exposition de l'année précédente, 1937, au lieu d'étancher les soifs de féerie les avait multipliées. Elle avait été l'apothéose du progrès, avec ces palais, ces pavillons, ces jets d'eau, ces terrasses qui s'étalaient de la colline de Chaillot à l'École militaire en passant sous les jambes en grand écart de la tour Eiffel dans un délire d'illuminations, une avalanche de parterres fleuris, de dentelles luminescentes, une noce fantastique de la pierre, du verre, du bois, de la lumière et de l'eau qui allumait des incendies sur la Seine, des arcs-en-ciel et des aurores boréales en de multiples étincellements. Cela avait été la fête des arts et des techniques, avec cent palais allégoriques aux noms majuscules : Électricité, Découverte, Aviation, Marine... faisant de Paris en habit de gala la capitale du monde nouveau.

Olivier avait profondément ressenti l'enthousiasme d'une foule émerveillée de couleurs et de sons, respirant l'avenir à pleine poitrine, et, après que les lumières se furent éteintes, il en avait retenu des promesses prodigieuses, en dépit des forces maléfiques présentes au cœur même des constructions comme cet aigle dominant le pavillon allemand et regardant ses proies futures. Chaque année, dès le printemps parisien, des fêtes se préparaient, et ceux qui n'y participaient pas en percevaient les échos. Au seuil de la belle saison 1938, l'oncle Henri, retrouvant son anglomanie, avait dit :

– Ce sera une *season* magnifique malgré tout !

Tout tournait autour des grands jours de courses de chevaux : Prix de Diane à Chantilly, Grand Steeple à Auteuil, Journée des Drags et Grand Prix de Paris à Longchamp, avec, au pesage, un flot d'élégantes, femmes du monde, mannequins présentant les productions des grands couturiers, Marcel Rochas, Jeanne Lanvin, Maggy Rouff, Molyneux, Lucien Lelong, Coco Chanel, Jean Patou, les sculptures capillaires des grands coiffeurs, Antoine, Graudi, Calou, au monde entier. Et l'on parlait d'une fête Louis-Philippe au Moulin de la Galette, du Bal des Bijoux au Châtelet, du Dîner des Trois-Cents aux Ambassadeurs, des Nuits du Pré-Catelan, du *Requiem* de Berlioz dans la cour des Invalides avec six cents exécutants de la Société philharmonique et de la Garde Républicaine. Et l'on saluait l'Entente cordiale en recevant le roi et la reine d'Angleterre.

Au plus grand nombre : des plaisirs plus simples et souvent plus délicieux. Dans les innombrables cinémas de quartier, les spectacles étaient longs : actualités, documentaire, dessin animé, court métrage, entracte, attraction, grand film. Le Parisien aimait les promenades en famille, les virées sur la petite reine ou le tandem, les stades et vélodromes, la pelouse des courses, les parcs zoologiques, le cirque, le théâtre au poulailler si l'on n'avait pas d'argent, le music-hall, l'accordéon de Fredo Gardoni et les chansons de Maurice Chevalier.

Aux trompettes militaires du 14-Juillet répondirent les petits bals populaires à tous les carrefours sous des guirlandes, des lampions chaleureux. En valses, javas, fox-trot, tangos, one-step, paso-doble, les couples traçaient l'écriture de la liberté et de la joie, et, puisque l'Entente cordiale devait s'affirmer, une nouvelle danse, venue d'un quartier londonien, le *lambeth walk,* formait des cortèges cocasses qui ne s'interrompaient que pour des claques rythmées sur les cuisses, à la tyrolienne, et un « Oï ! » retentissant avec les pouces en l'air.

Chaque nouveau feu d'artifice devenait le plus beau qu'on eût réalisé. Les Parisiens s'y précipitaient, se groupaient, saluaient de « Oh ! » et de « Ah ! » enthousiastes « la belle bleue » ou « la belle rouge ». Des floralies embrasaient le ciel. Les figures se succédaient, serpents de feu roses, verts, écarlates, mauves, bleus, et, comme si le ciel traduisait des espoirs, comme si ces merveilles étaient engendrées par les spectateurs eux-mêmes, des fleurs, des étoiles, des lunes, des soleils, des tournesols s'allumaient pour unir les regards, et le doigt d'un enfant sur les épaules de son père, se levant vers le ciel, exprimait soudain les émerveillements.

Pour Olivier rien n'était plus beau que ces jours de juillet qui lui mettaient le cœur en fête. A l'atelier, on ne parlait guère plus que du Tour de France, avec les Six-Jours la manifestation sportive la plus populaire. Les bistrots affichaient à la craie les résultats des classements sur de grandes ardoises. Finalement, aux Pélissier, Leducq, Speicher, Magne, Romain et Sylvère Maes, Lapébie, succéda un Italien, ce Bartali qui renouvellerait son exploit dix ans plus tard, le temps de chevaucher une tragédie.

En ce juillet de chaleur, en ce juillet de rumeurs où deux millions d'Allemands terminaient la ligne Siegfried, Olivier, malgré ses rêves déçus et ses amours malheureuses, connut des joies. Par exemple lorsque la tante Victoria, à l'approche des vacances, ayant remarqué les essais de coquetterie du jeune homme, se montra généreuse :

— Puisque tu veux être élégant, je vais t'offrir des sandales.

Ainsi, grâce à la permanente indéfrisable, il reçut ces merveilles auxquelles s'ajouta, dans un élan, une paire de chaussures de sport à épaisses semelles de crêpe dont le cuir mat, à force d'huile de coude, brillait le plus qu'il pouvait. Comme on était en période de soldes, il reçut deux chemisettes à crocodile vert et une culotte de golf assez longue pour qu'en maintenant l'élastique bas elle pût passer pour un pantalon de ski.

   – Merci, merci, ma tante !

   – Si je ne m'occupais pas de toi...

Pour qu'il abandonne ce chiffon ridicule qui lui tenait lieu de lavallière, elle lui offrit encore une vraie cravate et il en choisit une ornée de petits fers à cheval.

Une ère nouvelle s'ouvrait : il ne porterait plus les bottines de l'oncle qu'au travail. Il en oublia l'indifférence de Ji, multiplia son appétit de lecture et écrivit un poème dont il fut content et qu'il se récitait sans cesse. Jamais il ne dévora tant de livres, tantôt en haut de la pile de rames, tantôt dans la rue où il lisait en marchant, ou, le soir, dans le souterrain des draps, éclairé par la petite lampe. Chaque lecture lui ouvrait une porte sur des salles nouvelles où il s'engouffrait pour trouver d'autres portes. S'il lisait un roman, il en devenait un des personnages. S'il éprouvait un chagrin, s'il subissait quelque vexation, si un souvenir le blessait ou si sa mémoire lui refusait une partie de sa petite enfance, si Saugues où l'on n'irait pas lui semblait lointain, la lecture ne le consolait pas entièrement, mais elle lui révélait la qualité de son mal et le transformait en or. Là où certains ne voyaient que distraction, passe-temps, il recevait du bonheur et des plaisirs à profusion. Il n'apprenait pas tout par les livres, mais, par eux, il comprenait tout. Il y glanait autant de questions que de réponses : de là sa distraction apparente qui provoquait ce sobriquet de « Jean de la Lune », mais qui s'affirmait comme une attention aux choses essentielles. L'oncle ou la tante disait : « Ça lui passera ! » ou « Il ferait mieux d'avoir des amis » sans savoir qu'il en avait cent et mille et que son apparente solitude était plus peuplée qu'une ville.

— Tiens, disait l'oncle Henri, voilà vingt francs pour tes livres.

— Merci, mon oncle.

Il connut une nouvelle complicité avec le petit Jami, et qui n'était plus celle des jeux enfantins, quand l'enfant lui emprunta des livres qu'il lui confiait comme un bibliothécaire avec des recommandations. Pour le jeu, il se faisait prier, affirmait qu'un livre c'est comme un stylo ou une femme : ça ne se prête pas, qu'il n'était pas assez soigneux. Alors, Jami :

— Si tu ne veux pas le prêter, garde-le. Je n'en veux plus.

Et c'est Olivier qui suppliait : « Si, si, prends-le, je t'en conjure ! » et, après lecture, ils échangeaient des commentaires, Jami lui ayant dit : « Si tu t'imagines qu'il n'y a que toi qui penses ! »

Dans ses poèmes, il oublia le satanisme, les névroses, pour se rapprocher de la musique d'Apollinaire. Le papier quadrillé reçut des mots tendres et sensuels, des noms de fleurs et de fruits, aubépine, chèvrefeuille et jasmin, myrtille, noisette, prunelle et fraise. Dans les livres de poèmes, c'était merveille que les mots fussent aussi beaux, et parfois plus encore que ce qu'ils désignaient. Il les faisait couler, chanter, s'aimer, et il lui semblait qu'ils parfumaient ses pages comme ils embellissaient sa vie.

A l'imprimerie où les commandes se raréfiaient, les ouvriers faisaient la toilette des machines qu'ils chérissaient, nettoyaient les verrières au blanc d'Espagne, dépoussiéraient les casses. Tout était graissé, lavé, rangé. Les conversations portaient sur les congés payés et l'on en parlait comme si la période en était beaucoup plus longue. Pensez donc ! il était question de trois cents trains supplémentaires et l'on disait que cinq cent mille Parisiens profiteraient des vacances, sans songer à ceux qui resteraient. Ce serait le grand entracte, la récompense. Ceux qui partaient, comme le grand David, Jean qui rejoindrait Saint-Chély-d'Apcher, le beau Gil et Lucien qui feraient du vélo, ne rêvaient que routes et grand air. Nestor le bossu cultiverait son jardin de banlieue près du chemin de fer, Jacquet qui en profiterait pour repeindre son appartement parlait des vacances de sa fille comme si elles étaient les siennes, le gros Émile irait à Paris-Plage, et ceux qui restaient sans projets haussaient les épaules, affirmaient que de leur temps on ne prenait pas de vacances et qu'on se portait très bien.

Olivier enviait Ji et pour une fois ce n'était pas une jalousie d'amoureux, mais elle avait la chance de se rendre à Saugues. Il lui dirait : « Tu embrasseras la mémé de ma part, tu lui diras que je pense à elle tout le temps, tu embrasseras Victor (depuis qu'il était grand, il ne disait plus : le tonton) et tu diras aux copains que j'aurais bien voulu venir... » Il parlerait longtemps, les larmes au bord des yeux, la voix brisée et Ji le comprendrait. Peut-être qu'au moment de le quitter elle s'apercevrait de ce qu'elle représentait pour lui. Peut-être...

Trois

POUR rejoindre Montrichard, les Desrousseaux décidèrent de faire deux voyages. La fin de la semaine (la tante disait : le *week-end*) qui précéda les vraies vacances, l'oncle Henri conduisit sa femme, Jami et les deux bonnes dans une auto si chargée de bagages qu'on aurait pu croire à un déménagement. L'oncle reviendrait et, quelques jours plus tard, fermerait les établissements et repartirait avec Olivier.

Celui-ci se retrouva seul à Paris pour deux jours avec un billet de cent francs tout neuf. Dans sa chambre, allongé sur son lit aux montants de cuivre, il regarda longtemps sur le papier-monnaie cette belle dame appuyée sur un bâton, avec un enfant tenant une couronne de roses et de raisins sur le fond de l'île Saint-Louis tandis que, au revers du billet, Sully, la tête émergeant d'une fraise empesée, contemplait « labourage et pastourage ». Riche, Olivier supputait la parfaite utilisation de ces cent francs. Il suffisait donc de ce mince rectangle de papier illustré pour apporter de nouveaux plaisirs. Il hésitait entre l'achat de livres qui prolongeraient les distractions immédiates et de folles dépenses lui permettant de faire le jeune homme.

Le samedi à midi, pour la première fois de sa vie, il appuya sur le bec-de-cane d'un restaurant de la rue de Château-Landon si accueillant avec ses nappes et ses rideaux à petits carreaux rouges, sa vaisselle fleurie, ses carafes et ses verres étincelants. Pour laisser croire qu'il avait l'habitude, il dut vaincre un fond de timidité. Il désigna une table, mais la serveuse en tablier blanc lui dit qu'elle était retenue. Il choisit un coin, en face de la caisse dressée au bout du comptoir de bois ciré, près du meuble à casiers où l'on rangeait les serviettes des habitués. Il défit la sienne posée en éventail dans le grand verre et consulta en connaisseur la grande carte où les noms des plats étaient imprimés à la pâte à polycopier rouge et violette. Après un rapide calcul mental, il opta pour le melon au porto, le pigeonneau aux petits pois, la tarte aux prunes et la demi-carafe de cuvée du patron.

Peu à peu, le restaurant se remplissait. La clientèle, surtout composée d'hommes seuls, affichait cet air réjoui qui précède les bons repas. Avant de s'asseoir sur la chaise de bois paillé, on se frottait les mains comme devant un lavabo, on s'informait du plat du jour, on plaisantait avec la serveuse. Olivier imaginait que ces clients étaient tous riches. Ainsi ce gros monsieur chauve qui glissait entre son col et son troisième menton le coin de la serviette, hésitait après chaque plat sans se soucier de l'attente de la serveuse, bloc-notes à carbone à la main. En entrant, ils disaient « Messieurs-dames ! » et Olivier faisait un signe de tête.

Après le succulent melon à la tête coupée en dents de scie et reposant sur de la glace pilée, la serveuse au chignon bas jeta en direction de la cuisine :

– Un pigeonneau, un !

Olivier imagina le chef préparant le plat pour lui, pour lui, Olivier Chateauneuf, client sérieux. Il décida de manger plus lentement pour faire durer le plaisir. Quand son voisin lui emprunta la salière, il la lui tendit avec quelque cérémonie. Un spectacle fut celui de l'entrée d'une dame âgée et belle, les cheveux oxygénés, en robe de cretonne imprimée, au col et aux parements piqués d'albène, qui ressemblait à Françoise Rosay. Dès qu'elle ferma son ombrelle à volants, elle capta l'attention masculine. Un pli ouvert laissait voir ses genoux. Puis ce fut un aveugle qui vendait des brosses, une dame de l'Armée du Salut qui déposa un journal à chaque table et qu'Olivier paya de petite monnaie.

Cette tarte aux prunes sur un lit de crème anglaise, qu'il eût aimé y mordre à belles dents ! Non, il se servit de la fourchette à moka et du couteau. Il buvait le vin par courtes rasades, avec délicatesse, et tapotait le coin des lèvres avec sa serviette. La caissière haut coiffée lui adressa un signe de tête approbateur. Le chef cuisinier qui était aussi le patron, bonnet de cuisine sur la tête, une serviette nouée en cravate, promena parmi les tables sa noble rotondité, parlant aux gens connus de lui et saluant les autres.

Au moment du café-filtre, certains clients posaient un journal devant eux, sous le coude, et lisaient avec une attention qui leur faisait froncer les sourcils. Olivier commanda lui aussi un café qui mit longtemps à traverser le filtre, mais pour l'excellent résultat d'un liquide de bonne odeur dans la grande tasse fleurie où il glissa trois morceaux de sucre. Il consulta sa montre comme quelqu'un de préoccupé par le temps et se décida enfin à cette demande solennelle :

– L'addition, s'il vous plaît.

Il avait parlé trop bas pour que la serveuse l'entende. Il attendit le moment de capter son regard et fit le signe d'écrire sur la paume de sa main gauche en répétant : « L'addition... » et la serveuse le regarda comme si cette demande la surprenait, pour reprendre : « L'addition ? » ce qui lui fit confirmer : « Oui l'addition ! » et elle cria vers la caisse : « L'addition pour le cinq ! » Olivier sourit. Il existait des rites de langage qui faisaient échanger plusieurs fois le même mot comme s'il affirmait une compréhension réciproque, tissait un lien. En arrondissant généreusement, le total faisait vingt francs et Olivier tendit le billet tout neuf que la caissière fit claquer entre ses doigts.

En rangeant sa monnaie, il se sentait tout joyeux, prêt à plaisanter ou à rire. Le vin ? Non, sa propre comédie l'incitait à se moquer de lui-même et il émit un petit rire. Et il calculait, il comptait ses sous. « Je suis un vrai Auvergnat ! » se dit-il en même temps qu'il se demandait pourquoi on faisait cette réputation de pingrerie à des gens économes certes, mais généreux. Il fallait être grand seigneur, comme Marceau qui disait : « L'argent c'est fait pour être claqué ! »

A l'exception d'Auteuil et de Passy, Olivier connaissait tous les quartiers de Paris. S'il gardait une prédilection pour son Montmartre natal, il en retrouvait l'esprit sur une autre montagne, du côté de Belleville et de Ménilmontant où chaque année Maurice Chevalier allait chanter sur des tréteaux pour ses compatriotes. Et c'était agréable qu'une grande ville, comme un corps, fût composée de cellules vivantes, ces villages riches de particularité. Le doigt sur le plan de la station de métro Château-Landon glissa du bois de Boulogne au bois de Vincennes, de la porte Clignancourt à la porte d'Orléans, erra des Buttes-Chaumont à Montparnasse, du Marais à la montagne Sainte-Geneviève, musarda vers les parcs zoologiques et suivit la ligne droite des Champs-Élysées, avant qu'Olivier marche au hasard, sans plan précis, au gré de ses pas.

Les chaussures de sport le gênaient, lui paraissaient trop étroites et trop courtes après les grandes « tatanes » de l'oncle Henri, ce qui ne l'empêcha pas de se retrouver au milieu de l'après-midi, après avoir parcouru tant de boulevards et de rues, léché tant de vitrines tentantes, en un lieu qu'il connaissait mal, l'île Saint-Louis.

Se promenait-il dans une ville ? Non, plutôt sur la scène d'un théâtre fabuleux où des centaines d'acteurs se préparaient à jouer une pièce, drame ou comédie, dont on ne connaissait pas l'auteur et qui n'était peut-être pas même écrite. Certains déjà en apparaissaient comme les vedettes, les étoiles, à moins qu'on ne se trompât. Et les yeux verts d'Olivier se posaient sur les vieillards des hospices en uniforme gris-bleu dont on devinait le cube de tabac et le carnet de papier de riz dans la poche, sur des sœurs de Saint-Vincent-de-Paul, la cornette au vent comme un voilier, sur des livreurs de glace, un sac sur l'épaule, et portant un iceberg, sur des bohémiennes aux fards violents, aux longues jupes bariolées qui pêchaient les mains des passants, sur des maçons buvant du vin rouge au litre ou plongeant la cuillère dans une gamelle, sur un sportsman en *harrys tweed* ou un commerçant guettant le client devant son magasin. Odeur d'huile et de sucre des marchands de gaufres et de beignets hollandais. Événements mondiaux ou crimes réduits au cri gouailleur du marchand de journaux pénétrant dans les cafés. Ombre fraîche du marronnier. Relent de fricot passant par la fenêtre d'une concierge. Passage d'une jeune fille ressemblant à Ji la bien-aimée cruelle.

Accoudé à la passerelle de métal de l'île, Olivier leva la tête. L'espace au-dessus des toits s'immobilisait sur des transparences bleutées mêlées de gris que le soleil semblait boire comme il buvait les nuages de coton cardé qui passaient en flottilles, et des spectacles changeants se percevaient, des métamorphoses, des buées, des gonflements, des mûrissements soudains qui coloraient les pierres de la ville-diadème. L'eau de la Seine reflétait de folles randonnées porteuses de la vie du ciel que le cours ne pouvait dissoudre. Ondoyeuse et belle, majestueuse et tendre, elle donnait encore asile à quelques bateaux-lavoirs appelés à disparaître autour desquels des baigneurs se trempaient allégrement.

Devant le fleuve, Olivier, envahi par un grand calme, jetait dans l'eau des bribes de philosophie évasive, des fragments de lectures, de poèmes, comme des offrandes, et le murmure atténué des rives l'envahissait, faisait le vide en lui comme pour le préparer à de nouvelles conquêtes.

Il pénétra dans l'île Saint-Louis comme dans un sanctuaire où bruissaient les siècles passés. Tutélaire comme une aïeule, l'île au cœur de la ville devenait le bout du monde. Olivier la découvrait comme Robinson, les yeux levés vers les anciennes demeures, les hôtels particuliers, lisant les façades, les portails sévères, les frontons historiés, les balcons en ferronnerie, surprenait des cours silencieuses dotées d'un puits ou d'une fontaine. Il s'arrêta devant l'église de la rue Poulletier dont la porte était close. Il erra durant une couple d'heures, ne voyant plus les rares passants, chaque immeuble, chaque boutique, chaque enseigne, chaque plaque de rue devenant une page de livre. Et il souriait à des noms maritimes, le Bar de l'Escale ou Au Rendez-vous des pêcheurs, marchait sur le quai d'Anjou ou le quai de Bourbon comme sur le pont d'un navire. Parfois, des merveilles s'estompaient dans le lointain : la coupole du Panthéon tout en or et en soleil, les tours de Notre-Dame ou la flèche de la tour Eiffel. Il resta longtemps assis au bord du quai pavé, les jambes au-dessus de l'eau, à peine diverti par le passage d'une péniche, d'un bateau-mouche ou d'un canot. A quelques mètres de lui, sur un tas de pierres, des rats procédaient à leur toilette. De l'autre côté de la Seine, parfois un poisson d'argent scintillait au bout de la ligne d'un pêcheur.

Si Olivier, depuis la mort de sa mère, connaissait la solitude, pour la première fois il la goûtait, il en retenait des charmes jusqu'alors ignorés. Cet après-midi-là, il oublia l'argent resté dans son portefeuille, n'acheta pas de livres, passa devant le *milk-bar* du boulevard de Strasbourg, près du cinéma La Scala, sans s'offrir ce mousseaux *milk-shake* depuis longtemps convoité. Il plongea dans le fourmillement de la ville avec une sorte d'abandon, oublia l'heure et le lieu et se retrouva dans le grand appartement désert tout étonné, comme si le temps n'avait pas coulé sur cette journée.

Il but un verre de coco à la cuisine, puis parcourut les pièces comme s'il les visitait pour la première fois. Dans la salle à manger, il s'assit sur le fauteuil de l'oncle Henri dont le siège et le dos de cuir étaient aplatis. Sa main glissa le long des clous dorés et il dit, en prenant la voix de l'oncle :

— Chose, comment dirais-je ? Olivier, veux-tu m'apporter mes charentaises.

— Oui, mon oncle.

Et il ajouta : « avec le plus grand plaisir ». Il hésita devant le poste de TSF. La chambre de la tante et de l'oncle était plus feutrée, pleine de lumière blonde et sentant le Vol de nuit de Guerlain. Sur la tablette du secrétaire se trouvait la boîte de papier à lettres Lalo rose saumon. La tante y glissait un buvard parfumé. Il déroba une feuille et une enveloppe en prévision d'une lettre, à Ji peut-être. Il lui sembla que la dame du tableau de Boucher lui souriait mais, la regardant sous un autre angle, il ne la trouva pas aimable.

Il visitait les lieux mêmes où il vivait et se sentait dans l'insécurité comme s'il était un cambrioleur voyant chaque meuble, chaque tableau, chaque bibelot pour la première fois. L'appartement lui parut plus grand, mais moins luxueux que lorsque des présences l'animaient, avec quelque chose de las, de morne, d'abandonné. Pour lui rendre toute sa beauté, il imagina des présences et, comme un acteur jouant à lui seul tous les rôles d'une pièce, il se dépensa follement, fut chacun tour à tour, répéta gestes et tics, démarches et intonations de tous. Il fut Marceau et sa tante qui l'appelait, il fut Jami faisant ses devoirs, il fut son oncle lisant son journal et faisant des commentaires, il étendit son spectacle personnel aux invités habituels, devint Louise repassant et Marguerite épluchant des pommes de terre, puis il fit comme s'il entendait la sonnette et allait ouvrir la porte sur une Ji imaginaire qui se jetterait dans ses bras.

Lorsqu'il cessa ce jeu et revint dans sa chambre, il se surprit à rougir en se regardant dans la glace. Il dérobait maintenant les secrets des autres, il jouait les singes, il devait être un peu fou comme le lui laissait supposer parfois l'oubli de quelque fait lointain. Que faire sinon choisir un livre ? Plus tard, il s'endormit sur le tapis en compagnie d'une dizaine d'entre eux.

*
**

Olivier ne pouvait oublier que la Touraine l'arrachait à Saugues et lui dérobait la meilleure part de sa vie. Le voyage en compagnie de l'oncle, dans son automobile, avait pourtant été agréable et, bien qu'il eût mis au début quelque mauvaise volonté à ignorer les paysages, il s'était senti lentement conquis. A midi, ils s'étaient arrêtés pour déjeuner dans un restaurant chic, avec des étoiles comme sur le cognac, et dont il n'oublierait pas le chariot de desserts somptueux. L'oncle avait manifesté de l'entrain, une complicité malicieuse. Une jeune fille en robe-short de tennis ayant regardé à plusieurs reprises vers leur table, il avait dit à son neveu :

— Mon cher Olivier, je crois qu'on te regarde, et cet « on » là mérite la peine d'être regardé.

Sourire surpris d'Olivier, puis grimace imitant la vanité feinte pour cacher une vanité réelle, clin d'œil de l'oncle : on était entre hommes. Et voilà que, parce que c'étaient les vacances et que le soleil, le bon vin y incitaient, l'oncle Henri, si discret en certaines matières, avait quitté sa réserve. Olivier se souvenait du jour lointain où il l'avait amené au Petit Casino et fait connaître Félix Mayol, puis les petits cafés où se réunissaient les comédiens. En peu d'instants, les barrières s'étaient rompues et l'enfant et son oncle avaient pu se rejoindre par la pensée dans un lieu complice indéfinissable. La tante Victoria avait dit un jour à des amis : « Mon mari le cache, mais il a sa petite fleur bleue... » Quand même, lorsque l'oncle Henri, après le déjeuner, le visage rouge, ayant repris la conduite de l'automobile, donna deux coups de klaxon pour attirer l'attention d'une jeune femme en voiture découverte et qu'il la salua d'un sourire, Olivier fut étonné. Et, après, il alla même jusqu'à répéter : « Charmante, elle est positivement charmante... » avec des allusions à son anatomie à peine entrevue. Puis, après un clin d'œil :

— A Montrichard, les jolies filles ne manquent pas. Tu devrais te trouver une petite amie.

— Ah ? Oh moi... peut-être, mon oncle.

— Tu sais les livres c'est bien, mais il n'y a pas que les livres.

Olivier sourit. Il savait que son oncle cherchait à lui faire plaisir. Il ajouta d'une voix confidentielle :

– C'est parfois dur pour toi à l'atelier, je sais. Mais chacun doit passer par là pour devenir un homme.

Olivier apprécia la phrase, mais se dit qu'on devait pouvoir devenir un homme sans cela, la nature s'en chargeait. L'oncle ajouta :

– Je devine que tu regrettes Saugues. Moi aussi d'un certain côté : la pêche est différente, mais que veux-tu... Admire ces paysages, quelle beauté !

Après Blois, on longeait la Loire aux bancs de sable alanguis et naissait un miracle d'équilibre, de splendeur et de goût. Des pigeons volaient sur la ville blanche aux toits d'ardoise. Le paysage dominant le fleuve distribuait des demeures, villes, hôtels, châteaux, manoirs, des maisons de maître, des chapelles, et tous ces édifices se blottissaient dans la nature. De hautes fûtaies de chênes, des chemins bordés d'acacias et de platanes conduisant à des résidences seigneuriales cachées dans la verdure et souriant au passage avec des grâces renaissantes, des haies bordant des fermes proprettes, des vignes, des vergers, des potagers, des pâturages, l'œil était sans cesse sollicité. Partout des parcs, des étangs, des maisonnettes fleuries. Et l'oncle commentait, parlait d'Histoire de France en se trompant sur les dates.

– C'est un peu comme l'île Saint-Louis, observa Olivier, mais avec de la campagne autour des maisons.

– Pourquoi pas ?

Comme on se trouvait loin des paysages sauvages, d'un romantisme noir et chargé de légendes de Saugues ! Tout paraissait si net, ordonné, lavé, même ces vaches grasses qui ignoraient le trait comme en Auvergne, posées sur l'herbe tels des jouets. Et ces lignes sans tourment, ces perspectives tranquilles, ces rivières et ces fleuves sans colère, ces étendues nonchalantes. Une France aimable accueillait sous le ciel d'un bleu léger, transparent, distribuant une lumière subtile, civilisée. Reflet tendre des eaux, apaisement des vignobles sur les coteaux, limpidité de l'air, délicates parures d'une nature en robe des dimanches, et toute cette majesté dorée, ces nuances...

L'oncle ne parlait plus et Olivier qui partageait sa contemplation, s'en voulait d'être pris au piège de la beauté : tout semblait fait pour le séduire, l'envahir, le subjuguer. Béat de plaisir, l'oncle, pour mieux admirer, ne dépassait pas le quarante à l'heure. Olivier fermait de temps en temps les yeux pour échapper au charme insinuant, à l'attirance magique pour tenter de substituer les images de Saugues à celles de la Touraine, comme s'il tentait un exorcisme. Et l'oncle dérivait de ses pensées pour dire :

— Il est si bon de s'abandonner...

La propriété des Desrousseaux se situait à un petit kilomètre du centre de Montrichard et donnait sur une rue parallèle au Cher. Passé les lances de la grille verte, on longeait la petite demeure du jardinier pour traverser des allées sinueuses de sable brillant crissant sous les pieds qui entouraient de petits massifs ronds ou en forme de rognons parallèles où s'épanouissait un arbre, où chantaient des roses de toutes les couleurs tandis que le long des murs couraient des treilles, des poiriers en espaliers dont les fruits précieux étaient dans des sachets de fine toile. Le jardinier, un veuf nommé M. Gondou, était si semblable à l'idée qu'on se fait d'un jardinier qu'il aurait découragé la description, avec son large tablier bleu à la poche gonflée d'instruments de jardinage, ses galoches, son grand chapeau de paille et ses grosses moustaches de crin, ses yeux malicieux, attentifs, entourés de rides parce qu'il les fermait à demi au soleil. L'oncle lui serra la main, demanda des nouvelles de la santé, présenta Olivier et le laissa à ses soins horticoles.

Ils traversèrent la demeure par un couloir droit pour atteindre une cour pavée que suivait, après un puits et un vivier, un potager, le fond de la propriété étant cerné d'une construction de pierre en demi-cercle, avec des parties de roc affleurant, et, au sommet, un chemin de ronde planté de lierre et surmonté d'une autre muraille contre le dos de la forêt. La cuisine en appentis donnait sur cette cour où l'on prenait ses repas à l'ombre d'un saule pleureur. Jami se mit à courir avec des cris joyeux et la tante Victoria dénoua le cordon d'un tablier fleuri pour les accueillir avec des mots attendus, mais qu'on aurait regretté de ne pas entendre :

– Vous avez fait bon voyage ? Vous arrivez à temps pour le café. Ou de la citronnade si vous préférez. Marguerite ! Louise !

– Quel temps magnifique ! dit l'oncle en dénouant sa cravate.

Jami et Olivier s'embrassèrent, ce qu'ils ne faisaient guère à Paris, et tous souriaient, plaisantaient, s'émerveillaient de tout comme si on se retrouvait après une longue séparation ou au terme d'un très long voyage.

– Mon petit Jami, dit l'oncle en serrant son fils contre sa hanche, que te voilà bruni, mais pas Marguerite...

– Oh, monsieur, je me protège du soleil.

Aidée par M. Gondou, Louise posait les bagages dans le couloir et venait se planter devant l'oncle et Olivier comme si elle observait un prodige. Sa peau de rousse avait pris une couleur d'écrevisse sortant du court-bouillon. La tante Victoria, sans maquillage, sa superbe chevelure brune en natte dans le dos, en simple robe de cotonnade bleu uni, montrait un front luisant d'huile solaire. Olivier la trouva rajeunie, ce qui lui arrivait dès qu'elle quittait son attitude sévère. L'oncle refusa café et citronnade pour aller chercher dans la cave creusée dans le roc une bouteille de vin couleur de framboise. Il déboucha, fit tourner le rosé dans son verre à pied, but à petits coups au début, puis siffla d'un trait en faisant claquer sa langue de satisfaction.

– Henri, par cette chaleur...

– Par cette chaleur, une petite sieste...

Olivier oubliait sa nostalgie d'autres vacances au profit de sa curiosité. La maison, toute en longueur entre deux jardins, ne portait qu'un étage mansardé. Elle se distribuait au rez-de-chaussée en salles basses aux ameublements hétéroclites où voisinaient bois verni et bois ciré rempli, des sièges de toutes sortes : bergères, fauteuils de bridge, de métal laqué de blanc, de rotin, grosses armoires normandes, tables rustiques aux jambes grêles, lits capitonnés de soie bleue, buffet et vaisselier désassortis, qui faisaient penser à ces anciens habits du dimanche qu'on finit par user la semaine. Seuls les rideaux avaient l'unité du même reps lie-de-vin. Des tableaux de peintres modestes aux cadres trop somptueux montraient des paysages pâles et des portraits de faux ancêtres. La maison avait été achetée toute meublée à un confiseur de Vendôme et il restait sur les cheminées et sur la desserte de longs bocaux cylindriques qu'on imaginait pleins de bonbons muticolores et qui recevaient des fleurs séchées ou des cailloux colorés.

C'était aussi un mélange d'odeurs d'encaustique, de fruits séchés, de naphtaline, de fly-tox, d'humidité, de miel, de sachets odoriférants composant un parfum de campagne finalement accueillant. L'unique étage était en fait un grenier interminable où trois chambres plafonnées reposaient comme des huttes avec de minces cloisons et des ouvertures donnant sur la salle. Au bout, sous des bâches d'un jaune passé, avec de gros œillets de métal sur les côtés, se trouvaient les meubles et les vieilleries, les malles d'osier et les piles de journaux laissés par les précédents propriétaires.

Olivier y monta par l'escalier tournant, pénétra dans la chambre désignée par la tante, posa son squarmouth et son sac de camping sur le sol et regarda son minuscule logis avec satisfaction. Cela ressemblait à une cellule de religieuse : lit-cage recouvert d'une couverture blanche au crochet, table de toilette à jupe portant une vaste cuvette et un pot de faïence à fleurettes sous un miroir triple avec à ses pieds un broc et un seau hygiénique à bord rond en émail. « C'est au petit poil ! » se dit-il en disposant ses vêtements sur des cintres de bois portant la marque d'un teinturier dans une penderie de fortune et en disposant livres et cahiers sur la caisse tenant lieu de table de chevet près de la lampe faite d'une bouteille champenoise et d'un abat-jour. Il vérifia si l'ampoule fonctionnait et obtint satisfaction. « Tu parles d'une loupiote ! » Il troqua les golfs et le blouson pour un pantalon de toile bleue qui fermait sur les côtés, avec des poches à la mal au ventre et des pattes d'éléphant sur lequel il fit flotter sa chemise Lacoste, puis il se chaussa d'espadrilles à lacets. Par la porte ouverte, il vit passer les bonnes chargées de bassines d'eau chauffée au soleil.

— C'est plutôt chouette comme piaules, dit Olivier.

— La nuit, on crève de chaud dans ces boîtes, observa cette râleuse de Louise, et elle ajouta avec un sourire entendu : faut dormir tout nu.

Voilà que ces demoiselles se promenaient dans le grenier en combinaison, en « combine » comme elles disaient, et qu'elles se moquaient en voyant le regard d'Olivier se détourner. Louise se nouait un tissu autour des hanches pour esquisser une danse espagnole et Olivier enrageait de se sentir troublé. Il descendit rejoindre les autres en grommelant.

— Olivier, dit la tante Victoria, je t'ai réservé du travail : les herbes des allées.

— Ah bon ? et alors ?

— Et alors, demain matin, tu commenceras à les arracher.

Il eut envie de répondre que les herbes dans les allées, c'est ravissant, mais il se contenta de hocher la tête en signe d'assentiment.

— En attendant, accompagne-moi au jardin.

La tante s'appuya sur son bras et il sentit non le parfum habituel, mais celui de sa peau. Elle regarda ses cheveux encore ondulés et lui redressa une mèche. Dans le couloir, elle prit une ombrelle qu'elle ouvrit dans le jardin dont ils parcoururent les allées comme à la promenade en se penchant sur les fleurs pour en humer le parfum. Olivier constata avec satisfaction que les mauvaises herbes étaient rares dans ces allées bien ratissées. Ils virent le jardinier qui sortait, son parapluie dont il n'arrangeait pas les plis sous le bras, et qui soulevait cette fois une casquette grise.

– M. Gondou est un homme charmant. Il ne quitte jamais son parapluie. Il va voir sa vieille amie qui habite de l'autre côté du Cher. Il connaît si bien son métier ! Des jardiniers tels que lui, on n'en fera plus.

– Vraiment ? fit Olivier pour dire quelque chose.

– Les Tourangeaux naissent jardiniers et ils parlent le français le plus pur qui soit, ils emploient le passé simple et ont de ces délicatesses de langage...

– Il n'y a pas de patois ?

– Non, ce n'est pas l'Auvergne. Ici, les fruits sont plus délicieux que partout ailleurs. Il y a des reines-claudes d'un sucré ! et des poires bons-chrétiens qui sont un délice, sans compter la passe-crassane et la beurré Hardy. Quant aux guignes, aux pêches, aux framboises, aux cassis, aux... Et le vin ! Tu as vu ton oncle ? Si je ne le surveillais pas...

– Il y a une bibliothèque à Montrichard ?

– Petit barbare ! dit la tante en secouant l'index.

– Ah ? Quel bel arbre à fleur !

– Tu ne sais vraiment rien. C'est un laurier-rose. Il faut connaître le nom des plantes. Tu demanderas à M. Gondou.

Ils cueillirent des framboises et des groseilles à maquereau qu'Olivier compara à ces grosses billes d'enfant appelées calots.

– Rentrons maintenant, dit la tante, le soleil chauffe un peu trop.

Dans la cour sur une table pliante de métal vert, l'oncle Henri préparait ses engins de pêche. Contre la vigne-vierge reposaient des cannes et une épuisette. Il distribuait des hameçons extraits de sachets de cellophane dans une boîte à casiers, et aussi des plombs fendus de différentes tailles, de gros bouchons ressemblant à des toupies, de fines plumes, des mouches de couleur, des bas de ligne, des moulinets chargés de cordon vert... On aurait cru qu'il jouait à quelque jeu chinois compliqué et ses yeux brillaient de plaisir et d'attention, la préparation de la pêche faisant partie de la pêche elle-même. Jami se balançait sur une planchette suspendue à la plus grosse branche d'un cerisier. Partout des potées de géraniums, d'hortensias, de bégonias, de véroniques jetaient des flammes multicolores. Le sommet des arbres, au-dessus de la seconde terrasse, laissait deviner la forêt. Ce grand mur faisait penser à une paume protectrice.

— Vois-tu, Olivier, à partir de demain matin à l'aube, nous ne verrons plus ton oncle...

Olivier leva un regard interrogateur et la tante Victoria poursuivit :

— Tout juste s'il rentrera pour le déjeuner avec ses affreux poissons dans un seau et ses vêtements qui sentent la marée. Moi, pendant ce temps...

Elle ne dit pas ce qu'elle ferait « pendant ce temps », sans doute attendrait-elle comme Pénélope. Elle s'installa dans un fauteuil Transatlantic et étala de l'huile brune sur son visage et ses épaules nues. Oliver alla pousser la balançoire de son cousin d'une seule main avec une indulgente désinvolture et Jami dit : « Je n'ai pas besoin de toi ! »

— Olivier, dit la tante, il y a du thé glacé. Nous nous servirons nous-mêmes. Les petites font la sieste. Après tout, elles sont en vacances.

A la cuisine, Olivier sortit du coffre à glace une carafe embuée. Une écorce de citron serpentait dans le thé d'ambre. L'oncle Henri déclina l'invitation et la tante prit la boisson en compagnie de son neveu devenu chevalier servant et qui s'assit, verre en main, sur un fauteuil-hamac.

— A part les remontrances au pêcheur, quelles nouvelles ? demanda l'oncle Henri qui nouait un hameçon au fil.

— Notre voisine Junie Astor est arrivée.

— La belle espionne ?

— Oui, mon cher, et avec son fameux sourire pervers. Et

aussi les Simon, les Dartimont et tes amis Radiolo et Alerme. Madame Sispa ne vient pas cette année.

— Alerme est là, bien, bien.

— Oh oui ! Bien, bien... dit la tante avec un soupir. Il m'a chargée de te dire qu'il appâterait votre coin, qui d'ailleurs n'est pas un coin. Tant mieux ! Nous n'aurons pas la faveur de voir préparer ces curieuses pâtées, ces cataplasmes gélatineux qui « embaument » la cuisine et ravissent ces malheureux poissons.

— Ce n'est jamais que de la terre, du chènevis, du blé cuit... Ah ! le cher Alerme a pensé à tout.

Olivier connaissait cet acteur de cinéma qui jouait fort bien les rôles d'industriels ou de Français moyens rouspéteurs, un de ces seconds rôles de qualité dont la personnalité et le jeu sauvaient les plus plates comédies, tout comme André Lefaur, Larquey, Lucien Baroux, Sinoël, Saturnin Fabre, Armand Bernard, Aimos, Carette, en qui les Français retrouvaient leurs propres personnalités et qui n'avaient qu'à paraître pour éveiller un sourire. Hors de son métier, Alerme était un bon père tranquille, ne rêvant, comme l'oncle Henri, qu'à la pêche et aux plaisirs simples.

— Olivier, dit la tante qui décidément était en veine de paroles, peut-être parce que son bureau lui manquait, j'espère que tu ne passeras pas tout ton temps à lire. Je compte bien que tu te promènes en ma compagnie. Mon pauvre Marceau étant éloigné, tu essaieras de prendre sa place...

— Si je peux... dit Olivier d'un ton pointu.

— Tu ne connais pas ta chance. J'ai établi ton programme. Tu pourras emprunter à M. Gondou sa bécane. Tu visiteras les caves Monmousseau, c'est instructif. Et les champignons de couche dans les carrières. Je te ferai monter au donjon bien que ce ne soit qu'une ruine, et nous visiterons la maison du Prêche, l'église Sainte-Croix et celle de Nanteuil...

— Avec plaisir, ma tante.

— Et la maison de l'Ave Maria et l'hôtel de Beaune.

– Et le pâtissier ! cria Jami en sautant de sa balançoire, il y a de ces religieuses...

L'oncle Henri parla de la barbe de capucin, une salade de cave, des spécialités gastronomiques de la région et des vins de Cour-Cheverny, des coteaux du Vendômois et d'un Mont-près-Chambord, des vins gentils et chantants :

– On m'a signalé un petit blanc de Limeray à la saveur de noisette pas plus cher qu'un vin ordinaire.

– Ah ! voilà Louise, dit la tante. Vous pouvez enlever la carafe et les verres, Louise.

– Oui, madame.

– Comme dit M. Gondou (non, ce n'est pas à vous que je parle, Louise) comme dit M. Gondou, ici on « corde » bien avec les gens peu fiers. Olivier, tu l'aideras à jardiner et tu apprendras bien des choses.

Sur le mur s'arrondissait la cible d'un jeu de fléchettes. Dans un présentoir de bois blanc se trouvaient les maillets, les arceaux et les boules d'un croquet. Olivier, enfoncé dans son fauteuil berceur, tentait de se rappeler le visage et la silhouette de Junie Astor, cherchait dans sa mémoire des titres de films. Dans lequel jouait-elle, la belle espionne ? Il la confondit un instant avec Dita Parlo. Mais non, elle était moins claire, plus enjôleuse, plus étrange. Il décida que Ji lui ressemblait.

– On est bien, dit l'oncle Henri, quel calme !

– Oui, dit Olivier, c'est calme, en pensant : pourvu qu'on ne s'ennuie pas trop. Saugues, c'est autre chose.

L'ombre d'un cerisier dessinait des arabesques sur le sol de la cour. Un nuage prit la forme d'une tête de cheval. Des oiseaux gris voletaient du toit à la cime des arbres.

– Quel bien-être ! dit la tante en levant les bras.

« Ils vont répéter ça longtemps ? » se demanda Olivier. Il bâilla discrètement. Pourquoi ne parvenait-il pas à partager cette quiétude ? Il paraissait si facile d'être heureux, de recevoir le « bien-être », de « se la couler douce », et cela non seulement le gênait mais de plus provoquait sa mauvaise humeur. Il se sentait la proie d'un tourment inconnu, ressentait de vagues aspirations à autre chose et sans bien savoir à quoi. Il eût voulu rester là et, en même temps, se trouver ailleurs, se détacher de lui-même pour se rendre à Paris, à Saugues ou sur quelque route enchantée. Il dit à son tour sur un ton curieux :

— Oui, quel *bien-être*...

Et il pensa successivement à « mal-être », à « bien-avoir » et à « mal-avoir » en essayant de trouver des significations à ces expressions. Il faillit pouffer quand sa tante dit :

— Ce soir, nous aurons du cul de veau à l'angevine.

— Ah bah ! fit l'oncle. Avec cela, je verrais bien un vieux Bourgueil. Ou un Chinon.

*
**

' Le Cher indolent, paresseux même, coulait sans hâte dans son lit spacieux parmi les prairies bordées d'acacias, de saules, de peupliers. Il flânait des sables solognots à l'argile de Valençay jusqu'aux calcaires précédant Montrichard, en attendant de se mettre en habit de cour pour atteindre Chenonceaux.

Pour le pêcheur, il n'existe qu'une heure, celle du lever, ensuite le temps n'existe plus. Un spectacle était de voir partir l'oncle Henri et Alerme pour la pêche. Vêtus l'un et l'autre d'une identique salopette de garagiste, avec des poches géantes partout, en galoches, portant le même chapeau de paille tressée et à peu près le même chargement : panier d'osier, musette, fauteuil pliant, seau, cannes, épuisette, ils marchaient du même pas pesant, le gros Alerme figurant une réduction de l'oncle Henri, mais tous les deux aussi larges, aussi ronds, aussi francs de visage, et irradiant une paix solide, un contentement sans histoire. Ils oubliaient de se raser et, comme ils n'en avaient pas l'habitude, ils se caressaient le visage avec une sorte de jubilation. Ils descendaient par un escalier de pierre caché sous les ronces au bord du Cher où l'on avait appâté la veille, jetaient encore quelques poignées qui faisaient crépiter l'eau. Les fillettes de rosé étaient placées au frais dans un creux d'eau à l'endroit où un mince ruisseau venait se perdre. L'installation était longue et minutieuse. Comme ils craignaient de faire craquer la toile à rayures du fauteuil pliant, ils s'asseyaient lentement, avec des précautions comiques.

Alerme venait chercher l'oncle dès le lever du soleil. Devant la grille, ils échangeaient un signe de tête entendu et ne parlaient pas, car ce n'était pas la peine. Ils humaient l'air frais en levant le menton de la même manière et devaient porter les mêmes pensées dans la perspective de la pêche. Au bord de l'eau, ils retrouvaient leur « coin » avec plaisir. Ils regardaient l'onde, distinguaient sa couleur, sa luminosité, cherchaient la position favorable, respiraient à petits coups, consultaient encore le ciel. Il fallait du temps pour connaître la changeante rivière, faire amitié avec elle, avoir le sens de l'eau, et, lorsque le bouchon flottait, dansait, imaginer au moindre mouvement les agissements secrets de l'invisible poisson, établir une communication avec lui.

Vers huit heures, les deux hommes partageaient un solide casse-croûte sans quitter des yeux les lignes plantées. Vers onze heures, ils échangeaient un coup d'œil, se levaient, cherchaient un lieu favorable pour se coucher dans l'herbe sur le dos et s'assoupir, un journal déployé sur le visage. Après un somme d'une demi-heure, ils s'éveillaient brusquement en présentant de rapides signes d'une inquiétude vite apaisée. Ils ne commenceraient à parler qu'après la pêche et ce serait le plaisir de laisser couler le flot des paroles retenues, de s'apercevoir qu'en telle ou telle circonstance de la pêche les pensées avaient été identiques.

Après avoir arraché quelques mauvaises herbes, Olivier rejoignait les pêcheurs. Il regardait dans les seaux et fouillait les paniers emplis d'herbe, puis s'asseyait en retrait. Alerme lui avait proposé une canne et ce petit prétentieux avait décliné l'offre :

– Non merci vraiment, je ne pêche que la truite.

Car, pour lui, la truite se traduisait par Saugues. La truite : une pêche de sportifs et non de rentiers. Certes, la barque eût permis des exploits plus audacieux, mais les deux hommes, lourds, terriens, craignaient les déséquilibres et préféraient la terre ferme. Olivier distinguait les poissons, l'ablette d'argent vive comme une hirondelle, le chevesne gris cendré, la tanche en robe de velours, le gardon plein d'éclat, le poisson-chat cet empoisonneur, la lutteuse perche et sa sœur la ronde arc-en-ciel digne de l'aquarium. Comme M. Gondou lui apprenait les noms des fleurs, Alerme et l'oncle l'initiaient aux poissons. Il attendait le moment où l'oncle lui demanderait quelque service : aller chercher un paquet de Celtiques ou bien un engin oublié.

Par une après-midi ensoleillée Olivier longeait la conserverie de légumes, puis les proprettes villas, quand il vit s'arrêter une automobile gris-bleu de grand sport conduite par une dame, la tête recouverte d'un foulard et portant de grosses lunettes noires. Avant d'en sortir, elle donna deux coups de klaxon et une femme à cheveux gris se précipita pour l'accueillir et transporter des cartons de vin. Quand la conductrice retira ses lunettes, dénoua son foulard et secoua sa chevelure, Olivier pensa : « C'est Elle ! » et parce que sa curiosité était émoustillée, il retint son souffle et sentit battre son cœur.

Il se cacha derrière un marronnier, avançant la tête pour mieux voir. Il reconnaissait Junie Astor, la même que dans ses films, avec cette longue taille, cette souplesse féline, ce sourire étrange, un rien perfide, qui passait entre deux autres francs et lumineux. Sa robe verte en surah était serrée à la taille par un foulard émeraude. Elle secoua sa claire chevelure et regarda au loin comme si elle mesurait le chemin parcouru ou le regrettait. Tous ses gestes étaient précis, élégants, ceux d'une femme du monde, d'une star, et Olivier, en peu d'instants, reconnaissait des attitudes. Il lui semblait qu'elle venait d'un autre univers, celui de l'écran, et elle était là, « en chair et en os », comme disent les réclames des cirques et des music-halls. Olivier entendit sa voix un peu cassée, une voix moins belle que son visage.

– Ah ! Jeanne, je n'avais plus envie de rentrer. Et quand je serai entrée, je n'aurai plus envie de sortir. Je ne sais pas pourquoi j'ai acheté tout ce vin. Laisse-moi t'aider...

Olivier faillit se précipiter galamment. La porte de fer se referma sur la comédienne et il regarda l'automobile. Il contourna la maison de son oncle pour gravir le raidillon que traversait la ligne de chemin de fer. Il s'assit au bord du rail, sur une traverse, et posa son oreille contre le métal chaud, puis il grimpa jusqu'au puits artésien d'où coulait une eau ferrugineuse qu'il but dans sa main posée contre le tuyau de métal. Il buvait du fer et devenait invincible. Il présenta son visage mouillé au soleil.

Il marchait ainsi, le visage levé, les bras ballants, quand il entendit des rires et le mot « extase ». C'était un vol de jeunes filles à bicyclette. Elles l'avaient surpris le visage levé, comme en extase. L'une d'elles, une blonde à cheveux courts, tout moutonnants et serrés par un ruban bleu inutile, pas la plus jolie, mais la plus armée d'assurance, riait plus fort que ses compagnes de ce garçon solitaire à la mine hébétée, de son attitude d'innocent de village. Olivier chercha quelque part en lui des ressources de dignité ou d'indulgence, mais le bon Dieu punit la moqueuse : la chaîne de sa bicyclette sauta du pédalier et elle faillit tomber. Les autres s'arrêtèrent.

– Crotte alors ! Je n'ai plus qu'à rentrer à pied. A moins que... Monsieur, monsieur, vous ne sauriez pas remettre une chaîne à bicyclette.

Et cela en continuant malgré tout de rire en sourdine. Elles étaient cinq, toutes en short, et trois d'entre elles devaient être des sœurs ou des cousines. Une brunette qui avait des boutons sur le visage se tenait en retrait et la cinquième était la moqueuse.

– Moi ? dit Olivier, bien sûr que si !

Il prenait sa revanche. Il retourna la bécane, remit la chaîne en place, fit tourner le pédalier qui ronronna, vérifia si les papillons étaient bien serrés, tâta les pneus du pouce et regarda les autres bicyclettes comme s'il cherchait d'autres réparations à effectuer.

— Ça ira, dit-il.

Les filles ne riaient plus, mais souriaient gentiment, sauf l'une d'elles qui pouffait et toussait pour cacher un fou rire naissant.

— Je m'appelle Hedwige, dit la secourue, Hedwige avec un h.

— Et moi Olivier. Sans h.

Et toc ! Était-ce bête. Il regretta cette réflexion. Les cuisses dorées brillaient, étaient lisses et rondes. La boutonneuse portait haut de petits seins agressifs. Tandis qu'elles faisaient tourner les pédaliers à l'envers pour repartir, celle qu'il avait dépannée s'approcha de lui et se pencha pour lui donner un petit baiser sur la joue avant de repartir dans une envolée joyeuse.

Olivier toucha sa joue à l'emplacement du baiser et regarda ses doigts noirs de cambouis. Il montrait un attendrissement de grand-père qui trouve ses petites-filles charmantes. Il dit à un arbre : « Tu parles si je m'en fiche de son baiser ! » ce qui n'était pas vrai. Et l'arbre lui répondit par sa propre voix : « Des bêcheuses, des filles à papa qui doivent fréquenter des Arnold et des Gontran... » Voilà qu'il redevenait faubourien, gavroche.

La forêt pleine d'amitié l'entoura comme un orchestre. Il fredonna tout d'abord, puis entonna à tue-tête : « Je chante... » de Charles Trenet. Après une longue marche, il se coucha contre le tronc d'un chêne dont il cueillit une feuille pour la faire tourner entre ses doigts en la tenant par le bout de la tige. Elle était façonnée comme une œuvre d'art. Il pensa vaguement à une enluminure et devint Saint Louis rendant la justice.

Vraiment, ces filles, elles avaient beau montrer leurs cuisses, auprès de Junie Astor, une vraie femme, c'était de la gnognotte. Il imagina que les animaux de la forêt, des daims, des chevreuils, des cerfs, des écureuils venaient le rejoindre.

Dans cet écrin de bonheur, il compta les jours de vacances qui restaient. Sa tante lui avait demandé de l'accompagner dans ses promenades, mais elle préférait la grosse Mme Dartimont et cette Simon-pimbêche qui la suivaient comme des caniches. Il ne s'ennuyait plus. Sa pensée se concentrait sur la porte de la villa de Junie Astor. Trois barreaux étaient tordus par les bras noueux d'une glycine. Demain, il enfilerait les culottes de golf. Tant pis pour la chaleur.

Au cours de sa rêverie, des mots venus on ne sait d'où s'imposèrent à lui, formant la petite chaîne d'une phrase : « Existe-t-il une étoile où l'amour... » Il n'aimait pas « l'amour » et corrigea par « une étoile où les êtres », puis il repoussa les deux mots et recommença. Et c'est ainsi que naît un poème, que des vers succèdent aux vers et qu'une rime danse comme une goutte d'eau au bout de chacun d'eux. Il avait hâte de rentrer pour recopier sur le carnet de molesquine, répétant chaque vers pour ne pas l'oublier, ne pensant plus à rien d'autre. Il descendit la pente en courant.

*
**

Chaque après-midi, les deux bonnes accompagnaient Jami à la plage sur le Cher, de l'autre côté du pont, sur la droite. Parfois la tante Victoria s'y rendait et laissait brunir les parties de son corps qui dépassaient du chaste maillot brun. Olivier emportait un livre et, en slip de bain, se laissait lui aussi dorer la peau. Cette plage en réduction imitait celles de la mer. Sur le sable fin s'étalaient des couche-partout, des tapis de raphia, des matelas de caoutchouc, des rabanes, des chaises longues, des bouées pour enfants.

Un garçon de bain athlétique, originaire du Sénégal, en short et en maillot de corps blancs, avait acquis la célébrité à force de sourires, de gentillesse profonde, et d'un art du mime et de la danse qui le faisait rechercher. Il appelait sans raison les garçons Jean-Pierre et les filles Madeleine. Aux dames, il disait « maman », ce qui déplaisait à tante Victoria, et aux messieurs « papa ». A peine était-on arrivé que surgissait un parasol-réclame, qu'il désignait un emplacement, s'enquérait des désirs et proposait une boisson fraîche. Sans doute les vieux Montrichardais se souviendraient-ils de ce garçon sénégalais nommé Vouna qui jouait avec les enfants, se déguisait aux fêtes, amusait en s'amusant et devait finir tragiquement lors de l'invasion allemande.

Le pick-up diffusait à voix basse un jazz harmonique avec le retour fréquent de *Loveliness* et de *Caravane*. Jami, avec d'autres enfants, tentait de monter sur un énorme ballon découpé en quartiers colorés. La tante n'autorisait le bain que vers quatre heures de l'après-midi après avoir consulté la température de l'eau inscrite à la craie sur une ardoise quelque peu mensongère.

Sous un arbre se tenait toujours un vieillard en complet blanc immaculé, un casque colonial sur la tête. Un chauffeur en livrée l'amenait et le reprenait à heure fixe. Il restait assis sur un fauteuil de rotin, impassible, sortant parfois des jumelles marines d'un étui de cuir fauve pour regarder dans toutes les directions, d'aucuns disaient surtout vers les belles baigneuses. On l'appelait le millionnaire. Les habitués de la plage se connaissaient et se saluaient discrètement. Dès qu'apparaissait un nouvel arrivant inconnu, tous les regards suivaient ses gestes et ses attitudes comme pour lui décerner une note de bonne tenue. Les jeunes filles restaient entre elles et si, d'aventure, un jeune homme les rejoignait, cela suscitait des commentaires.

Après le bain et les considérations sur la qualité de l'eau, Louise tendait des peignoirs de tissu-éponge et Marguerite ouvrait la mallette du goûter : des tranches de pain d'épices recouvertes de beurre noisette, des tartines de confiture, des fruits, et le serviteur noir apportait de la limonade, parfois des glaces entre deux gaufrettes qu'on léchait sur les côtés. Les bonnes ne se mettaient pas en maillot, mais relevaient leurs jupes pour marcher dans l'eau peu profonde, s'asperger et courir en poussant de petits cris.

– Madame, au village, ce soir il y a un bal...

Condescendante, la tante Victoria autorisait la sortie, il fallait bien que ces petites s'amusent, mais à condition de ne pas rentrer trop tard : « Je suis responsable de vous en quelque sorte, vous faites partie de la famille... »

– Et si on emmenait Olivier, madame ?

Il levait la tête au-dessus de son Montherlant, montrait un air surpris et, devant cette incongruité, avançait les lèvres sur une petite moue et devançait la réponse de sa tante :

– Non, merci, merci... Très peu pour moi la danse.

Tous ces gens qui se trémoussaient, vraiment ! Et pourtant, il eût aimé serré une jeune fille contre lui. Il souriait quand même à Louise pour la remercier d'une généreuse pensée, mais elle lui faisait visage de bois. La tante, se trompant sur les raisons d'Olivier, approuvait d'un bref regard. Pour elle, il avait beau n'être que « le neveu », il devait tout de même tenir ses distances. Soudain, elle se levait, passait une robe de plage. Elle qui ne gaspillait jamais rien éprouvait l'impression de perdre un temps précieux. Alors, elle traversait la plage pour se promener seule sur les rives du Cher.

Plus tard, les enfants crièrent :

– La folle ! La folle ! La folle !...

C'était une femme encore jeune. Elle se plantait droit, debout de l'autre côté du fleuve, les jambes écartées, et elle poussait des cris en remuant les bras avant de se déshabiller et de danser nue en faisant de vilains gestes. En un instant toute la plage entrait en effervescence. Les enfants couraient, riaient, trépignaient comme à Guignol, avançaient dans l'eau pour mieux voir et les mères se précipitaient, posaient les mains devant les yeux des enfants, leur ordonnaient de tourner le dos, les tiraient par la main, distribuaient des taloches. Les garçons les plus âgés mettaient la main en visière pour mieux voir. Le monsieur en blanc braquait impudiquement ses jumelles : à croire qu'il ne venait que pour ça !

— C'est un scandale, un scandale !

— Que font les gendarmes ? Il faut appeler la police...

Olivier jetait un œil désabusé : « Elle est à poil, quoi ! » Les gendarmes, toujours deux, ou le garde-champêtre venaient, l'obligeaient à se rhabiller et elle résistait, s'échappait, courait, c'était encore plus drôle. Et puis, ils l'emmenaient et la plage reprenait son rythme paisible.

— Regardez-moi, ma tante !

Olivier aux agrès avait réussi à passer ses pieds dans les anneaux et se laissait pendre la tête en bas. Puisqu'il n'osait pas employer le plus haut plongeoir il fallait bien qu'il se distinguât. Ensuite, voyant de jeunes sportifs se livrer à toutes sortes d'exercices, il pourrait dire : « Si je voulais... » Il perfectionnait sa démonstration, sortait un pied d'un anneau et restait suspendu à l'autre, persuadé qu'il étonnait toute la plage.

— Olivier, tu vas te mettre le sang à la tête !

Il vit la tante, Louise, Marguerite, Jami qui s'approchaient pour l'admirer. Il fit un effort pour se relever, mais ne put parvenir à mener à bien sa traction. Il essaya deux ou trois fois sans plus de succès. Il prit le parti de laisser croire qu'il se tenait ainsi exprès.

— Mais... il devient tout rouge !

Ô honte ! Il fallut que le garçon noir, Vouna, montât sur un escabeau pour l'aider à se dégager. Il revint sur le sable et s'assit tout confus, rouge, mais cette fois de gêne. Et ce sourire en coin de la tante Victoria. Et les bonnes qui gloussaient comme des poules et parlaient entre elles derrière leur main. Et Jami qui ne manquerait plus de faire une allusion à la mésaventure des anneaux en levant comiquement la jambe et en répétant avec un air bêta : « Regardez-moi, ma tante ! »

Tandis que les bonnes et Jami rentraient directement à la propriété, Olivier accompagnait sa tante au village. Si, habituellement, ils se rendaient directement dans ce café que l'oncle appelait auberge parce que cela fait plus campagnard, ce soir-là, ils restèrent plus longtemps dans la grande rue, épuisant du regard les vitrines des commerçants. Certes, ce n'était pas l'énorme marché du faubourg Saint-Martin, mais tout paraissait plus frais, plus doux, plus clair.

— Admire ces poires ! et ces pêches ! et ces prunes ! et ces mirabelles ! dit la tante, et plus loin : Tiens ! il y a un remaillage Vitos, bon à savoir. Quoique... ici les bas. Et si je m'offrais un livre ?

Elle choisit *Campagne* par Raymonde Vincent qui rejoindrait Marcel Prévost, Marcelle Tynaire et Colette Yver. A la pharmacie, des réclames vantaient une aspirine « bien française » et un petit déjeuner « reconstituant » tandis qu'un Indien aspirait du maté Pampero. La tante monta sur une bascule à poids coulissants en disant à Olivier : « Surtout, ne regarde pas ! » avec un geste de coquetterie et Olivier pensa à Marcelle Chantal. Pour lui, les comédiennes étaient tantôt des jeunes filles et se nommaient Lisette Lanvin, Yvette Lebon, Annie Vernay, tantôt des vraies femmes tellement plus troublantes comme Kate de Nagy, Elvire Popesco et... (l'image de Junie Astor sortant de son auto passa dans son rêve).

— C'est affreux, dit la tante, mon poids ne s'accorde plus à ma taille !

« Elle n'est pas si *gravosse* que ça ! » pensa Olivier en javanais, mais elle pouvait tout de même user du massage Gandhour ou du Point-Roller. En vacances, la tante Victoria aimait incliner vers le futile, jouer au besoin à la femme fragile qu'elle n'était pas, comme pour laisser imaginer ce qu'elle serait si tant de soucis ne l'écrasaient pas de leur poids. Elle acheta un produit anti-odeur qu'on passait sous les bras avec un petit tampon spongieux au bout d'un bâtonnet, un dentifrice qui colorait les gencives en rouge, du Duvélia, du coton hydrophile et Olivier sortit pour l'attendre dans la rue.

Les mains dans les poches de la culotte de golf dont l'élastique du mollet droit, trop lâche, laissait retomber la jambe du pantalon, ce qui l'obligeait à sautiller pour maintenir son équilibre quand il la remontait, il sifflota n'importe quoi, se pencha sur une Chenard et Walker avec un air de connaisseur, dit : « C'est robuste ! » et, quand une jeune fille passa, accentua son sifflotement. Elle haussa les épaules, mais lui fit un sourire. Elle devait être parisienne.

Il se précipita pour porter le paquet de la tante Victoria, lui présenta le bras, mais le trottoir trop étroit les gêna et il dut marcher derrière sa tante comme un porteur, ce qui l'agaça. « Cet Olivier, il n'est pas simple ! » disait parfois Louise, la petite bonne rousse.

*
**

Le Grand Café de Montrichard ressemblait aux bistrots parisiens avec ses tables polies sur un piétement de fonte, ses boules brillantes où les garçons glissent leurs torchons, son percolateur sifflant comme un asthmatique, ses rangées de bouteilles multicolores, son comptoir d'étain. On respirait les mêmes odeurs chaudes et sucrées, on entendait les mêmes bruits de dés secoués dans les cornets de cuir, de cartes à jouer claquant entre les doigts sur les tapis-réclame, de boules d'ivoire s'entrechoquant sur le billard, de pièces de monnaie dans les soucoupes où étaient imprimés les anciens prix des consommations, de verres tintant, de glouglous de bouteilles. Cependant, aux odeurs habituelles s'en mêlaient d'autres qui venaient de la campagne, peut-être de l'imagination. Tout paraissait plus lent, plus calme qu'à Paris : ici, on avait le temps.

Se trouvaient là des maraîchers, des vignerons, des hommes dont on devinait que le café est le refuge et, auprès des habitués bien chez eux, des estivants regardés avec une indulgente curiosité, ainsi l'oncle Henri qui se leva en tirant des chaises pour accueillir sa femme et son neveu. Il fit un clin d'œil qui voulait dire : « L'essentiel, c'est de s'en fiche et de boire frais ! » Frais, certes, mais non glacé, comme en témoignait le soin qu'il prenait à faire glisser une bouteille de rosé au bout d'une ficelle dans le puits plutôt que de se servir de la glacière. Au Café central, on distinguait les propriétaires des villas des étrangers de passage : avec les premiers, les relations se nouaient vite, vers le deuxième ou le troisième séjour où on les adoptait d'un coup, comme s'ils avaient subi avec succès un examen de passage. Dès lors, du comptoir aux tables et d'une table à l'autre, on se saluait, on échangeait des paroles d'entrée en conversation : le temps, la santé, des amabilités, des plaisanteries comme si l'on prenait le chemin du rire lentement : peut-être le peuple français était-il encore le plus aimable et le plus gai de la planète.

— Et un Pernod pour Arthur !

— C'est parti comme en 14 !

— On remet ça. Mais si ! Allons, vous n'allez pas marcher que sur une jambe.

— Pousse-toi mon coup de rosé. Il y aura de la compagnie...

C'étaient des paroles connues, mais dont on variait les airs, et les lieux inclinaient trop à l'innocence pour qu'on cherchât l'originalité.

Les Desrousseaux tapaient allégrement le carton. Pour partenaires habituels, ils avaient Alerme ou le gérant de la conserverie, souvent Marcel Laporte dit Radiolo, le célèbre speaker. Celui-là, chaque fois qu'il parlait, Olivier, en retrait sur une chaise, tressaillait. Il avait l'impression qu'on venait d'ouvrir la TSF. C'était bien la même voix claire, articulée, différente et son possesseur se trouvait là, en face de lui, le col ouvert, les manches retroussées, ne se distinguant des autres que s'il parlait.

Le garçon servait gaillardement des fillettes de vin rosé que chacun buvait religieusement, avec des signes d'approbation, en disant sur un ton sentencieux : « Il est bon... Je suis forcé d'admettre qu'il est bon... Ah ! quel bon vin ! »

– Olivier, dit l'oncle Henri en tendant un billet à son neveu, tu pourrais aller en face nous acheter quelques rillons. Il ajouta plus bas : tu garderas la monnaie.

– Oui, dit Olivier, j'y vais.

Il traversa la rue, fit quelques pas de claquettes, alla jusqu'au bureau de tabac, hésita entre les Camel, Lucky Strike et Chesterfield qui étaient les cigarettes américaines à la mode, mais jugea plus raisonnable de se contenter d'un étui de dix High Life. Il regarda la perspective de la rue : tout était en ordre, coquet, lisse, bien lavé et bien coiffé, comme Olivier qui sortait son peigne de la poche revolver de sa culotte toutes les cinq minutes. Il pensa que quelque chose manquait ici et il rit, car c'étaient tout simplement les bonnes bouses de vaches des rues de Saugues.

A la devanture du charcutier, il regarda les chapelets de saucisses, les serpents de boudin noir et de boudin blanc au poulet – une spécialité – les pâtés dans leur niche de croûte, les terrines, les gendarmes à la chair brunâtre, les luisantes saucisses de Strasbourg, les viandes roses sur leurs plats de faïence posés sur du marbre blanc veiné de bleu et parées de persil frisé. A l'intérieur, la sciure de bois sur le carrelage brillait comme du sable.

– Je voudrais des rillons, je vous dirai...

La charcutière aux bras potelés, le corsage bâillant sur la ligne des seins, se penchait, se servait de pincettes de bois pour saisir ces morceaux de poitrine de porc qui avaient cuit pendant des heures, interrogeait Olivier du regard.

– Un peu plus... Ça fera combien ? Alors, ajoutez-en deux !

Par honnêteté, puisqu'il devait garder la monnaie, il en prenait plus qu'il n'en fallait. Il sortit, un paquet ficelé au bout du doigt.

Dans un rayon de soleil mauve, une jeune femme mince avançait. Olivier s'arrêta. Elle venait de sortir de son automobile où se dressait derrière la glace un fox-terrier. C'était elle, la comédienne, l'étoile, et il la voyait comme il entendait Radiolo, se promener, faire ses commissions peut-être, comme tout un chacun. Junie Astor ! Ses cheveux étaient tordus en un écheveau brillant, incliné sur un côté et retenu par des peignes d'écaille sur le haut de la tête. Olivier serra son paquet de rillons contre sa poitrine.

— Vous avez oublié quelque chose ? demanda la charcutière dans son dos.

— Non, non.

Il fit quelques pas et s'arrêta devant un marchand de charbon où des sacs cylindriques de charbon de bois s'empilaient près des allume-feu, ces ligots à l'extrémité orangée cernés dans du fil de fer. Il faillit les renverser et dit absurdement : « Oh ! pardon... »

Junie Astor avait de longues jambes soyeuses, un long cou, une peau sans la moindre imperfection. Elle avançait dans l'éclat d'une robe de shantung jaune. Il ne la distinguait pas bien car le soleil à son déclin aveuglait. Quand elle passa devant lui en le frôlant, il recula si brusquement qu'il tituba et se retrouva bêtement assis sur un sac d'anthracite. Alors, elle lui sourit, à lui, de son célèbre sourire, et dit simplement : « Excusez-moi ! » et il répondit : « Oh oui ! » puis « Oh non ! » et courut vers le café.

— Eh bien, Olivier, qu'as-tu ?

— Rien, ma tante, rien du tout.

Le garçon apporta une assiette pour les rillons et demanda si l'on voulait des couverts. Avec le rosé dont on vantait encore le goût et la couleur, c'était exquis, et les fillettes de vin se succédaient à un rythme rapide sur la table encombrée du tapis vert, des cendriers, des soucoupes et des jetons de bois ronds ou rectangulaires, rouges ou jaunes. Olivier qui ne savait jouer qu'au pouilleux et à la bataille tentait toujours vainement de comprendre la règle de ces jeux comme le bridge auquel on jouait à l'appartement ou la coinchée, la manille, la belote tout-atout ou sans-atout qu'on appréciait au café.

— Ces rillons sont exquis, dit la belle voix de Radiolo, et il tendit l'assiette à chacun.

A la table voisine, un petit monsieur au crâne ceint d'une couronne de cheveux blancs, voûté, suivait le jeu avec un regard brillant d'intelligence. Près de lui, une dame dont les cheveux jetaient des reflets violets, le mince visage triangulaire très fin, d'allure distinguée, et dont la présence au café semblait inattendue, souriait à tout ce qui l'entourait avec connivence. En face d'eux, un jeune homme un peu plus âgé qu'Olivier, en short bleu marine et en chaussettes blanches sur des tennis, paraissait s'ennuyer. En entrant, la tante Victoria leur avait adressé un léger signe qui n'était pas tout à fait un salut. Cela voulait dire qu'elle les reconnaissait comme d'un bon milieu, comprenait qu'ils n'étaient pas habitués à aller au café et qu'elle approuvait leur tenue. Ils buvaient de sages jus de fuits Pam-Pam. Entre deux parties, tandis qu'Alerme comptabilisait les points, la tante se pencha vers ses voisins et dit :

— Vous habitez Montrichard ? Je ne vous avais jamais rencontrés.

— Nous sommes à l'hôtel en pension, dit la dame, c'est la première année, mais je suis sûre que nous reviendrons.

Olivier regarda le jeune homme. Son long visage avait quelque chose d'ingrat, de pas encore achevé, avec ce duvet au-dessus de la lèvre supérieure qui faisait penser à une moustache. Ses cheveux en brosse, sur le sommet de la tête, se dressaient comme sur ces caricatures comiques figurant un homme effrayé. Était-ce parce qu'il avait des rougeurs boutonneuses qu'il gardait la tête baissée ou bien parce qu'il pensait ? Quand son regard croisa celui d'Olivier, celui-ci fut frappé par les yeux clairs, comme lavés, à la fois passionnés et graves, et ce fut comme s'il rencontrait les mêmes lueurs qui passaient parfois dans les siens.

— Nous avons deux jeunes gens à peu près du même âge, madame.

— Mon fils va sur ses dix-huit ans, madame.

— Mon neveu, qui s'appelle Olivier, aura seize ans la semaine prochaine.

Tiens ! la tante savait cela. Mais quelle idée de parler à des gens qu'on ne connaît pas, et de parler de lui, en plus ! Il se renfrogna, se tassa sur lui-même et prit une attitude indifférente et lointaine.

— Votre fils est étudiant, sans doute, madame ?

— Plus tard, il sera ingénieur-chimiste, madame. Tout petit, il avait déjà trouvé sa vocation.

— Mon neveu collabore à notre affaire. Il lit beaucoup... Pardonnez-moi : le jeu...

Dès lors, toute au regret d'une conversation interrompue, souriant de temps en temps à ses voisins pour exprimer sa sympathie, la tante Victoria jouerait distraitement et se ferait rappeler à l'ordre par son partenaire : au jeu, la galanterie n'existe plus.

Olivier cherchait un prétexte pour s'en aller. Il se retourna pour regarder à une autre table deux hommes en bleus rapiécés de rectangles plus foncés qui jouaient au jacquet et il simula un vif intérêt. Il pensait : « Mon neveu collabore à notre affaire... » (tu parles !) « Il lit beaucoup » (de quoi je me mêle ?) sans se rendre compte que la tante avait dit cela par délicatesse. Ces gens avaient l'air tellement ennuyeux. Sauf peut-être la dame qui souriait tout le temps de la bouche et des yeux. Mais ils ne l'intéressaient pas. Junie Astor avait dû le juger ridicule, à moins qu'elle ne l'eût pas même remarqué. Il essaya de se souvenir de la qualité de son sourire et de sa voix quand elle avait dit : « Excusez-moi... »

— Olivier, pourquoi dis-tu cela ?

— Quoi donc, ma tante ?

— « Excusez-moi... »

— Moi ? J'ai dit « excusez-moi » ?

Il avait parlé à voix haute. Peu à peu le café se vidait : l'heure du dîner approchait. Tant mieux ! Olivier en avait « plein les bottes » de ces interminables parties de cartes et de ces conversations de la tante avec des inconnus. Au café, elle devait éprouver l'impression de s'acoquiner. Il l'entendait déjà dire aux Inguibert : « A Montrichard, nous jouions aux cartes avec Alerme et Radiolo... »

— Voilà deux jeunes gens qui pourraient devenir camarades, madame.

— J'y pensais, madame, ils devraient faire connaissance, n'est-ce pas, Samuel ? Mon fils s'appelle Samuel. Et votre neveu, Olivier, n'est-ce pas ?

Quelle situation gênante ! Et les parents qui ne leur demandaient même pas leur avis. Pourquoi pensait-il à la piscine de la rue des Amiraux où Jean l'emmenait le dimanche matin ? Ah oui, il avait un copain qui s'appelait Samuel aussi. Et ce garçon qui le regardait maintenant, attendait le moment de capter son regard pour lui parler, finalement prenait une décision, tendait une main largement ouverte :

— Enchanté, Olivier, si tu veux nous ferons du canoë.

— Hum ! Heu... Bonjour, bonjour...

— Mon neveu est parfois un peu sauvage.

« Cet Olivier, il n'est pas simple... » Et Samuel, aussi intimidé que lui, mais habitué aux relations estudiantines, prenait l'initiative :

— Si tu veux, Olivier, on se voit demain matin à dix heures... Par exemple devant ce café.

— Si tu veux ! Enfin, oui, c'est d'accord.

Que répondre d'autre ? Quand Alerme et Radiolo furent partis, la conversation entre les deux familles se poursuivit. On échangea des cartes de visite et Olivier trouva cela ridicule. Et promesse de se revoir, et salamalecs, la barbe ! Le père de Samuel se nommait David Bernard et dirigeait une succursale de banque dans le quatorzième arrondissement ; sa femme, Sylvia, parlait elle-même de sa paresse et de son oisiveté, elle lisait des romans, uniquement des romans drôles, pratiquait la reliure et participait aux conférences-promenades des « Amies de *Marie-Claire* ». La conversation se poursuivit sur le trottoir et, ce soir-là, on dîna tard, au désagrément des bonnes déjà parées pour le bal.

*
**

Tout arrivait de concert. La veille, en l'absence des bonnes, Olivier, seul au grenier, avait soulevé la bâche cachant tout ce que les précédents propriétaires avaient abandonné. Parmi la paperasse jaunie il trouva des numéros annotés d'une feuille économique et financière, mais aussi l'heureuse surprise de quelques livraisons de *L'Intrépide* et un *Album de Lili* qui évoquaient pour lui quelque chose de lointain, difficilement situable, dans ces zones d'oubli, par-delà cette mémoire fragile qui chancelait dès qu'il imaginait sa première enfance, avant la mort de sa mère, Virginie, dans ce lit où il dormait près d'elle, et qui ne laissait apparaître que des bribes de souvenirs sans lien, à ce point qu'il ne pouvait distinguer ce qu'il avait vécu de certains rêves aux tonalités grisâtres. Parfois, Jean faisait allusion dans la conversation à quelque fait lointain dont il ignorait l'existence. Un couvercle s'était posé sur ces périodes et il faudrait beaucoup de temps pour qu'il les reconstituât et leur donnât un semblant d'ordonnance.

Il n'osait trop déplacer la bâche et les objets, mais voilà que, derrière des marmites et des casseroles, apparaissaient des roues caoutchoutées. Il dégagea un véhicule d'enfant dont il reconnut les bras disposés en accent circonflexe qui actionnaient l'appareil. Il en chercha le nom dans sa mémoire, mais c'est une inscription trouvée sur le métal, dans la poussière, en lettres argentées qui répondit : *Auto-Skiff.* Il murmura ce mot double : *Auto-skiff, auto-skiff,* et ce fut le sésame de ses souvenirs, la petite madeleine de Marcel Proust.

Il devait avoir six ou sept ans. Il portait une culotte de

velours uni noir. Virginie l'avait mis en pension pour la période d'été à Arnouville-lès-Gonesse, près de Paris, mais encore alors presque la campagne. Il revit d'étroits immeubles d'un ou deux étages séparés de la route par un espace herbeux. Le paysage n'était pas encore très net comme lorsqu'on tente au matin de se souvenir d'un rêve qui se refuse, mais il se précisa, comme éclairé de l'intérieur, prit du relief, de la couleur. Mais pourquoi l'*auto-skiff* ? Peut-être une idée de bateau, un tas de pavés cubiques devant la maison et, en haut, un bâton où flottait un chiffon. C'est cela : il grimpait jusqu'au sommet et se donnait l'illusion d'être sur un navire. Il passait là des heures, sans jouer, et pourtant c'était un jeu. Pourquoi était-il triste ce petit Olivier de jadis ? il ne devait y avoir aucune raison à cela. Et une voix lointaine, dans une loge de concierge, disait : « Elle se débarrasse de lui pour recevoir ses amants, vous comprenez ? » L'*auto-skiff* dans tout cela ? Où l'avait-il vue auparavant ? En avait-il possédé une ?

A Arnouville, la vieille dame qui le gardait provoquait l'effroi, avec son visage et son cou d'autruche, un ruban noir étranglant ses rides, ses jambes comme des baguettes, ses pantoufles trouées. La nuit, au pied d'un lit d'une hauteur incroyable, elle s'agenouillait et priait interminablement d'une voix monocorde, glacée, qui jetait du froid dans l'étroit logement. Elle s'appelait madame... Madame Petit, non ! Mademoiselle Petit, c'est cela. Maintenant les images affluaient : il marchait dans les rues du bourg, une canne contre ses reins et les bras repliés sur elle. Pourquoi ? Pour qu'il se tienne droit sans doute. Des enfants en liberté se moquaient de lui et la vieille le poussait devant lui comme un animal. Elle parlait toujours d'une nièce peut-être imaginaire qui vivrait au Caire et ne lui aurait pas écrit depuis cinq ans. Elle guettait chaque jour le facteur et il n'arrivait jamais de lettres. Peut-être est-ce pour cela qu'elle priait. Elle achetait des sacs de pain rassis à la boulangerie, du pain pour les animaux, et préparait de grosses soupes épaisses avec du bouillon Kub. Le repas sur une table qui boitait. A midi, jour après jour, on mangeait du mou de veau en civet, avec de rares pommes de terre, et le soir ce qui restait. Olivier possédait un porte-monnaie rond avec une fermeture Éclair contenant des pièces trouées et des timbres pour poster à sa mère de petites missives appliquées que la vieille lui dictait avec une phrase habituelle dont il se souvint : « Je mange comme quatre, je bois comme six, mais Mlle Petit n'y arrive plus. » Elle louait un galetas à des étrangers de passage, souvent des représentants de commerce et, au matin, il y avait toujours des discussions à propos du mauvais état de la literie, des punaises et du prix où n'entrait pas le maigre petit déjeuner. Olivier, sans se rappeler son visage, se souvint d'un jeune homme habillé de noir. Il était resté deux nuits et, avant son départ, avait questionné Olivier sur l'adresse de sa mère. Il devait prévenir. Prévenir de quoi ? Le dimanche suivant, Virginie était venue reprendre Olivier et avait aussi discuté avec Mlle Petit.

— Je dois être fou.

Une part imaginative de lui-même n'inventait-elle pas tout cela ? Et, à partir de cette *auto-skiff* au nom bizarre dont il faisait machinalement tourner une roue voilée comme si elle avait dû remonter le temps et faire jaillir des souvenirs refusés. N'entrait-il pas dans des zones inconnues, dangereuses ?

*
**

Un craquement le fit tressaillir. Il éprouva cette peur qui le rejoignait lorsque, enfant, il traversait un lieu d'ombre. Sa raison lui dicta que les vieilles demeures bruissent par leurs huis et leur charpente. Pourtant il frissonna. De son doigt mouillé, il frotta le cadre lisse du véhicule pour mieux lire *auto-skiff*. Il répéta le mot et un nom s'imposa absurdement : Valpuiseaux, puis l'image d'une carrière de sable. Les enfants la contournaient en grimpant sur son bord tranché dans la colline par un chemin bordé de conifères. La sablière était le but. Il fallait sauter de haut, comme d'un plongeoir, dans le sable fin en poussant des cris de joie. Il y avait... Capdeverre, Loulou et... le petit garçon de l'Assistance. Ils vivaient chez un fermier, un colosse très grand, à l'image d'un ogre, avec des moustaches frisant gris jusqu'à ses joues, et qui se prétendait plus fort que Rigoulot. Sa femme, toute en rides, paraissait plus vieille que lui ; elle se tenait le corps en arrière, car elle portait un corset de fer. Ils avaient deux filles mariées. Lorsqu'elles venaient visiter leurs parents, en compagnie des maris, les quatre enfants quittaient les lits pour dormir sur des matelas posés sur le sol et ils entendaient des rires, des soupirs, des bruits de baisers dont le petit garçon de l'Assistance donnait l'explication le lendemain. Le fils des fermiers venait plus rarement : le colosse l'insultait, le traitait de gommeux parce qu'il était malingre, fluet et en même temps très coquet. On disait qu'il se mettait du rouge à lèvres.

Le matin, le fermier emmenait les enfants dans des champs pleins de rochers à demi enfouis dans la terre. Il fallait creuser une tranchée autour de chacun d'eux pour que le géant pût les faire basculer avec une barre à mine. Ou bien, il utilisait de la dynamite et il fallait fuir, se coucher sur le sol en se bouchant les oreilles comme à la guerre. Chacun des enfants portait une pioche, une pelle ou une binette. Les repas étaient abondants et bons. Olivier se souvenait d'énormes ragoûts, de l'odeur brûlée des pommes de terre grillées au torchon, de la forme ronde et plate de fromages sur lesquels des brins de foin étaient collés. L'après-midi, les enfants montaient dans la forêt, coupaient des lianes qu'on pouvait fumer comme des cigarettes, cueillaient les raisins acides d'une vigne abandonnée. Il y avait aussi le vieux souterrain conduisant autrefois à un château disparu : on s'y glissait l'un derrière l'autre sous la conduite de Capdeverre en marchant à quatre pattes dans le noir, puis on atteignait une grotte où des enfants pouvaient se tenir debout et où la flamme d'une chandelle projetait des ombres fantastiques. Capdeverre tâtait en vain la paroi pour trouver un autre souterrain et la peur délicieuse d'un éboulement les faisait frissonner. Un jour, ils avaient suivi la voie ferrée jusqu'à... Maisse pour se baigner parmi les canards d'un étang. Le dimanche, les parents de Loulou qui étaient russes, la mère de Capdeverre ou celle d'Olivier venaient déjeuner et apportaient des cadeaux.

Maintenant, Olivier regardait tourner la roue de l'*auto-skiff* qui refusait son secret, mais en délivrait d'autres. Ces vacances à Valpuiseaux, avec les copains de la rue Labat, avaient été douces. La dame ridée comme une pomme dont il ne retrouvait pas le nom les cajolait, préparait de petits gâteaux d'avoine. Son colosse de mari se montrait rugueux, sévère, mais il suffisait d'admirer sa force pour qu'il rît et vous fît sauter au-dessus de sa tête.

« Comment avais-je pu oublier tout cela ? »

Les images n'étaient pas grises, comme pour Arnouville-lès-Gonesse, mais claires et fraîches. Ah oui ! était-ce Loulou ou Capdeverre qui faisait pipi au lit ? Pour punir le coupable, le fermier glissait entre ses cuisses un sabot qu'il devait garder la nuit en disant « le sabot au cul ! le sabot au cul ! » et l'enfant avait pleuré. Mais l'*auto-skiff,* où l'avait-il vue ? Où ?

***

Des bruits de porte, des pas sur les marches de bois l'arrachèrent à ses pensées. Marguerite et Louise revenaient du bal en s'efforçant au silence. Il poussa l'*auto-skiff* sous la bâche. En robe légère, un châle sur les épaules, le maquillage en folie, les deux belles gardaient un air de danse sur les lèvres. Joyeuses, éméchées, elles affichaient une béatitude telle qu'Olivier sourit. Louise chancelait légèrement. Pour cacher sa griserie, elle imitait une belle rentrant du bal et qui serait ivre. En riant, en chuchotant, elles firent quelques pas de tango en direction d'Olivier et Louise le prit par la taille pour le faire danser. « Quelles folles, ces deux-là ! » Malgré ses réticences et parce qu'il se sentait bien, il ne refusait pas tout à fait leur joie :

– Vous avez dû bien vous amuser ?

– Marguerite a fait une conquête. Moi, j'ai fox-trotté avec Vouna, le beau Vouna, la perle du Sénégal !

Un parfum de poudre de riz à l'iris mélangé d'odeurs de transpiration diffusait quelque chose d'entêtant. Le rouge de Louise débordait aux commissures de ses lèvres et des cheveux roux, collés sur son front, formaient une frange. Elle serrait fortement Olivier contre son corps et il sentait contre lui son ventre et sa poitrine. Il tenta vainement de se dégager. Un fond de pruderie lui faisait penser : « C'est dégoûtant, ces danses... » et, en même temps, il éprouvait le désir de cacher son visage dans la masse des cheveux roux. Il dit : « Assez, assez, Louise, la tête me tourne ! » et Marguerite fit : « Chut ! Chut ! on va les réveiller... » Ils se séparèrent, mais Louise continua à regarder Olivier en tenant les bras ouverts.

– Au lit, Louise, au lit... chuchota Marguerite.

– Bonne nuit, dit Olivier, dormez bien.

Sa chambre était contiguë à celle de Louise. A travers la mince cloison, il l'entendit se déshabiller, verser de l'eau dans la cuvette, se brosser les dents et il imagina ses gestes, se demanda si elle était nue. Pourquoi pensa-t-il à Ji, à Vivy Inguibert, puis, plus longuement, à Junie Astor ? Il entendit un murmure monotone : avant de se coucher, Louise disait sa prière, celle qu'on lui avait apprise quand elle était petite fille, et Olivier eut un sourire de père attendri. Puis une image revint sur laquelle il s'endormit : celle d'un enfant qui conduisait une *auto-skiff* dans l'allée d'un jardin.

*
**

Olivier au matin longea les villas, les pavillons, les résidences. Il observa que les jardins les plus modestes offraient plus de végétation que les parcs : des fouillis de fleurs qui luttaient pour occuper le terrain, s'approcher le plus possible du ciel, confondant leurs couleurs et leurs parfums, certaines grimpant à l'assaut des murs et retombant en guirlandes dansantes des toitures où elles n'avaient pu se fixer. Un bourdonnement d'abeilles, de guêpes, de bourdons, de mouches les recouvrait comme pour leur imposer silence ou, au contraire, leur prêter une voix, et des papillons de chou voletaient comme des pétales portés par une brise.

Respirer le matin, s'offrir à lui, comme Olivier ressentait cela ! Il portait le short large et court que Marguerite avait taillé dans une vieille gabardine de l'oncle, ses sandales et une chemisette. Sur une épaule, une musette de cantonnier contenait la Thermos pleine de limonade parfumée au sirop de menthe, deux casse-croûte, l'un aux rillettes, l'autre au jambon, des triangles de crème de gruyère sur lesquels riait la vache de Benjamin Rabier, deux pommes et six reines-claudes. En avance pour son rendez-vous, il passait d'un trottoir à l'autre, furetant, allant et venant comme un maraudeur préparant quelque noir dessein.

L'épicerie ambulante, une camionnette à l'étalage ouvert sur l'arrière, de porte en porte, faisait entendre un long appel de trompette. Le laitier était déjà passé et plus tard ce serait le boulanger. Un barbichu en canotier pénétra dans une villa. Olivier attendit que la voie fût libre, revint sur ses pas, se précipita comme une flèche vers une boîte aux lettres jaune pour y glisser, comme la veille, une enveloppe bleue au bord dentelé. Et il s'enfuit comme un poseur de bombe.

Après une course d'une centaine de mètres, il reprit progressivement son pas de ville. Devant le bureau de tabac à la civette de métal rouge, sur un panneau découpé à sa forme, le groom de Philip Morris souriait. Lorsque Samuel Bernard arriva, en avance lui aussi, Olivier constata qu'à part un bonnet de marin, il portait la même tenue que lui. Ils se serrèrent fortement la main, à l'anglaise, dirent : « Ça va ? » sans attendre la réponse et marchèrent en direction du Cher, là où on trouvait des embarcations que Samuel examina en connaisseur. Le loueur, un Mathurin Popeye au torse brun sur lequel couraient des touffes de poils blancs, dit :

— Comme hier ? Il est disponible...

Samuel expliqua qu'il s'agissait de l'unique canoë canadien, un 4 m 50 « tout bois », car on les fabriquait aussi en aluminium. Olivier embarqua sans adresse et son ami lui conseilla de se placer à l'avant.

— L'équipier avant doit obéir à l'équipier arrière... Tu m'excuseras de faire le chef, c'est parce que j'ai l'habitude.

— Bien sûr, c'est la première fois pour moi.

— Regarde comme on tient la pagaie. Pour l'instant, tu ne fais rien. Tu sais nager ?

— Et comment !

Ils quittèrent les shorts sous lesquels ils portaient des caleçons de bain. Samuel lui conseilla de couvrir sa tête et il noua son mouchoir aux quatre coins.

— Sur l'eau ça tape dur !

— Ouais, il va en faire un plat...

Samuel amena le canoë au milieu du fleuve en commentant sa manœuvre, employant des termes de navigation comme « dénage » et « appel ». Bientôt Olivier fut invité à se servir de la pagaie double et Samuel lui dit qu'il s'en tirait bien, mais enfonçait trop la rame.

— Le problème est d'aller droit, même si on ne pagaie que d'un seul côté.

Ils remontèrent le fleuve, allant à la rencontre des eaux renouvelées, passant non loin de l'oncle Henri qui avait gardé sa chemise de nuit au col brodé d'une ligne rouge sous sa salopette et d'Alerme qui, d'un geste de semeur, lançait des poignées d'appât dans l'eau. Au loin, une ligne d'arbres se penchait sur le fleuve pour quelque confidence. Tout en s'efforçant de pagayer à la bonne cadence, Olivier essayait de surprendre les secrets aquatiques, de distinguer le lit de la rivière à travers l'eau couleur de ciel, s'arrêtant au spectacle d'une branche immergée, d'une feuille naufragée, de petites bulles éclatant à la surface et faisant des ronds qui témoignaient de présences animales ou végétales. L'effort dénouait sa musculature et il ressentait un prodigieux bien-être. Ce glissement du souple canoë s'apparentait à une lente coulée du sommeil qui vous envahit, mais là il éveillait au contraire à la vie.

– Plus souple, Olivier, plus souple...

Olivier s'appliquait, regardait loin devant lui, tournait à peine la tête vers les rives, n'osait lâcher la pagaie pour répondre aux signes de lavandières. Des pêcheurs levaient l'œil du bouchon pour surveiller que l'on passât bien au large de leur zone de pêche. On voyait des vols d'oiseaux dont Olivier ignorait le nom et que Samuel, plus savant, nommait : des courlis, des traquets, des bruants. Les garçons parlaient peu, juste ce qu'il fallait et qui touchait à la navigation, au fleuve, à la nature. Ils virent des cavaliers qui longeaient la rive. Parfois des femmes coupaient de l'herbe à la faucille, l'enfermaient dans un sac de toile et Olivier pensait à des clapiers de lapins aux yeux roses, au nez frémissant. Un pêcheur lançait son épervier et l'eau jetait de petites notes musicales. Un cycliste roulait sur le chemin de berge et l'on entendait le glissement des pneus épousant le sol. Plus loin, deux gamins peignaient une barque en vert pomme.

Vues du fleuve, les demeures paraissaient plus belles : sur les hauteurs, les plus vastes ressemblaient à des châteaux forts. Le staccato d'une motocyclette, une belle huit-chevaux nickelée, viola le silence quelques instants, mais bientôt permit de mieux le goûter. Une paix profonde où seule l'eau chantait sous les pagaies. Sur la gauche, on voyait dans le rocher les trous d'habitations troglodytiques parées de treilles et de rosiers grimpants, puis des glycines, des chèvrefeuilles au long des maisons vigneronnes. A droite, de belles vaches aux chaudes taches de couleur paissaient. Sur le chemin, un cheval gris pommelé tirait une carriole chargée d'enfants.

Ils posèrent les pagaies et le bateau glissa encore, puis

Samuel, d'une habile manœuvre, lui fit décrire un demi-cercle parfait et pagaya pour se rapprocher de la rive. Olivier comprit le mouvement et y participa. Ils avaient chaud et des gouttelettes de sueur glissaient le long des joues. L'oncle Henri disait qu'à la pêche on ne voit pas couler le temps, qu'il n'existe plus qu'une seule heure peu mesurable, l'heure du pêcheur. En canoë, l'impression était la même. Olivier vit que le donjon de Montrichard était loin, perdu dans une brume de chaleur.

– Ça va, Olivier ?
– Oui, ça boume, c'est au petit poil.
– Au poil dit la mouche.

Le canoë glissa vers les parties herbeuses, les plantains d'eau, les renoncules aquatiques, les roseaux, frôlant les chevelures des algues peignées par le courant, en direction d'un saule racineux où Samuel amarra l'esquif. Olivier se dressa et s'assit dans l'autre sens, face à Samuel qui secouait la tête en signe d'approbation.

– Pour une première fois, dit-il, tu t'en tires très bien.
– Tu crois ?

Ils décidèrent de se baigner et firent sauter la chemisette. Olivier nageait assez rapidement, mais son compagnon, sans effort, le dépassa. Quand ils regagnèrent la rive, Olivier demanda :

– C'est quoi ta nage ?
– Le crawl australien.
– Tu connais la brasse-papillon ? Non ? Moi non plus...

Cela suffit à les faire rire. Assis sur l'herbe de la berge, comme pour compenser le long silence de la navigation, ils parlèrent d'abondance, en ponctuant chaque phrase d'un rire pour effacer la timidité et se préparer, dans un climat de sympathie, à accueillir les paroles de l'autre. Ils disaient des généralités et le savaient comme ils savaient qu'il s'agissait des préliminaires à de plus intéressantes conversations qui s'engagèrent bientôt fort naturellement.

Samuel était un garçon plein d'idéalisme, non pas vague comme celui d'Olivier, mais fondé sur des enthousiasmes scientifiques et dirigé vers un avenir concret. Il parla des sciences physiques et chimiques, d'atomes, d'inventions nouvelles de l'aéronautique. Olivier écoutait attentivement, approuvait par des signes de tête, posait des questions, disait : « Formid' ! » participait à l'exaltation tout en essayant de ne pas paraître trop ignorant. Et des nacelles montaient dans la stratosphère, des machines exploraient les espaces sous-marins, des trains fabuleux, aérodynamiques, roulaient à grande vitesse, des images étaient projetées à travers l'espace sur des écrans...

— Si on cassait la graine ? proposa Samuel.

— C'est une idée qui se défend !

Ils ouvrirent leurs sacs et étalèrent la nourriture sur un torchon quadrillé. Samuel avait des œufs durs et du sel dans un cornet de papier, des branches de céleri, des tranches de saumon et des gâteaux à la frangipane. Il allait de soi qu'on partagerait. Olivier prit un œuf dur et tendit à Samuel le sandwich aux rillettes. Son ami ouvrit le pain et demanda ce que c'était.

— Des rillettes.

— C'est du porc ?

— Oui.

A sa surprise, Samuel, gêné, confus, lui dit qu'il n'en mangerait pas, qu'il s'excusait, mais qu'il prendrait du saumon.

— Tu n'aimes pas ça ?

Samuel dit que cela devait être délicieux, qu'il regrettait, mais que... Enfin, il précisa :

— Tu comprends, je suis juif. Alors, le porc, la religion l'interdit.

— Excuse-moi, je ne savais pas...

Olivier rougit comme quelqu'un qui a commis une grosse gaffe. Il n'osait plus mordre dans son sandwich au jambon. Il pensa à Jack Schlack, à la boucherie *kascher* de la rue Bachelet.

« Je suis juif... » Pourquoi l'oncle et la tante disaient-ils « israélite » ?

– Tu sais, dit Samuel, chez nous on observe strictement la religion.

– Oui, je comprends, dit Olivier, c'est comme chez nous : on ne mange pas de viande le vendredi.

Ils se sourirent. Leur différence devenait une complicité. Ils mangèrent de bon appétit et quand Olivier proposa sa limonade, il demanda : « C'est pas défendu ? » et ils rirent de nouveau. Dès lors, chercher d'autres différences et d'autres points communs devint un jeu. Les paroles se pressaient, interrompues par des rires sans raison, comme s'ils craignaient d'être séparés, de se perdre avant d'avoir tout dit. Le visage ingrat de Samuel, celui d'une plante trop vite montée en tige, sous le flux des paroles s'illuminait, devenait beau, et l'on oubliait les rougeurs, le duvet disgracieux pour ne retenir que le regard vif, la voix grave.

Il parla encore de découvertes récentes comme le cyclotron de Lawrence, d'un savant d'origine russe émigré aux États-Unis qui faisait des recherches pour créer un étonnant microscope électronique, de l'invention d'une nouvelle matière appelée nylon. Olivier apprit que, depuis 1884, des expériences pour un instrument télévisuel se poursuivaient, progressaient, et qu'un jour, peut-être pas lointain, on aurait la possibilité de voir sur un écran son interlocuteur au téléphone, qu'on aurait le cinéma chez soi.

– Je suis sûr que nous le verrons, bien avant notre mort.

Et le mot « mort » faisait rebondir la conversation. Samuel fréquentait les philosophes et cela étonna Olivier puisque son ami faisait des études de chimie et qu'il croyait les disciplines séparées par des frontières. Samuel avait deux passions, des Américains nommés Thoreau et Emerson dont il cita des phrases traduites comme on récite un poème :

– « Toute autorité d'un individu sur un autre est une usurpation divine. »

Il affirma qu'il existait des saints laïcs et parla du calendrier d'Auguste Comte où les élus de l'Église étaient remplacés par des hommes de savoir. Il s'exalta et cita encore, la main sur la poitrine, comme un poète déclamant des vers romantiques :

– « Moi, cet univers qui s'appelle moi, est le moule où le monde est coulé comme de la cire. »

Il promit à Olivier de recopier ces phrases pour lui. Et Olivier, pour ne pas être en reste, lui parla de ce livre de Schopenhauer que L'Araignée avant de disparaître de la rue Labat lui avait laissé. En pensant à l'infirme et à Bougras, il ressentit une tristesse aiguë et regarda Samuel comme s'il était une réincarnation. A son tour, il cita :

– « La solitude est le lot des êtres supérieurs... »

– Je n'aime pas cette phrase, pardonne-moi, dit Samuel. Ou plutôt, il faut la situer dans le temps passé, dans un autre contexte...

– Je pensais que c'était une belle phrase.

Olivier n'osa pas confier qu'il écrivait des poèmes, mais il se mit à parler des poètes qu'il aimait et ils étaient nombreux. Ils s'accordèrent sur Rimbaud et citèrent des extraits des *Illuminations,* d'un ton grave, presque ému, et, parfois, tant leur exaltation grandissait, ils se trouvaient au bord de l'essoufflement. Ils parlèrent des contemporains, de Max Jacob, de Robert Desnos, de surréalistes. Samuel demanda :

– Connais-tu Edmond Fleg, André Spire ?

– Seulement de nom.

– André Spire est un ami de mon père. Si tu veux, je t'emmènerai chez lui. Il est âgé. Il porte une barbe magnifique. C'est à la fois un poète et un savant, un phonéticien.

Olivier apprit encore que Samuel habitait rue Cujas. Il dit :

– Je connais. C'est au Quartier Latin. Je vais souvent par là.

Il omit de dire que c'était pour faire des livraisons. Ainsi Samuel habitait le Quartier Latin, un prestige de plus, et, brusquement, il craignit de perdre ce camarade qui devait fréquenter des garçons et des filles tellement plus brillants que lui. Il ajouta :

— De temps en temps, je vais à la Sorbonne.

C'était vrai. Il entrait là, timidement, comme dans un temple, s'asseyait sur un banc de marbre de la grande salle, ses livres près de lui et son encrier au bout de la ficelle, et regardait passer les groupes de professeurs et d'étudiants. Il parla encore de ses livres, de la bibliothèque, des bouquinistes.

— Je comprends, dit Samuel, tu es avant tout un littéraire.

— Oui, avant tout. Enfin... je crois.

Olivier, au bord du fleuve, vivait les plus beaux moments de son existence. Il ne savait pas que l'autre aussi se sentait bien dans sa compagnie, appréciait ses enthousiasmes et connaissait la même crainte de le perdre. Avant de retourner à la griserie de la navigation, après des espaces muets de réflexion, ils parlaient avec un débit rapide qui les faisait bafouiller, ou bien, s'ils prononçaient le même mot ensemble, ils riaient et, se référant à un dialogue de Laurel et Hardy, chacun posait son index sur le nez de l'autre pour cet échange absurde avec l'accent américain :

— Shakespeare !

— Lamartine !

— Qu'est-ce qui sort de la cheminée ?

Et, après un silence, tous deux ensemble dans un rire :

— La *fioumée* !

Le Cher, surface plane, à peine mouvante, luisait comme une peau de phoque, et il n'y avait plus que le ciel, l'eau, la rive, et deux jeunes garçons étendus dans l'herbe.

Hors du temps, ils étaient hors du temps. La journée s'écoula ainsi, en baignades, en somnolences, en conversations. Quand le soleil perdit de son éclat, ils en furent surpris. Ils montèrent dans le canoë comme on monte dans le silence. Ils furent vite, trop vite, à Montrichard où le loueur les attendait. Ils ne parlaient plus, peut-être pour savourer leurs confidences, et leur silence portait quelque chose de religieux. Ils se séparèrent devant le tabac, en se serrant la main fortement, plus longuement que le matin, pour sceller leur union.

— Demain ? proposa Samuel. Même endroit, même heure. On pourrait faire du vélo.

— Oui, sans faute, dit Olivier, tu sais, c'était...

Ni l'un ni l'autre ne dit ce que « c'était », mais ils le savaient et pour dissimuler la gêne, ils rirent de nouveau, un peu niaisement, un peu à contretemps, et, après s'être quittés, se retournèrent au même moment pour un dernier salut de la main.

***

Au retour, tout à ses pensées, Olivier ne vit plus rien, ni les villas, ni les automobiles, ni les passants. Il revivait sa journée où le canoë passait au second plan, comme un prétexte. Il fallait bien, pour l'extraire de sa rêverie, une présence, une apparition exceptionnelles, celle qu'il avait oubliée toute une journée, Junie Astor bien sûr. Elle marchait en direction opposée en costume de cheval, avec une bombe sur la tête d'où fuyaient ses cheveux, des bottes Chantilly et une petite cravache. Il s'effaça pour la laisser passer et dit tout naturellement :

— Pardon. Bonsoir, mad... madame.

Il venait de se souvenir que son oncle affirmait qu'on dit toujours « mademoiselle » à une comédienne. Alors il se reprit :

— Je veux dire... mademoiselle.

— Bonsoir. Vous me connaissez, monsieur ?

Sa voix ! Un peu rauque, essoufflée, sans doute le cheval... avec des notes de violoncelle et un ton un peu cassé, et ce sourire, cette lèvre gonflée par une moue enfantine sur un visage de femme fatale, un rien de dédain dans les sourcils levés sur un faux étonnement.

— Oui, dit Olivier, je vous connais ici et par le cinéma.

Sa hardiesse l'étonna lui-même. Et pourtant il se sentait gêné d'être en short et non en culotte de golf. L'actrice s'était arrêtée, tournée à demi vers lui. Elle l'observa avec un sourire amusé avant de se décider à le libérer de sa gêne :

— Eh bien, bonsoir, je ne savais pas que j'avais un admirateur. Vous avez de fort jolis cheveux, dit-elle négligemment.

En poussant la porte de métal de la villa Desrousseaux, il lui en voulait à la fois de sa propre maladresse et de l'avoir distrait de ses pensées toutes à sa belle journée. « Je ne savais pas que j'avais un admirateur... » Quelle phrase ! Lui avait-il exprimé quoi que ce soit ?

Dans la cour, Louise tordait du linge au-dessus d'une bassine et Marguerite l'étendait sur le fil en bordure du potager. Olivier regarda près de la planche le bleu Reckitt posé sur une tache couleur de ciel. L'oncle et la tante devaient s'attarder au jeu de cartes. Olivier pensa à un autre bleu, celui qu'on passe au bout des queues de billard. Jami enfoncé dans le fauteuil Transatlantic lisait une livraison illustrée narrant les aventures de boy-scouts autour du monde. Il ne se donna pas la peine de lever la tête quand Olivier lui dit : « Tu lis ça ? Bonsoir mon bébé ! » Olivier resta appuyé contre le mur près de lui, se penchant pour lire par-dessus son épaule, et Jami grogna et se tourna de côté pour cacher sa page.

— Tu boudes ?

— On ne peut pas lire en paix ? La barbe à la fin ! Va donc à la plage, il y a des anneaux...

— Quel sale caractère, ce gosse !

Jami lui jeta un regard noir et le singea : « Regardez-moi, ma tante ! » et il leva la jambe, puis se leva et s'éloigna.

Alors, Olivier se rendit à la cuisine et demanda s'il n'y avait pas de café à moudre. Plus tard, tandis que Marguerite servait le potage à l'oseille accompagné d'un pot de crème fraîche, l'oncle parla de sa pêche. Les poissons manqués étant toujours plus gros que ceux qu'il tirait au bout de sa ligne, il écartait largement les mains pour dire leur taille, puis, devant l'incrédulité, les rapprochait à petits coups, comme à regret. La tante portait un pyjama de plage qui la grossissait. Ce qu'elle dit fit dresser l'oreille d'Olivier :

– J'ai eu la visite de notre voisine, Junie Astor.

– Que voulait-elle ? demanda l'oncle Henri.

– Elle cherchait un plombier. Je lui ai recommandé Daumas. Elle est très aimable.

– Et belle femme. Je l'ai rencontrée avec Alerme.

– Oui, belle femme, concéda la tante. C'est la moindre des choses. C'est son métier, non ?

Et ce Jami qui faisait « la tête », évitait le regard d'Olivier, lui reprochait sans doute de l'avoir quitté toute la journée. Quand même étrange ! Seul le petit cousin se préoccupait de lui à sa manière et pour prendre un de ces airs outragés ! On en était au clafoutis quand l'oncle demanda :

– C'était bien le canoë ?

– Ex-tra-or-di-naire !

– Nous avons revu les parents de Samuel, dit la tante. Ce sont des gens très bien. Ils viendront déjeuner dimanche.

« Bon se dit Olivier, il faudra que je les prévienne de ne pas servir de cochon ! » Comme la conversation déviait sur des sujets aussi variés que le salaire de M. Gondou qui jouissait quand même des fruits et des légumes, sur l'art de préparer et de dépecer le brochet, sur le maintien du beau temps et sur une méthode pour mettre les haricots verts en conserve, Olivier profita d'un silence pour affirmer d'une voix forte :

– Samuel est un type *formidable !*

– Tu vois, dit la tante.

Elle allait prendre tout le mérite de cette rencontre. Déjà, Olivier transformait les choses avec une mauvaise foi évidente : la rencontre n'était due qu'à lui, car il aurait pu refuser de voir Samuel. Agacé, plutôt que de raconter sa journée, il garda tout pour lui et se contenta de prendre un air entendu.

Marguerite avait conduit Jami chez le coiffeur et ses cheveux coupés court et partagés par une raie trop basse ne retenaient qu'avec peine une barrette faite pour les retenir. Olivier plaisanta :

— Mais c'est qu'il est zoli, zoli, mon Zami. N'a été chez son coiffeur ?

— Voui, dit Jami sur le même ton, mais il ne fait pas d'indéfrisables...

Encaisse, Olivier ! Que répondre à une allusion aussi blessante sinon que ceux qui se font faire des indéfrisables « t'enquiquinent » ?

— Sois poli, s'il te plaît, Olivier !

— Oui, ma tante, mais...

— Il n'y a pas de « mais » !

Comme tout cela était dénué d'originalité ! Et cette soirée d'août où l'on pouvait dénombrer les étoiles et où l'on alignait des banalités. Samuel, lui... Ils étaient assis sur des fauteuils de jardin et les bonnes, en retrait, près de la cuisine, sur des chaises blanches, profitaient elles aussi du frais de la soirée. Louise tenait un écheveau de laine « Le Grillon du foyer » entre ses mains tendues et elle rentrait les doigts quand Marguerite tirait le fil pour le mettre en pelote. La jolie rousse avait planté ses grosses aiguilles dans sa chevelure, ce qui lui donnait un aspect de Madame Chrysanthème. Plus tard, Marguerite se pencha sur *Mon Tricot* et compta des mailles. Une vague odeur de pêches mûres flottait. On buvait avec une paille de la citronnade dans de grands verres givrés.

— La soirée est magnifique ! dit l'oncle Henri.

Chaque fois qu'il parlait, Louise le regardait avec un intérêt stupide, une petite flamme orange dansant dans ses yeux de myosotis. Et chacun d'approuver. Oui, oui, quelle soirée magnifique... « Et alors ? » pensait Olivier. Tout chez la tante Victoria voulait dire : « Comme c'est agréable d'être riche, d'avoir une belle propriété, des bonnes, un jardinier... » Et l'oncle Henri qui ne pensait qu'à ses hameçons. Olivier gardait pour lui des remarques, des observations, un fond de révolte juvénile. Finalement, Jami, avec son attitude lointaine, sa moue butée, sa jalousie inavouée du nouvel ami d'Olivier, eût été le seul confident possible, mais il regardait voler les papillons de nuit autour de la lampe de la cour.

Olivier bâilla, mit sa main devant sa bouche alors qu'il était trop tard. Il dit sur un ton légèrement pédant :

— Si vous le permettez, je vais prendre congé.

— Tu as sommeil ? dit l'oncle. C'est dur de ramer.

— Ce n'est pas seulement ça...

Il se leva, alla jusqu'à la porte du couloir, et, comme saisi d'une inspiration, dit sur un ton d'acteur préparant sa sortie de scène :

— Bonne nuit, ma tante. Bonne nuit, mon oncle. Et Marguerite. Et Louise. Et même l'enfant chéri...

Il était dans le couloir quand il entendit la tante Victoria qui disait : « C'est l'âge bête ! » et cette rosse de Jami qui ajoutait : « Oh oui alors ! »

*
**

La bécane rustique de M. Gondou, avec ses gros pneus ballons, n'était pas faite pour les performances. Quand Samuel rejoignit Olivier sur une bicyclette de femme prêtée par l'hôtelière, ils éclatèrent de rire : aussi mal lotis l'un et l'autre ! « Le mien, c'est un tank ! » dit Olivier et Samuel parla de son « vélo de curé ». Au fond, cela ne leur déplaisait pas.

Ils roulèrent sur le pavé, atteignirent avec soulagement les parties goudronnées, passèrent devant la villa des Desrousseaux et prirent en danseuse la route montant à gauche. Bientôt ils roulèrent gaiement sur le chemin forestier où l'on n'entendait plus que le bruit des pédaliers et des roues. En short, ils laissaient leur chemise ouverte flotter et un garde-forestier leur jeta un regard réprobateur. Les longues jambes de Samuel s'écartaient de façon comique et il s'amusait à rouler en zigzag tandis qu'Olivier lâchait le guidon pour placer ses mains sur ses poches en sifflotant. Puis ils roulèrent côte à côte et Samuel parla des forêts de pins des Landes, d'une villageoise qui lui faisait boire pour les poumons de l'eau de pluie à goût de résine recueillie dans ces godets attachés aux arbres sous les plaies béantes d'où coulait l'or ambré. Olivier évoqua un autre remède : respirer la corne brûlée lorsque le maréchal-ferrant pose le fer rouge sur le sabot. Cela l'amena à évoquer Marceau à qui il se promettait d'écrire depuis une semaine sans le faire, avec un sentiment de culpabilité : le matin même n'avait-il pas glissé une enveloppe bleue à l'intérieur de laquelle se trouvait une belle feuille de papier à la forme savamment découpée sur ses bords, couverte d'une écriture appliquée, dans certaine boîte aux lettres ? Mais il revint à la forge et à Saugues, raconta le ramassage des pommes de pin et des brindilles râtelées dans les forêts de la Margeride, le long parcours en char à vaches, le retour à la nuit tombante...

Ils croisèrent un groupe de louveteaux conduits par un jeune scout et Samuel plaça son pouce sur son petit doigt en levant les trois autres doigts. Olivier le regarda avec curiosité : ces signes-là provoquaient toujours sa moquerie, peut-être teintée d'envie, mais puisque Samuel le faisait, c'était différent.

Ils prenaient une sente bordée de fleurettes sauvages quand arriva le groupe cycliste des jeunes filles, avec celle dont la chaîne avait sauté quelques jours plus tôt et qui avait baisé la joue d'Olivier. Elles mirent pied à terre et ils jugèrent poli de s'arrêter à leur hauteur. Comme seul le frein arrière du « clou » de M. Gondou fonctionnait, Olivier dérapa et se rattrapa de justesse.

— Bonjour, les garçons, dit la plus hardie, celle qui jouait le rôle de chef de bande, vous continuez la promenade avec nous ?

Comme Samuel hésitait, consultait Olivier du regard, celui-ci dit rapidement :

— Non, nous avons un rendez-vous.

— Avec un écureuil ?

– Avec toute la forêt, dit superbement Olivier.

En se quittant, les deux groupes exagérèrent les gestes d'adieu et les rires malins. Les bicyclettes des filles s'éloignèrent dans un envol fleuri. Olivier était partagé entre le désir de les accompagner et celui, plus fort, de garder Samuel pour lui seul.

Le soleil jetait de brefs éclats entre les branches. Le sommet des branches frissonnait gracieusement, faisant contraste avec l'immobilité des fûts élancés. Dans les creux, on sentait une odeur de mousse et de champignons, puis, en plein soleil, c'étaient des senteurs plus douces qu'on respirait avec délice. Ils traversaient une clairière quand Samuel s'exclama :

– Nom d'une pipe ! J'ai un pneu à plat !

– J'ai de quoi réparer dans la sacoche.

La halte était providentielle car la fatique les atteignait. Ils se trouvaient à proximité d'une fontaine jaillissant d'un rocher. Des pierres étaient posées comme des sièges. Ils burent l'eau fraîche dans leurs mains et la laissèrent couler sur leur visage. Ils goûtèrent d'âcres prunelles qui leur serrèrent la langue et les firent grimacer.

Olivier retourna le vélo de Samuel. Avec les démonte-pneus, ils dégagèrent la chambre à air et la promenèrent dans une flaque d'eau. A l'endroit où elle moussait, ils trouvèrent le trou. Olivier prit le morceau de métal arrondi formant râpe, gratta le caoutchouc, l'enduisit de dissolution, attendit quelques secondes avant de coller la rustine ronde en appuyant longtemps avec le pouce.

– Tu avais peut-être envie de suivre les filles ? demanda Olivier.

– Comme ça. Pas tellement.

– Moi non plus. Les filles, tu sais...

Les bécanes étaient posées l'une contre l'autre comme un vieux couple amical. Ils laissaient l'eau couler sur leurs pieds nus en remuant les orteils. Olivier osa une indiscrétion :

– A Paris, tu as une petite amie ?

– Non. Ou plutôt si. Mais pas à Paris. Et ce n'est pas une « petite amie », c'est différent.

– Ah oui ?

– Elle s'appelle Rachel. Elle habite Colmar. Plus tard, nous nous fiancerons et nous nous marierons. Après nos études... et toi ?

– J'ai bien une cousine issue de germains. Elle se nomme Ji. Mais, tu comprends, je n'ai pas le temps de m'en occuper.

Samuel, après avoir vérifié le serrage des freins et des papillons, fit jouer la sonnette des vélos, s'assit sur une autre pierre, plus près d'Olivier qui séchait ses pieds au soleil. Il dit gravement :

– Je suis vierge.

– Moi aussi, avoua Olivier.

Ce mot « vierge » qui aurait pu les faire rire les laissa pleins de gravité, comme au seuil d'un mystère. Cette confidence intime les unissait un peu plus. Ce qui leur arrivait, subite comme un coup de foudre, c'était l'amitié, un sentiment intense, important. Tout inclinait au sérieux. Ils méditaient en silence et se regardaient parfois, chacun surprenant ses pensées sur le visage de l'autre. Olivier rangea méthodiquement les outils de réparation dans la sacoche qui pendait derrière la selle. Au ciel passaient de petits nuages tendres. Ils mâchaient la tige d'une fleur.

– Parfois, dit Samuel, je pense que je dois consacrer toute ma vie à essayer de comprendre tout cela.

Et son geste embrassait toute la nature.

– La raison de ma vie, de ce pourquoi je vis. Alors, je dois m'inventer, connaître le fondement et la fin de chacun de mes actes et je veux que rien ne soit dû au hasard. Je voudrais inventer, découvrir quelque chose. Et toi ?

– Si je peux, je serai typographe... ou peut-être autre chose.

– Quoi ?

– C'est encore un secret.

Et, en même temps qu'il disait cela, Olivier s'en voulait de cacher quelque chose à un camarade, déjà un ami. Il pensa que Samuel serait un savant et, bien sûr, un grand savant. Et il se disait qu'il devait trouver médiocre un simple métier. Aussi fut-il surpris quand son compagnon lui parla de l'imprimerie avec considération, comme de quelque chose de très difficile et de très utile qui lui était refusé. Il posa bien des questions auxquelles Olivier fut fier de pouvoir répondre :

– Il y a la typographie, la linotype, la mono. Et d'autres procédés : la lithographie, l'offset...

Pour chaque mot, Samuel demandait des explications et semblait ébloui par un savoir dont Olivier lui-même ignorait l'étendue tant il lui paraissait naturel. Il parla des polices de caractères, de corps, de cicéros et de points, de formats et de qualités de papier, dit la dimension de l'in-4° coquille, de l'in-huit raisin, de l'in-seize, décrivit les presses...

– J'aimerais bien visiter une imprimerie.

– Rien de plus facile ! s'exclama Olivier déjà tout ravi de montrer à Jean et aux apprentis qu'il avait un ami. Et un étudiant ! Il ajouta : Je te ferai aussi visiter les entrepôts de papeterie, un fabricant d'enveloppes faubourg Saint-Martin, un lithographe à la gare de l'Est, et nous irons voir la clicherie du *Matin*... et aussi les linotypes de la Cité Clémentel.

– Chic !

Ils quittèrent la pierre pour s'allonger contre le talus plus tendre. Ils ne parlèrent plus et c'était aussi agréable que lorsqu'ils échangeaient des confidences. Un petit oiseau chanta sur une branche et disparut. Une famille passa, un enfant juché sur les épaules de son père, un autre poussant un cerceau à musique. Au loin, une vieille femme tirait une chèvre blanche au bout d'une corde.

– Mon secret, dit brusquement Olivier, je *dois* te le confier... J'écris des poèmes !

Il n'osait pas dire : « Je suis poète ». Samuel ne parut pas surpris. Son visage ne disait-il pas : « Je le savais bien ! » et Olivier ajouta :

— Bien entendu, je ne les montre à personne.

— Bien sûr, c'est personnel. Moi je tiens un journal intime. Sur la page de gauche, je colle des timbres, des images ou des fleurs séchées, et, à droite, j'écris des pensées, mais c'est sans intérêt. Un pense-bête, tu vois ? Dedans, je glisse des programmes de concerts, des lettres de Rachel. C'est un cahier énorme.

Un mot faisait rebondir la conversation. La musique ? Samuel aimait Chopin, Brahms et Mendelssohn. Olivier, prudemment, parlait de Beethoven et de Wagner. Il disait que Jami préférait Mozart et qu'ils se disputaient. Le petit Jami était un gars épatant, mais quand même un gosse, tu comprends ? Il aurait bien voulu que Samuel lui plût et préparait un terrain d'entente : ne devait-on pas déjeuner tous ensemble dimanche !

— Quand ma mère est morte, ils m'ont adopté.

— Et tu es bien ? Ils ont l'air gentil.

— Pas mal. Mais on ne se comprend pas bien. Ils n'ont pas d'idéal, tu vois ?

— Ça, on ne le sait jamais.

Et Samuel de parler du secret des êtres, des différences de conception selon les âges de la vie, de la nécessaire diversité du monde, avec parfois des termes philosophiques qu'il aurait fallu expliquer.

— Et toi, Samuel, tu es bien ?

— Très bien. Mon père a soixante-seize ans et ma mère trente-huit, juste la moitié. Mais l'année prochaine, il aura soixante-dix-sept et elle trente-neuf. Alors il lui dit : Je gagnerai l'an prochain un an sur le double de ton âge, je rajeunis. Ces mathématiques à la gomme les font rire. Ils s'entendent bien. Nous sommes trois bons copains. Mon père a eu une fille d'un premier mariage. Elle a quarante-cinq ans. Elle vit aussi à Colmar. C'est comme une tante, ma sœur.

Olivier parla en désordre de la mémé et de l'oncle Victor, de Papa-Gâteau qui, comme Samuel, herborisait, d'une tante de son oncle Henri qu'on appelait la surtante et qui était franc-maçonne, avait milité avec Louise Weiss dans des mouvements féministes, et qui venait de mourir dans un accident de chemin de fer, d'une bonne très gourmande qui s'appelait Blanche et qui était devenue fille-mère, des gens de la rue Labat comme Bougras et L'Araignée, du Petit Casino et des copains acteurs de l'oncle Henri, comme l'Original Léon, de sa tante qui ne jouait plus de piano, d'une cousine nommée Julienne qui avait épousé un jeune officier...

— Il y en a des choses dans ta vie, observa Samuel.

— Et je ne te raconte pas tout.

— Ma mère est très gaie. Elle chante tout le temps. Elle aurait pu être cantatrice. Elle aime les opéras. Elle ne lit que des romans amusants comme ceux de Jerome K. Jerome, tu connais ? Mon père est un peu ours, il parle peu, mais au moins il ne dit jamais rien de gratuit.

— Moi, Marguerite dit que je suis bavard comme une pie, dit Olivier.

Parce que Samuel tapait le bout des doigts de sa main droite contre sa paume gauche en cadence, la conversation dériva sur le jazz et des noms furent jetés comme de la musique :

— Satchmo !

— Count Basie !

— Sydney Bechet !

Ils fredonnèrent en agitant l'index. Olivier parla de son initiateur au jazz, Marceau, quel type ! et pas courant ! et pas conventionnel ! Il s'était inscrit au parti communiste. « Tu imagines la bobine des parents ! » Ce Marceau, quand rentrerait-il à Paris ? La tante Victoria et l'oncle Henri faisaient tour à tour le voyage de Suisse et rapportaient du chocolat. C'est si long ces maladies pulmonaires. Et ce pneumothorax bilatéral...

— J'ai eu un voile au poumon, dit Samuel, mais c'est guéri. Le sana, quelle école de méditation ! Tu as été malade, toi ?

— Non, jamais. Ou alors, peut-être quand j'étais un petit

gniard, je ne sais pas bien. Je crois que pour toute une période, avant la mort de ma mère, je suis un peu... amnésique.

Il croyait bon de nommer une maladie pour faire pendant à celle de Samuel. L'image rapide de l'*auto-skiff* passa, se précisa et disparut au bout d'une allée de sable.

— Moi aussi, dit Samuel, il y a des choses dont je ne me souviens pas. La mémoire fait son choix. Il y a d'ailleurs là tout un champ de recherche...

Il évoqua la psychanalyse, nomma des sciences aux noms bizarres, parla de génétique, d'épistémologie, d'onirologie, de chimie thérapeutique. Il affirma qu'un jour il serait possible de guérir toutes les maladies.

Ils se levèrent, s'étirèrent et, les coudes au corps, firent les gestes de la course sur place. Ils décidèrent d'échanger les bécanes et se mirent à rouler de plus en plus rapidement, en faisant les fous, en quittant les pédales dans les descentes, en dérivant comme des clowns acrobatiques, en donnant des coups de sonnette inutiles, et Olivier se mit à chanter :

> *As-tu vu l'Négus*
> *A la porte d'Italie*
> *Qui cherchait les puces*
> *A Mussolini ?*

Puis, dans une explosion de bonheur, les deux garçons saluèrent les hirondelles en reprenant à tue-tête : « Y'a d'la joie ! » et cette joie faisait chanter la route, la forêt, toute la nature. Ils furent bientôt devant la demeure d'Olivier. Avant la séparation, Samuel dit :

— Demain, avec les parents, randonnée touristique : nous visiterons les châteaux de la Loire : Chambord, Chenonceaux, Chinon...

— Azay-le-Rideau, Cheverny, Blois...

— Il y en a partout. Alors, à dimanche, avec les parents.

— A dimanche ! Hé ! on change de bicyclette...

– Ah oui, c'est vrai.

Ils ajoutèrent à la poignée de main une tape sur l'épaule. Le bouquet de fleurs sauvages qu'Olivier avait attaché à son guidon s'était défait. La journée de samedi serait longue. Il en profiterait pour en finir avec les herbes des allées et pour terminer ce poème...

*
**

Cette journée tant attendue du dimanche fut obscurcie par une nouvelle : le séjour à Montrichard des Bernard se terminait mardi où ils rejoindraient leur famille de Colmar chez qui Samuel resterait jusqu'à la mi-septembre.

« Mettre les petits plats dans les grands » est la formule convenable. L'oncle avait multiplié les allées et venues de la cave à la cuisine. Que de problèmes ! Avec la carpe au beurre blanc, un Sancerre ou un rosé d'Anjou ? Et pour accompagner le coq-au-vin ? Tiens, un Champigny. Pour les fromages, crottins de Chavignol et Olivet à la cendre, il faudrait bien du Chinon. Au dessert, un Vouvray pétillant, mais quatre vins, n'est-ce pas beaucoup ?

– Henry, le vin, c'est l'affaire des hommes ! dit la tante Victoria consultée.

Quand les Bernard arrivèrent, tout était fin prêt et les bonnes, pour faire grande maison, portaient tablier blanc et nœud dans les cheveux. Mme Bernard tenait par le bolduc un petit paquet de truffes de Chambéry et Samuel des livres : *La Conspiration* de Paul Nizan pour Olivier et, à l'intention de Jami fort surpris, *La Vie des abeilles* de Maurice Maeterlinck. On servit du Martini dry et du vin blanc à la fraise.

– J'espère que notre modeste repas... commença la tante Victoria et Mme Bernard, avec un petit sourire entendu, dit : Oh ! je suis bien tranquille...

– Nous avons un petit appétit, ajouta M. Bernard.

Alors que tout invitait à la sérénité, le déjeuner, absurdement, fut dominé par une conversation politique entre les hommes, l'oncle Henri optimiste, le père de Samuel sombre et pessimiste. Samuel, à l'intention de Jami, fabriqua une souris avec sa serviette et la fit courir sur son bras. L'enfant s'amadoua vite et fit tout pour retenir l'attention du copain d'Olivier. Voyant le service de cinq verres de cristal, M. Samuel s'extasia et dit :

— Hélas ! nous sommes de petits buveurs...

— Pour une fois, dit l'oncle, une fois n'est pas « costume ». Un peu de Sancerre ? Il ne s'use que si l'on s'en sert...

« Quel esprit ! » pensa Olivier avec un coup d'œil vers Samuel qui, heureusement, souriait. Les dames promirent d'échanger la recette d'un gâteau quatre-quarts contre celle d'un kugelhof.

— Mon mari appartient à une vieille famille juive alsacienne.

— Nous avons beaucoup de clients israélites.

Et la tante ajoutait : « Des gens très bien ! » Et voilà que l'oncle parlait des négociations entre les Tchèques et les Sudètes, du président Benès et de M. Hodja, du voyage à Londres du capitaine Wiedemann, aide de camp d'Hitler, à l'insu de Ribbentrop, pour préparer la venue de Gœring, de l'influence bien connue dans les milieux autorisés de lord Halifax...

« Pratique d'avoir lu le journal ! » pensa Olivier.

— Benès ne cédera pas au chantage. C'est un homme, ça ! dit l'oncle Henri.

— Il n'empêche qu'on se trouve dans une impasse.

— Runciman est allé à Prague. Les délégués sudètes ne veulent pas rompre la négociation.

— Mais ils sont de plus en plus exigeants ! dit M. Bernard.

— Les Sudètes ? On n'avait jamais entendu parler de cela, observa la tante Victoria.

— Justement. ce n'est qu'un prétexte, madame.

— Oh ! vous êtes gais... s'exclama Mme Bernard. Écoutez :

c'est dimanche, nous sommes entre amis, c'est les vacances et il fait beau...

Les messieurs voulurent bien admettre, mais cela leur parut léger. Ah ! les femmes... Et on s'exclama sur la saveur du coq au vin où la tante ajoutait un verre de cognac, sur ce Champigny, une merveille, et le mot est faible ! Cette Touraine...

– Londres et Paris amèneront peut-être Benès à faire quelques concessions et tout rentrera dans l'ordre, affirma l'oncle Henri.

– Pardonnez-moi de ne pas partager votre avis. Nous allons tout droit vers la guerre.

– Pauvres enfants ! dit la tante Victoria. Et mon frère Victor qui est mobilisable...

– Avec l'aviation, les gaz et les canons à longue portée, souvenez-vous de la grosse Bertha, les civils seraient les plus en danger, tandis que les militaires, à l'abri de la ligne Maginot...

– Si nous parlions d'autre chose ? proposa la tante.

Mais les hommes y revenaient toujours, avec des entractes pour parler des plats qu'on servait et des vins :

– J'ai trouvé un petit rosé de pays très tendre, très chantant. J'ai commandé une demi-pièce, dit l'oncle, je le mettrai en bouteilles à Paris, mais je voudrais trouver des fillettes vides.

Après un tel repas que suivit un marc de pays, l'après-midi fut, pour les hommes surtout, somnolente. Heureusement, Mme Bernard arracha les autres à la torpeur en jouant la meneuse de jeu. Elle entraîna les jeunes dans une partie de croquet, puis organisa une partie de mikado avant de faire des tours de cartes et de montrer des jeux avec une simple ficelle. Tandis que M. Bernard et l'oncle Henri s'assoupissaient sur des chaises longues, les dames décidèrent une promenade en forêt. Olivier, Jami et Samuel les suivirent à distance. Jami faisait le grand garçon et parlait de son microscope.

⁂

Un peu plus tard, Olivier allongé sur son lit méditait. Les bonnes parties en promenade après la vaisselle, il jouissait de la tranquillité du grenier. Bien qu'ils eussent pris rendez-vous pour le lendemain matin, Samuel et lui avaient échangé adresses et numéros de téléphone, promettant de se voir beaucoup à Paris. Ils avaient mille projets : visiter les musées, un laboratoire, l'imprimerie, faire de grandes balades, fréquenter le théâtre si les fonds le permettaient, voir de bons films. La journée n'avait pas été aussi belle qu'Olivier l'eût espéré parce que les parents étaient là, tant pis ou « tant pire », comme disait Louise.

La petite machine à penser, à imaginer et à rêver d'Olivier tournait dans sa tête vite, trop vite, et soudain s'arrêtait sur des images vagues entre éveil et sommeil. Il avait encore interrogé l'*auto-skiff* en vain. Dans son silence, cependant, alors qu'il n'y pensait plus, les affleurements d'une lunatique mémoire s'affirmaient. Cela commença par un nom : Lehmann, le docteur Lehmann qui en amena un autre : le docteur Narodewski, puis les « Lithinés du docteur Narodewski », et de vagues luminosités, des reculs, des zones ombreuses traversées d'éclairs, de refus soudains, de sensations imperceptibles.

Enfin, au moment où il ne l'attendait plus vint une image : il reposait en sueur dans un lit de fer derrière la mercerie. Il distinguait une table ronde à abattants couverte d'une toile cirée à grosses fleurs rouges dont les pans touchaient le sol, une tablette avec un réchaud à gaz, une pierre à évier d'où l'eau s'écoulait dans un seau. Dans une brume, une femme venait le visiter, massive, avec un chignon gris, des yeux très doux, madame, madame... Rosenthal. Ce nom retrouvé fut comme un éclairage. Mme Rosenthal. Elle lui tapotait le front avec un mouchoir humide, lui donnait un remède amer en lui tenant la tête. Et Virginie, plus tard : « C'était l'année de sa diphtérie... »

Olivier ferma les yeux, serra les lèvres en tremblant. Il lui sembla que le sommeil le gagnait, qu'il rêvait, mais ce n'était pas un rêve.

Lehmann. Narodewski. Rosenthal. La campagne. Une maisonnette modeste accoudée au flanc d'une longue villa. Sur le perron, une jeune fille mince et très grande. Assise, elle cousait de minuscules roses de tissu à distance égale sur un long ruban vert. Les grands magasins. Une femme plus âgée, encore sans visage, préparait des galettes de maïs. Un homme aux cheveux courts, à la moustache cirée, mâchait une chique et se levait pour cracher noir dans la ruelle. Olivier trouva son nom : M. Caron. Cet afflux de noms et de souvenirs effrayait. Dehors, des pêches de vigne mûrissaient dans un cageot sur un lit de coton. En bas se trouvait un bois avec des arbres au tronc blanc et des ronces ornées des fruits sauvages. Une gare minuscule avec sur l'émail bleu un nom en blanc. Était-ce... Nesles-la-Vallée ?

Une fine pluie. Un arc-en -ciel. De minces filets lumineux de la mémoire qui s'unissaient peu à peu pour une soudaine clarté. M. Caron, le jardinier du docteur Narodewski, un parent ou un ami du docteur Lehmann, rue Caulaincourt. Olivier était en convalescence chez son jardinier, et la voix du docteur rangeant sa trousse : « Il est guéri. Maintenant, il lui faudrait le grand air, la campagne... » Et Virginie : « Mais où ? Avec mon commerce... » Plus tard, il suivait M. Caron, le jardinier, avec sa serfouette et son sécateur, et qui ressemblait à M. Gondou, dans le parc du docteur, et musardait dans les allées, se déplaçant avec lui. Un sécateur faisait clap clap. Près de la villa, beaucoup de personnes dans des fauteuils de jardin. Une dame habillée de blanc s'approchait, offrait à Olivier une gaufrette à la framboise avec une maxime en relief qu'elle lui expliquait. Puis elle cueillait une rose et s'éloignait.

Dans une allée, sur le sable blanc, un enfant de son âge. Il faisait aller ses bras d'avant en arrière, peinait, s'arrêtait et la dame venait pousser son véhicule allongé, à roues hautes et il ramait de nouveau. L'*auto-skiff* ! Olivier avait rêvé si longtemps de la posséder. Et le petit garçon ne la prêtait pas.

L'*auto-skiff*. Olivier savait maintenant. Il en ressentit un soulagement encore mêlé d'angoisse, un plaisir en même temps qu'une déception comme lorsqu'on a triomphé trop vite d'une lutte difficile. Une brusque envie de pleurer lui fit trembler la mâchoire et peut-être pleura-t-il. Il s'endormit avec l'impression qu'une treille chargée de grappes de raisin courait sur le mur de sa chambre.

*
* *

L'oncle Henri regardait sa boîte de pêcheur avec mélancolie : la fin des vacances approchait. La tante Victoria et Marguerite frottaient l'argenterie avec une pâte rose qui répandait une odeur aigre. Les doigts noircis, elles emprisonnaient chaque couvert dans du papier de soie.

— Olivier, as-tu fait ton lit ? Tu as retourné le matelas, au moins.

— C'est fait, ma tante

— Marguerite, il faudra dire au laitier de cesser ses livraisons samedi.

— C'est fait, madame.

De la cuisine venait une bonne odeur de linge chaud. Louise repassait des serviettes de table en chantonnant. De temps en temps, elle changeait de fer et éprouvait sa chaleur contre sa joue.

— Louise, prenez garde de ne pas brûler le linge ! J'ai appris à me méfier de vos rêveries.

Au bal, Louise avait fait une connaissance. Elle fréquentait. « Et même avec un préparateur en pharmacie, ma chère ! » Marguerite pour éviter une déception à son amie qui se voyait déjà pharmacienne, répétait : « Un de perdu, dix de retrouvés ! » Bonne sagesse populaire.

Olivier avait expédié des cartes postales à Paris, à Colmar, à

Saugues et en Suisse à Marceau. Pour ce dernier, l'espace réservé à la correspondance ne suffisant pas, il avait dû ajouter un feuillet et mettre sous enveloppe. Il y était essentiellement question de Samuel Bernard, « un type formidable ».

Un ciel nuageux semblait dire la fin des vacances. Il faisait frais, ce qui avait amené Olivier à l'élégance du pantalon de golf et à un pull sans manches. Il se promena dans la maison, mangea une prune, garda le noyau dans sa bouche, traversa le jardin du devant et se décida à sortir malgré une pluie si discrète qu'elle mouillait à peine.

Il marcha jusqu'au centre du village où il entra dans le café et, après une hésitation, commanda une fillette de vin rosé, parce que cela l'amusait de prononcer « fillette » à propos de vin. La salle était déserte et il s'ennuya. Dehors, la pluie accélérait son rythme. Un charbonnier entra pour boire du vin blanc au comptoir. Il quitta un sac noir qui couvrait sa tête comme un capuchon, commanda un casse-croûte et parla au patron d'un fou qui roulait à bicyclette sur le mur écroulé du donjon. Le patron du café faisait craquer ses doigts un à un.

Dehors, des gens couraient, un journal ou leur veste au-dessus de la tête. Au comptoir, un petit vieux tout jaune prit un blanc-Vichy. Le patron confia que dès le 15 août on sent la fin de l'été, mais le charbonnier protesta et parla des beaux jours de début septembre. Olivier ne but que la moitié de la fillette. Il avait un peu honte de laisser se perdre ce bon vin rosé, mais peut-être quelqu'un le boirait-il. Il paya et sortit malgré la pluie.

Il marcha à longues enjambées en allongeant les bras comme un militaire britannique. Il s'arrêta sous des têtes de vache en bronze que surmontait une toile rayée pour s'essuyer le visage. Le boucher lui dit : « Qu'est-ce qu'il tombe ! » et il répondit : « C'est la douche ! »

Il fallait bien rentrer. Il prit son élan et se mit à courir en rasant les murs, en dérivant vers les branchages des arbres. Il dut cependant s'abriter sous un balcon dans un mince rectangle préservé. Le beau pantalon aurait besoin d'un sérieux repassage.

   — Hé ! jeune homme, jeune homme... monsieur !

   — Moi ? fit Olivier une main sur la poitrine.

   — Bien sûr, vous. Qui voulez-vous ? Venez vous abriter !

Ça alors ! Junie Astor traversait son jardin et venait au-devant de lui munie d'un énorme parapluie vert de portier d'hôtel. Il fit non non de la main, voulut expliquer qu'il adorait la pluie, mais elle lui prit le coude et l'entraîna en riant vers sa villa. Sur le seuil, sous la marquise, il frotta longuement ses semelles sur un tapis métallique.

   — Cela ne fait rien, entrez donc !

   — J'habite tout près...

Il pénétra dans un vestibule sombre où un ours de métal ouvrait les bras sur un porte-parapluies chargé de cannes à pommeau d'argent.

   — Le cabinet de toilette est par ici. Venez...

Elle lui parut très grande. Il reconnut son visage aux pommettes hautes, cette lèvre supérieure dessinée en arc double, cet ovale du bas du visage contrastant avec le front large et haut vers lequel s'élançaient les arches tracées d'un trait ferme de minces sourcils prolongeant la ligne du nez et semblant marquer un étonnement perpétuel. Il se souvint de films : *Les Bas-Fonds,* avec Jean Gabin, *Entente cordiale* où elle tenait un rôle auprès d'autres belles comme Janine Darcey et Nita Raya, qui encore ? Pierre-Richard Willm, Victor Francen, Gaby Morlay. Et maintenant, c'était comme si lui, Olivier, interprétait avec elle une scène.

Elle le laissa seul dans une salle de bains qui sentait la savonnette et un de ces parfums qu'on voyait dans d'énormes flacons aux formes compliquées. Le robinet de la baignoire fuyait, laissant une traînée brunâtre sur l'émail et cela l'étonna. Il s'essuya les mains et le visage à une serviette qui avait dû toucher le corps de la star. Il se coiffa en arrangeant avec les doigts le reste d'ondulation. Pour ne pas profaner un tel lieu, il retint une envie de faire pipi. De minces faisceaux de soleil traversant la vitre dépolie annonçaient la fin de l'ondée. Il boutonna sa veste et se regarda de côté dans le miroir en prenant un air avantageux. Le vin qu'il avait bu le délivrait d'une part de sa timidité.

Quand il rejoignit Junie Astor, elle arrivait portant un plateau d'argent, l'invitait à s'asseoir en disant : « Le pouf ou la bergère ? », puis proposait un autre choix :

– Porto ou sherry ?

Il dit : « Porto s'il vous plaît », car il n'osait prononcer le mot « Sherry » et elle tira devant lui un élément triangulaire de la table gigogne. Elle portait une simple jupe plissée bleue, un corsage souple et des sandales de toile blanche. Olivier dit : « A votre santé ! » et elle lui proposa des cigarettes à bout doré dans un gobelet de cuir.

– Merci. Je n'ai pas de feu, dit Olivier, et elle lui tendit une allumette enflammée.

– Après vous...

– Mais non.

Elle s'asseyait délicatement au bord d'un fauteuil crapaud, croisait ses jambes nues, très brunes, tirait sa jupe sur ses genoux, et il n'osait ni baisser les yeux ni les lever sur le beau visage. Il tourna la tête de côté, son regard glissa sur le papier peint à fleurettes obsédantes, s'arrêta sur une ottomane dont les coussins représentaient des Pierrots, un chien de canapé en mongolie blanche, une poupée à la robe en éventail. Il fixa un meuble porte-bibelots sans grand intérêt et, parce qu'il fallait bien dire quelque chose :

– C'est joli ici...

– Non, il paraît même que c'est d'un goût contestable. Je dois en être quelque peu responsable. Mais c'est mon ermitage, ma retraite, mon endroit à moi seule. J'aimerais y venir plus souvent. Mais il y a le travail, je dois tourner. Vous rentrez aussi à Paris, n'est-ce pas ?

– Oui, samedi

– Votre camarade est déjà parti ?

Comment le savait-elle ? Il fit oui de la tête et prit son verre. Chaque fois qu'il buvait, il faisait un signe avec le verre et elle lui répondait de même avec un mouvement de lèvre adorable et un rire moqueur dansant dans les prunelles.

Chaque silence devenait contraignant, interminable. En même temps, elle semblait, à moins que ce ne fût un mouvement naturel de ses traits, l'interroger, comme une examinatrice, quêter l'expression d'un secret. Qu'attendait-elle de lui ? Et cette attention trop grande, un rien condescendante, semblant réclamer des informations ou des précisions, comment y répondre ? Son rouge avait imprimé le dessin de ses lèvres sur la paroi du verre. Il se sentait maladroit, timoré, prêt à rougir comme une jeune fille. Elle précisa :

– Vous n'avez vraiment rien à me dire ? Cherchez bien...

Et lui, très vite :

– Mon cousin Jami, le petit garçon, restera ici avec une des deux bonnes, Marguerite ou Louise.

– C'est intéressant. Parlez-moi de vous. Vous êtes étudiant ?

– Presque.

– C'est-à-dire ?

– Pas tout à fait.

Junie Astor montrait un intérêt amusé et il savait bien qu'il répondait par des banalités, qu'il ne trouvait aucun mot juste. Il se sentit sur un meilleur terrain quand, de sa voix étrange, tantôt harmonieuse, tantôt rauque et fêlée, elle lui demanda s'il aimait la lecture. Enfin, il fut naturel et put parler de ce qu'il appréciait, en ajoutant les titres à la mode, les romans que lisait sa tante, Margaret Kennedy ou Rosamond Lehmann.

– Et Colette, l'aimez-vous ? demanda Junie Astor.

– J'ai seulement lu deux « Claudine ».

– Je vous conseille *Le Blé en herbe.* Il y a Phil, Vinca et Mme Dalleray...

Pourquoi cette malice dans la voix ? Et puis : « Peut-être

bien que vous ressemblez à Phil... » Que répondre sinon : « Ah bon ? Ah bon ? » S'il avait lu le roman, il aurait compris la malice allusive de la comédienne.

- Encore un peu de sherry ?
- C'est du porto. Non merci.
- Votre prénom est Olivier, n'est-ce pas ?
- Oui, Olivier.

Elle se leva. Il regarda son mouvement de hanches, sa démarche pure, ses fines jambes, son long cou. Il pensa à une gravure représentant Joséphine de Beauharnais. Des mèches de petits cheveux en virgule sur ses tempes soulignaient un grain de peau d'une extrême finesse. Elle revint portant un gaufrier de verre à couvercle d'argent pour lui offrir un gâteau sec couronné d'une cerise confite. Il dit que la pluie avait cessé et elle lui répondit qu'elle n'était pas pressée, qu'elle était ravie de cette conversation à bâtons rompus. Il crut bon de parler de Montrichard et de ses plaisirs. Elle aimait ce pays, mais ne se souciait pas de « plaisirs ». Elle préférait sa maison à tout, avec un patio où elle pouvait prendre ses bains de soleil à l'abri des regards. Olivier ressentit un trouble à la pensée qu'elle devait être nue. Il aurait peut-être dû lui parler de ses films, mais tout le monde devait le faire.

- La première fois que nous nous sommes rencontrés, devant un bougnat je crois, vous m'avez reconnue ?
- Oui. Tout de suite. Mais je vous avais vue alors que vous rentriez ici. Vous aviez acheté du vin. Et une autre fois en costume de cheval. J'ai été un peu maladroit...

Il le disait à la fois parce qu'il avait eu une maladresse de corps, mais aussi parce que les mots d'excuse prononcés lui avaient semblé stupides. Pourquoi répéta-t-elle. « Vous n'avez rien à me dire ? » en ajoutant : « Vous en êtes bien sûr ? »

- Votre tante n'a pas l'air commode.
- Comme ça, mais au fond elle est gentille.
- J'en suis persuadée.

Olivier entendit la porte s'ouvrir. Le fox-terrier qui sentait le

mouillé vint se faire caresser. Elle expliqua : « Ma camé-
riste... » et, plus haut :

— Vous n'êtes pas mouillée, Jeanne ?

— Non, mademoiselle, la pluie a cessé. Et vous savez bien
que je passe à travers les gouttes. Viens, Whisky, viens mon
chien... Bonjour, monsieur.

— Bonjour madame.

— Vous voyez, Jeanne, j'ai un invité...

Elle ajouta « de marque » et Olivier fit : « Oh ! de marque... »

— Vous savez que vous avez de beaux cheveux ondulés. Je
vous l'ai dit, je crois. Quelle chance ! Et que cela arrive à un
garçon n'est pas juste.

Se moquait-elle ? Non, elle croyait que c'était naturel. Elle
lissa du bout des doigts sa propre chevelure. Olivier regardait le
mouvement des mains quand les traits de son hôtesse
s'assombrirent, elle montra une sévérité d'institutrice. Pour un
peu, elle eût agité le doigt sur une remontrance. Tout en elle
semblait dire : « C'est bien joli tout cela, mais maintenant la
récréation est terminée, le cours va commencer... » En peu
d'instants, son visage prit de curieuses nuances, son sourire
devint celui inquiétant qu'elle montrait quand elle jouait les
espionnes ou les femmes fatales. Puis, avec un haussement de
sourcils, sa voix :

— Puisqu'il semble que vous n'ayez rien à me dire, Olivier,
puis-je vous poser une question plus directe ?

Il baissa la tête en signe d'assentiment comme un coupable
prêt à l'aveu. Il avait deviné la question, mais se sentait
incapable d'y répondre. Il la regarda d'une manière suppliante,
comme pour suggérer qu'il valait mieux ne pas insister, qu'il
demandait « pouce ».

— Ces jolis poèmes que je trouve tous les matins dans ma
boîte aux lettres, c'est vous ?

— Oui, c'est moi.

— Vous me répondez comme s'il s'agissait d'un crime.

— C'est-à-dire que... enfin, c'est gênant.

— Je suis ravie d'être votre muse. C'est la première fois qu'on m'envoie des poèmes. D'ailleurs, je les trouve ravissants.

Ravissants, seulement « ravissants » ? C'était elle maintenant qui prononçait les mots qu'il ne fallait pas dire.

— Et même charmants, mais est-ce bien pour moi que vous les avez écrits ? N'existaient-ils pas avant ? Et sont-ils de vous ?

— Oh non, c'est pour vous, rien que pour vous. C'est parce que je dis « tu » mais il s'agit du tutoiement poétique, et, et...

— Mais ne vous fâchez pas, ne vous fâchez pas !

— Pardon !

— Et ne dites pas tout le temps pardon, c'est agaçant.

Ils échangèrent deux ou trois regards sombres, comme des ennemis. Olivier ne voyait pas qu'elle jouait la comédie, qu'elle créait ce climat d'antagonisme pour le sortir d'une situation embarrassante et faire naître une sorte d'égalité entre eux.

— Mettez-vous à ma place à la fin ! On aimerait bien savoir qui vous compare à une orange ou à un lis ! On aimerait bien savoir qui vous écrit...

— Ce n'étaient pas des lettres anonymes quand même !

— Oui, je sais : les poètes peuvent tout se permettre.

Et elle éclata de rire, prit les mains d'Olivier comme celles d'un camarade, l'obligea à la regarder :

— Olivier, Olivier, je plaisantais. Si vous saviez comme cela m'a fait plaisir de recevoir ces poèmes chaque matin et de les lire parfois plusieurs fois. Je les garde précieusement. Il y a celui qui commence par : « La reine de mes nuits, celle pour qui mourir. » Je l'ai appris par cœur. Et aussi : « Tu es à moi, mon enfant, mon orange... » Vous avez un don, vous savez ? Olivier, souriez, je vous ordonne de sourire, quittez cette moue de bébé ! Voulez-vous que nous soyons amis ?

— Je veux bien.

Elle se leva et, comme mû par un ressort, il en fit autant. Elle lui tendit la main. Il faillit se pencher pour la baiser, mais se contenta de la garder un instant dans la sienne.

Elle l'accompagna en direction du vestibule, puis, se

ravisant, elle se retourna, dit : « Attendez ! », abaissa l'abattant revêtu de cuir vert d'un secrétaire, prit sur une pile une photo signée Harcourt, décapuchonna un gros stylographe moiré et écrivit : *« Pour mon ami Olivier, en souvenir de Montrichard ».* Elle signa en travers et secoua la feuille pour la faire sécher. Olivier prit la photographie, la cacha sous sa veste comme s'il pleuvait encore et oublia de remercier.

— Bonne soirée, Olivier, peut-être à de prochaines vacances ?

— Peut-être. Bonsoir, heu ! mademoiselle Astor.

Il n'avait pas dit « Junie » exprès. Il aurait dû être ravi. Eh bien, non ! Furieux, il monta à sa chambrette pour cacher cette photographie qu'il avait failli déchirer. Il se sentait d'une humeur de chien méchant. « Si elle croit que... » Il donna un coup de pied au broc qui chancela, il fit claquer sa porte. « Elle m'a pris pour quoi ? pour une midinette ? Je m'en fiche de sa dédicace... »

Il ignorait alors que, des années plus tard, quand il passerait sur les grands boulevards et verrait l'enseigne lumineuse du cinéma Astor portant le nom de la comédienne quelque peu oubliée, il sourirait d'attendrissement et que le souvenir de cette rencontre serait très doux.

Quatre

L ES mois qui suivirent ce retour de vacances en Touraine comptèrent parmi les plus exaltants que connut Olivier. D'autres vertiges le sollicitaient que ceux d'un univers en crise.

La fin du mois de septembre fut dominée par un événement dont seuls quelques-uns mesurèrent la portée véritable : Munich qui jusqu'alors n'était pour les Français qu'un nom de bière. De singuliers acteurs jouèrent cette comédie qui était un drame : Benito Mussolini, animateur grotesque accompagné de l'élégant comte Ciano, Adolf Hitler en capote verdâtre, le gros Goering, bâton de maréchal en main, Neville Chamberlain et son parapluie noir, Édouard Daladier en taureau fatigué fasciné par le matador germanique. Non loin d'un camp inconnu appelé Dachau, la ville bavaroise de Munich fut en fête. Au Bourget, ce fut autre chose : ce Daladier qui rentrait au fournil, honteux et attendant d'être conspué, un demi-million de citoyens enthousiastes l'attendaient, sourire aux lèvres, à sa descente d'avion, avec en tête ses ministres comme Bonnet et Chautemps et le pâle général Gamelin. Bientôt, une nouvelle danse, la « chamberlaine » imitation du *lambeth walk,* naîtrait sur un volcan. Si quelques fronts se courbaient sous d'invisibles nuages, le bon peuple de France, si gai, si pacifique, avec un ouf soulagé revenait à ses joies, à sa gouaille et à ses chansons qui triomphaient de toutes les difficultés quotidiennes.

Olivier passait ses soirées à rédiger de longues missives pour

Samuel qui lui répondait de Colmar. La rencontre de Montrichard ouvrait de nouvelles perspectives. Quelques années plus tôt, Olivier aurait chanté : « Avoir un bon copain... » Un soir, alors que M. Hullain distribuait les travaux du lendemain aux typographes, Olivier tira vers lui le plan d'une composition très difficile à exécuter, une fiche classeur pour Remington Rand faite d'une infinité de cases, de mots à y inclure, avec des parangonnages, des filets, des grisés, un travail de typo chevronné. Annonçant : « Je la prends ! », il suscita des moqueries. Hullain gratta les poils de brosse de sa moustache et consentit :

— Si cela t'amuse... Tu peux toujours faire joujou, mais tu n'y arriveras pas.

Olivier y travailla jusqu'à la fermeture de l'atelier sans succès. Après le dîner, il s'adressa à son oncle solennellement :

— Mon oncle, je veux vous demander quelque chose d'exceptionnel.

— Aurais-tu besoin d'argent ? Je t'ai donné ta semaine...

— Il ne s'agit nullement de cela, protesta Olivier. Voilà : il s'agit d'un pari. J'ai parié que je pouvais venir à bout d'un tableau Remington. Je voudrais y travailler ce soir, peut-être même cette nuit.

— C'est absurde. Tu y travailleras demain.

— Non, parce que les typos me regarderont, ils se moqueront de moi et je ne pourrai rien faire. Vous comprenez, j'ai dit : Chiche !

La tante Victoria répondit par un non très ferme. Olivier insista, se lamenta, dit qu'il ne serait jamais bon à rien. Personne (il pensait : sauf Samuel) ne lui accordait confiance. Si bien que l'oncle, sensible au plaidoyer et au mot « Chiche ! » tira son énorme trousseau de clés de sa gabardine et le lui tendit :

— Tu entreras par-derrière. N'oublie pas de prévenir la concierge.

— Merci, merci, je ne vous dirai jamais assez merci.

A l'atelier, il alluma les lampes coulissantes sous leur abat-jour vert, prit une galée, une « galetouse », son composteur, ses pinces, son typomètre, les casses, tira des plans et reprit le minutieux travail, se trompant, faisant du « pâté », recommençant, tremblant d'énervement quand le caractère corps six ou même quatre se refusait à ses doigts malhabiles. Il coupa des interlignes, chercha des filets de un à trois points, des grisés de cuivre, des cadratins, des espaces. Il se trompait, distribuait, reprenait, se punit même d'une gifle. Vers quatre heures du matin, il put lier la compo terminée et la faire glisser de la galée sur le marbre en posant à côté du plomb une carte cornée portant sa signature.

Il se coucha tout habillé sur son lit. Le lendemain, Hullain dit : « Chapeau ! » et le considéra d'un nouvel œil. Cette victoire lui en ouvrit d'autres : désormais il ferait moins de travaux subalternes et, bientôt, on engagea un nouvel apprenti pour cela.

Parce que Samuel serait un grand savant, il ne s'en tint pas là ; il apprit la manière d'établir un prix de revient et il prépara un devis que l'oncle trouva juste, mais qu'il arrondit au pifomètre. Les ouvriers prenaient Olivier en considération, même le beau Gil qui lui assura qu'il finirait dans une peau de singe. Cet Olivier, on ne le tenait plus, rien ne pouvait calmer ses ardeurs. Jean qui s'en réjouissait se rendit au BHV pour lui acheter une pince typo toute neuve : « Que ça reste entre nous ! » Et Olivier, aux papeteries, entourait Ji d'un regard protecteur, disait en fixant la machine à écrire : « Alors, ça tapote ? » Elle lui jeta : « Tiens ! tu n'es plus frisé ? » et il répondit :

— Puis-je te faire observer que tes bas tournent ?
— Oh, toi !...

De nouveau il composa un poème en Cheltenham italique corps 16, tira une demi-douzaine d'épreuves pour lui seul et cacha la composition. Et si un jour il imprimait un petit livre ?

Chacun avait raconté ses exploits de vacances en insistant

sur les menus des repas campagnards. Olivier ne fit que de vagues allusions à ses vacances en Touraine et cela laissa supposer aux autres quelque amourette alors qu'il s'agissait de Samuel, dont la présence était devenue le moteur de son enthousiasme au travail, lui permettant de gagner comme par miracle des semaines d'apprentissage, par qui rien n'était plus impossible. Émile voulut bien lui apprendre à massicoter le papier après avoir passé le bloc de parafine le long de la lame. Il regarda comment Félix le Chat s'y prenait pour encoller la toile des registres, mais le bonhomme ne voulait rien lui enseigner, crachait et rôtait dès qu'il s'approchait, ou bien il proférait des grossièretés scatologiques, faisait des gestes obscènes, se protégeait de sa puanteur tel un putois. Sa spécialité était de toujours contredire son interlocuteur en faisant précéder ses réponses de « Pour tout dire » ou de « De deux choses l'une » et Émile le reprenait en s'esclaffant :

— De deux choses l'une, Félix : ou tu es un imbécile... ou tu es... un imbécile !

Olivier, excédé par Félix, maîtrisait à peine sa colère. Un matin, près du vestiaire, alors que l'homme répétait ses attaques contre ce qu'il appelait « la juiverie internationale », débitait des slogans absurdes et infâmes, disant par exemple que la circoncision était faite pour multiplier l'excitation, car chaque fois qu'un juif faisait la chose, il devait payer le rabbin, Olivier donna des signes d'impatience. Il pensait à Samuel et à ses parents : chaque attaque leur était destinée. Comme ces propos puants se développaient, il toisa durement Félix et jeta :

— Pauvre type !

Félix, comme un corbeau, fit : « Quoâ ! Quoâ ! De quoâ ? », s'étrangla, fit : « Quoâ ! c'est à moi que... » et regarda avec stupeur les ouvriers narquois qui gloussaient de plaisir, disaient « Pan dans l'os ! » et « Encaisse coco ! » Alors, il leva sa grosse patte poilue et s'avança vers Olivier :

— Je vais te... Je vais te...

Olivier ne bougea pas, garda la même attitude dédaigneuse,

avec un défi de mousquetaire, la main à la garde de son épée. Comme le poing de Félix s'abattait sur lui, il tourna les épaules de côté, fit un croche-pied à son adversaire et le repoussa derrière lui comme un torero réussissant une véronique. Si Hullain ne l'avait rattrapé, Félix serait tombé. Olivier fit quelques pas en arrière et attendit la suite dans la position de la boxe française. Mais Félix cracha par terre et s'éloigna en proférant des insultes.

— Allez, allez, ça suffit, au boulot ! jeta Hullain en enfilant sa blouse grise.

Tandis que les typos reprenaient le composteur, il ajouta à l'intention d'Olivier : « Et toi, cesse de faire le zigue... » mais il souriait et il dit encore : « Tu n'aurais pas dû, c'est quand même un ancien combattant. » Plus tard, Jean et David lui assurèrent qu'il avait bien fait, non parce que les propos de Félix les scandalisaient (ils se contentaient de hausser les épaules devant ce maniaque), mais parce qu'ils ne l'aimaient pas.

Bientôt Olivier fut saisi de remords : il s'était conduit en bagarreur de quartier comme au temps lointain de la rue Labat. Lucien l'appela le « costaud des Batignolles » et Nestor affirma qu'à la place de Félix il aurait riposté. Jamais plus on ne reparla de cet incident. Félix s'enferma dans un mutisme absolu, se contentant de ruminer de futures vengeances en étendant sa colle sur le glacis. Il faudrait bien du temps et des événements terribles pour qu'Olivier se souvînt de cette affaire.

**

L'hiver 1938-1939 prit pour Olivier les couleurs or et pourpre des théâtres qu'il fréquenta en compagnie de Samuel. Après d'interminables conversations téléphoniques, ils se retrouvaient aussi devant quelque cinéma qui appelait le spectateur avec cette sonnerie aigrelette que la coulée du temps ferait oublier. Il y eut des moments inoubliables, ceux de *Quai des Brumes* et d'*Hôtel du Nord* tourné près des entrepôts Desrousseaux. Ou bien dans les halls des théâtres, parmi les gens habillés, ils consultaient les prix du troisième balcon ou du poulailler. Pour prendre leurs places, ils attendaient le dernier moment, car, lorsque la clientèle était rare, le régisseur les faisait entrer gratuitement au promenoir ou les plaçait sur des strapontins en leur demandant de faire la claque.

Pour imiter les parents de Samuel, la tante Victoria accordait l'autorisation de sortir deux soirs par semaine à condition de ne pas traîner. Tandis que les Desrousseaux disputaient une partie de bridge-contrat avec les Corriéras père et fils ou mondanisaient avec les Inguibert ou d'autres, Olivier empruntait les jumelles de théâtre nacrées et s'échappait en portant la capote de collégien de Marceau sur les épaules comme André Gide sa cape. Pour obtenir de l'argent, il numérotait au moyen d'un appareil cliquetant des registres à la pièce ou bien il se portait volontaire pour maintes courses dans l'espoir d'un pourboire. Comme Samuel, il tenait un journal intime d'une écriture appliquée distribuée selon les sujets en encres de diverses couleurs, et qu'il cachait sous son matelas.

Samuel et Olivier ne dédaignaient aucun spectacle, applaudissaient *Les Enfants terribles* de Jean Cocteau, conspuaient une pièce de Maurice Rostand, *Verlaine,* où Gilbert Gil en Rimbaud affrontait un Pauvre Lélian qui ressemblait à Landru, critiquaient l'*Adam* de Marcel Achard où Claude Dauphin et Michèle Alfa faisaient de leur mieux, ne partageaient pas le même avis sur un *Cyrano* joué par André Brunot qui avait, selon Samuel, l'accent parigot, et Marie Bell en Roxane, avec Ledoux, Martinelli, Escande et Debucourt. Ils sifflèrent *les Trois Joseph* de Jean de Letraz et furent rappelés à l'ordre. Il y eut encore *La terre est ronde* de Salacrou, *Ondine* de Giraudoux, *Le Bal des voleurs* d'Anouilh, quelle saison ! En rentrant, chacun couchait dans son journal ses impressions et mentionnait celles exprimées par l'autre.

Samuel prêta à Olivier des nouveautés comme *Le Rocher de*

Brighton par Graham Greene, *La Nausée* par Jean-Paul Sartre, *Les Enfants de l'Oncle Tom* par Richard Wright ou *L'Araigne* de Henri Troyat qui donnèrent lieu à de longs commentaires.

Après des soirées splendides d'où l'on rentrait par le dernier métro, se retrouver en salopette à l'atelier, aller chercher des rames à l'entrepôt, laver des rouleaux de machine, composer ou distribuer à la typo, faisaient un curieux contraste et Olivier se voyait le héros d'une double vie ; ouvrier le jour, gandin le soir. Ayant fait visiter l'imprimerie à Samuel, Jean avait dit : « Il est chouette, ton pote, mais il a pas l'air marrant ! »

Les Bernard rendirent l'invitation des Desrousseaux qui, malgré le charme de l'accueil, ne se sentirent pas à l'aise. On parla longtemps d'une tranche de veau qui, selon la tante, était si mince qu'elle n'en aurait fait qu'une bouchée, et elle employa l'expression de « dîner à l'économie » alors que les Bernard, naturellement sobres, avaient fait des efforts.

— Ces gens-là sont charmants, dit-elle, mais rétrécis. Tout est petit. Ce salon Louis XV de poupée, vraiment ! J'ai bien cru qu'Henri ferait s'écrouler la bergère.

Enfin, ce Samuel avait une heureuse influence sur Olivier. Il suffirait d'attendre l'été pour rendre l'invitation.

Après Munich, l'oncle Henri avait affirmé que désormais la seconde bataille de la Marne était celle de l'économie. Il sortit beaucoup, visita de nouveaux clients, emporta d'importants marchés, et l'on engagea un représentant à la commission. Les commandes affluèrent. Le temps des mises à pied semblait révolu.

A l'atelier, au bureau, à l'appartement, partout on parlait politique et Olivier subissait le feu roulant des opinions. Les uns affirmaient que le plan de Paul Reynaud ne valait pas un clou, les autres que le gouvernement de redressement national, pour une fois, tiendrait bon. Ceux qui en septembre parlaient de vaincre ou mourir pour l'honneur de la France, en étaient revenus aux heureuses habitudes. On enjambait allégrement les catastrophes et l'on se retrouvait frais et rose de l'autre côté.

Le grand David, l'index levé, commenta les propos du président Caillaux qui parlait d'une grande pénitence sans laquelle la banqueroute arriverait. Et qui punirait-on ? Qui paierait ? L'ouvrier comme toujours, tandis que les députés à 32 500 francs par mois... Durant cette période, la Wehrmacht avait occupé le pays des Sudètes, la République espagnole s'était effondrée, mais on chantait les succès de Jo Bouillon et de Ray Ventura, les chansons à la mode : *Sombreros et Mantilles* ou *Vous n'êtes pas venu dimanche*.

– Olivier, Jacquot, une voiture à bras !

Les deux jeunes partaient rue des Récollets chez le loueur. Olivier revenait, des sangles aux épaules, tandis que Jacquot poussait de son mieux. Et l'on chargeait des piles de paquets rectangulaires en répartissant le poids. On se crachait dans les mains et en avant ! Parfois, la charge était telle que la voiture se renversait en arrière et qu'Olivier soulevé agitait les jambes pour un pénible redressement. « Ils vont fort, disait Jean, il y a des camionnettes ! » Ces livraisons harassaient. Le travail fait, les jeunes garçons s'étendaient le long de la charrette et parfois s'assoupissaient. Puis Olivier disait au malingre Jacquot : « Allez, monte ! Je vais faire le cheval, hue ! » Au retour, ils dépensaient le pourboire en achetant d'énormes parts de flan chez le boulanger ou en buvant des demis pression à La Cigogne.

Souvent, en fin de journée, Olivier se rendait aux papeteries et disait à Ji : « Je t'accompagne à ton autobus ! » Il ne rusait plus, ne cherchait plus de prétextes. Et même, sur le trottoir devant la gare de l'Est, il dédiait un sourire narquois à celui que, quelques mois plus tôt, il appelait la « brute épaisse » et lui disait : « Je vous l'amène... » comme s'il faisait un cadeau, et il partait en riant parce que le garçon appelait Ji « *darling* ».

Cette attitude n'empêchait pas les émois amoureux gardés secrets, des toquades successives en faveur de quelque inconnue, de longs arrêts devant les photographies d'actrices de cinéma. S'il évoquait sa rencontre avec Junie Astor, il l'embellissait, allait même jusqu'à se dire : « Si j'avais voulu !... » en sachant bien que c'était là pure imagination et qu'il se mentait à lui-même. Mais Samuel Bernard occupait toute la place de ses pensées, et comme, inconsciemment, il cherchait à l'imiter, il restait chaste et lointain, oubliant du mieux qu'il le pouvait quelques tourments physiques.

« Celui-là, avec sa girafe de Samuel ! » disait Jami lassé d'entendre sans cesse le rappel de cet ami envahissant de son cousin. Par réciprocité, il recevait un camarade d'école dans la chambre de Marceau. Si Olivier entrait, ils cessaient brusquement leur bavardage et Jami regardait le plafond avec impatience. Après son départ, ils riaient fort. Olivier croyait qu'ils se moquaient de lui alors qu'ils cherchaient de vilains mots dans le dictionnaire.

*
**

Un dimanche matin, Lucien l'imprimeur vint prendre Olivier en passant par l'escalier de service. Habillé en coureur cycliste, tout de vert brillant, avec un dossard portant le numéro 22, il tenait en main une casquette de toile à visière en mica.

– J'arrive ! cria Olivier.

Il avait serré les extrémités de son pantalon bleu au moyen de pinces à linge et le vélo-porteur attendait depuis la veille dans la cour. Sur le parcours il s'essouffla derrière le vélo de course nickelé, si fin, si racé de son ami plein de superbe à qui les passants criaient : « Vas-y Lapébie ! » ou « Baisse la tête, Vietto ! » Le coureur cycliste sur son pur-sang devait ralentir pour attendre Olivier sur son cheval de labour et qui disait : « Si j'avais un changement de vitesse, tu verrais... »

Le vendredi, ils avaient tracé un itinéraire qui passait par Saint-Denis, Enghien, Saint-Leu, Méry-sur-Oise, L'Isle-Adam, pour aboutir à Nesles-la-Vallée. Ils accélérèrent sur la piste cyclable. Parfois, Lucien, le maillot éclaboussé de soleil, poussait un sprint en se chronométrant, s'arrêtait pour croquer un sucre ou boire quelques gorgées au bidon de métal qu'il tendait à Olivier avec un sourire goguenard.

A Taverny, ce dernier demanda grâce. Ils s'installèrent alors sous une tonnelle pour boire des diabolos-menthe. Lucien, avec son équipement de coureur cycliste, faisait sensation. Il massait les muscles de ses jambes noueuses et Olivier prenait des attitudes d'entraîneur. Lucien rejetait sans cesse sa tête en arrière pour relever ses mèches brunes. Avec lui, Olivier se sentait bien, une complicité d'atelier les unissait, des railleries sur le ton de la blague comme une manière d'effacer l'ennui quotidien, des tours de langage particuliers avec du jargon d'imprimerie, plus que de l'argot, du parler populaire, avec des habitudes, des inventions, des manies, par exemple de s'appeler « Petite tête » en embellissant d'un complément faisant image :

– Ça gaze, p'tite tête de roi Zog ?

– Pas mal et toile à matelas, p'tite tête de décret-loi.

– J't'en fais voir du pays, hein, p'tite tête de hareng saur ?

Ou bien, se référant à *Hôtel du Nord,* ils répétaient avec l'accent d'Arletty : « Atmosphère, atmosphère... » ou comme Louis Jouvet : « Ma vie n'est pas une existence... » Le Pierre Dac de *L'Os à moelle* venait à la rescousse et aussi les héros radiophoniques de *Sur le banc* nommés Carmen, Sosthène et La Hurlette.

Autour d'eux s'épanouissaient les sourires de familles endimanchées, de tandemistes amoureux. Un gamin venait tâter les boyaux du vélo de course ou caresser le chatterton du guidon et Lucien disait : « Pas touche ! ». S'ils apercevaient une jeune fille, ils se donnaient des coups de coude, disaient : « Vise un peu ! » et Lucien ajoutait :

– Il faut qu'on s'occupe de toi, avec Gil, on te fera connaître la vie, p'tite tête de neveu de singe.

Cela voulait dire que les Desrousseaux, malgré leur condition sociale, devaient ignorer toutes les joies de l'existence, les saines rigolades populaires, les plaisirs à deux sous, et

Lucien affichait une supériorité canaille, grinçante, persifleuse :
« Va, c'est pas de ta faute, p'tite tête d'épingle ! » Olivier se
mettait facilement à l'unisson et retrouvait un langage qui eût
étonné le doux Samuel.

Après avoir payé leur écot, Lucien dit : « A cheval, mon
pote ! » et il ajouta :

— Tu le verras ton bled à la noix.

— Je ne sais pas si je retrouverai...

A Nesles-la-Vallée, un garde-champêtre en blouse bleue
dont les sourcils broussaillaient comme ceux de Clemenceau,
les renseigna : en prenant des rues à main droite, à main
gauche, en descendant, ils trouveraient une sente qui les
conduirait vers cette gare maintenant désaffectée dont parlait
Olivier en fouillant dans de vagues souvenirs. Bientôt, ils la
découvrirent dans un amas de verdure. Olivier pensa encore à
l'*auto-skiff*.

— Je crois que je reconnais.

Ils tentèrent de faire jouer un aiguillage rouillé, puis
suivirent les rails dont les traverses pourrissaient et que la
végétation prenait d'assaut. Des oiseaux chantaient pour
affirmer les droits de la nature. Olivier restait silencieux, en
proie à une vive émotion. Lucien le regardait de temps en
temps avec une interrogation ironique, mais respectait son
silence. Dans sa rêverie, Olivier se revoyait tout petit, vêtu
d'une culotte courte en velours noir uni avec des bretelles
retenues par de gros boutons blancs, d'un pull-over à rayures et
de sandales en caoutchouc moulé. Il tenait la main de sa mère
qui portait une valise de carton bouilli et avait mis une capeline
blanche.

« Olivier, mets ton béret, tout ce soleil... ». Chaque fois qu'il
pensait à Virginie, il sentait sourdre une envie de pleurer. Il se
revit marchant près d'elle sur le côté de la voie et regardant
l'horizon des rails avec inquiétude.

Toute la splendeur verte et douce de l'Ile-de-France s'était
donné rendez-vous dans ce lieu jailli du souvenir où naguère

roulait un petit train, et les branches légères semblaient chuchoter, accompagner Olivier de lointaines confidences.

   – Alors, p'tite tête ?

   – Attends. Chut !

Les fleurettes, les ronces, les feuillages semblaient dire que quelqu'un avait vécu là et qu'il revenait, qu'on le reconnaissait. Un chemin ascendant bordé de murs austères couronnés de tessons de bouteilles fit signe à Olivier. Ils le gravirent, Olivier poussant sa bécane, une main sur la selle, l'autre au guidon, Lucien chargeant sa légère monture sur l'épaule comme au vélo-cross.

Olivier, en haut du chemin, s'arrêta plein de joie, il reconnaissait les lieux : sur la gauche cette grangette avec la poulie sous le toit, ce jardinet surélevé où vivaient jadis deux tortues nommées Adrienne et Rosalie bien que l'une d'elles fût un mâle, le muret aux escargots, et, sur la droite, la maisonnette au perron de pierre, et sur le perron une dame maigre au buste élancé qui se penchait sur un drap qu'elle ajourait. Elle leva un instant la tête et l'inclina lentement pour couper le fil avec ses dents.

   – Bonjour madame, dit Olivier.

Elle répondit d'un mouvement de tête interrogateur qui permit à Olivier de reconnaître la fille de M. Caron, le jardinier du docteur Narodewski, et de retrouver son nom :

   – Excusez-moi. Vous ne seriez pas mademoiselle Caron ?

   – Pourquoi ? Oui, c'était mon nom, avant mon mariage.

   – Vous ne vous souvenez pas de moi ?

   – Non. Pas du tout.

Cependant, un froncement des sourcils, trois rides en vagues sur le front haut indiquaient un effort de mémoire. Ses petits yeux gris dévisagèrent Olivier, glissèrent le long de son corps, s'arrêtèrent longuement à ses pieds, à ce point qu'il crut avoir un trou à sa chaussette. Et, brusquement, un regard droit et franc dans les yeux verts d'Olivier, un visage qui s'ouvre sur une lumière :

– Vous... Tu ne serais pas le petit Olivier Chateauneuf ?

– Si, c'est moi.

– Le petit Olivier... Je t'ai reconnu à tes pieds. Tu marchais toujours les pieds en dedans...

– Je ne savais pas.

– Et à tes yeux...

Elle déploya son long corps maigre, rassembla les parties du drap sur la chaise, tendit les deux mains en avant :

– Monte, mais monte donc ! C'est ton camarade ? Il y a longtemps, si longtemps...

Ils posèrent les bicyclettes contre le mur, gravirent les marches encombrées de pots de fleurs. Olivier se retourna sur Lucien pour exprimer : « Tu vois bien... » Il serra les longues mains sèches. Elle dit : « Comme tu es grand maintenant ! »

Il reconnut la pièce encombrée, la table de ferme, les deux bancs, le canapé paillé où jadis il caressait un énorme chat tigré, le buffet à deux corps avec le tissu froncé sous la vitre, le fourneau noir et le mur aux cartes postales au-dessus de la machine à coudre. Elle repoussa sur la table tout un matériel de couture et un livre de messe pour libérer un coin de toile cirée, fit s'asseoir ses visiteurs et leur proposa du café au lait :

– Tu aimais tant les tartines !

– C'est vrai ?

– J'ajoutais de la poudre de cacao sur le beurre.

– Ah ?

– C'est là que tu t'asseyais pour jouer au Meccano, à la même place où tu es.

– J'avais un Meccano ?

– Non, ça s'appelait un Trix, mais c'était la même chose.

Un rayon de soleil passait par la fenêtre et formait un petit rond sur le sol de carrelage. Dans une cage, deux perruches semblaient écouter la conversation. Sur une étagère s'alignaient des pots de confiture brune recouverts de cellophane.

– Je n'ai plus jamais eu de nouvelles de ta mère. Nous l'aimions pourtant beaucoup. Elle va bien ?

— Elle est décédée. Il y a très longtemps. J'ai été adopté...

— Pauvre, pauvre enfant ! elle, si jeune... Et tu es bien ? Oui, ça se voit que tu es bien. Le petit Olivier, ça alors ! Tu étais diable, tu sais.

Elle coupait du pain, en beurrait exagérément les tranches, tisonnait le fourneau, posait la casserole au cul noir dans un cercle de fonte. Bientôt, en face d'un Lucien plus réservé, Olivier trempait sa tartine, ce que la tante Victoria, au nom du bon ton, lui interdisait de faire, regardait les ronds de beurre jaunes à la surface du café au lait. Il disait : « Non merci » et se resservait.

— Ici, il s'est passé aussi bien des choses. Mon père est mort le premier, puis ma mère deux mois plus tard, et mon pauvre mari l'année dernière. Je suis veuve.

— A côté, demanda Olivier, dans la grande propriété, il y a toujours le docteur ?

— Non. Il y a de nouveaux propriétaires. C'est aussi un médecin, mais un « nez-gorge-oreilles ». Veux-tu de la gelée de groseilles ? Ah ! tu l'aimais la gelée de groseilles. Je dis « tu » bien que tu sois un jeune homme, l'habitude. Ta mère était si gaie ! Tu étais tout le temps sur ses genoux. Tu cachais ta tête dans son châle. Nous l'appelions « la blonde ». Pauvre femme !

— Vous cousiez des fleurs sur un ruban vert.

— Pour les magasins du Louvre. En ai-je cousu ! Des kilomètres... Maintenant, je travaille pour la Grande Maison de Blanc.

— Chez le docteur, il y avait un petit garçon ?

— Gilles ? Il avait le même âge que toi.

— Il avait une *auto-skiff*...

— Une quoi ?

— Une *auto-skiff,* une voiture pour enfants. On ramait comme ça...

— Je ne me souviens pas. C'est si loin.

Lucien tapait du doigt contre son chronomètre. Au

désappointement de son compagnon, il se leva pour donner le signal du départ et Olivier entendit :

– Tu reviendras me voir ? Tu peux venir quand tu veux, comme autrefois. Tu étais venu deux années de suite.

Olivier remercia, promit de revenir, tandis que Lucien se tenait à l'écart, embarrassé de son équipement de cycliste, maladroit comme un cavalier démonté : son corps réclamait la selle et le souple pédalier.

– Vous pouvez passer par en haut. Vous trouverez la route de Paris sur la gauche...

En traversant le village où des familles sortant de la messe s'engouffraient chez le pâtissier, Olivier éprouvait l'envie d'exprimer son exaltation, de faire partager des souvenirs d'autant plus précieux qu'il les avait arrachés à la nuit, mais Lucien, indifférent, eut cette phrase malheureuse :

– Cette gonzesse, quel bourin ! Tu parles d'une planche à pain !

– Tu t'es pas regardé !

Dès lors, Olivier s'enferma dans un silence blessé et Lucien fit exprès d'accélérer, le laissant loin derrière lui durant tout le parcours, l'attendant cependant à la porte de La Chapelle où ils se séparèrent sur un froid : « A demain ».

L'appartement était désert. Les Desrousseaux devaient être au cinéma ou au music-hall, aux courses peut-être. Olivier s'allongea sur son lit, lut une page de Stendhal, médita et dormit jusqu'au soir comme une montagne.

**
*

Le peigne mouillé en main, Olivier refit deux fois sa raie et se brossa les cheveux d'où l'ondulation avait disparu. Il s'était rasé soigneusement et avait emprunté le talc parfumé de l'oncle Henri. Ce soir-là, Bill et Vivy Inguibert venaient dîner, d'où l'effervescence générale.

Et la tante d'actionner le piston de l'insecticide Cobra où le liquide avait été remplacé par de l'eau de rose. Olivier aimait ces soirées où tout semblait s'accélérer et il souriait en reconnaissant des paroles attendues. Jami traversa la salle de bains en courant les bras écartés pour faire l'avion. Par provocation, Olivier pénétra dans ce lieu sacro-saint qu'était la cuisine lors des réceptions. Il souleva les couvercles des casseroles et des marmites, huma les fumets en approuvant : « Bien, très bien... » comme s'il était un cuisinier surveillant ses marmitons. A l'intention de Marguerite, il affirma : « Bonne cuisine bourgeoise. Ici on mange comme chez soi... » Il pensait : « Elles vont me mettre à la porte ! » et s'en réjouissait déjà. Au contraire, Marguerite posa sa main sur son épaule :

— Attends, ne bouge pas, tu as de la poudre sur le cou.

Elle s'essuya la main à son tablier pour la faire glisser derrière l'oreille d'Olivier qui eut un petit frisson et elle dit :

— Monsieur s'est rasé ? Monsieur s'est mis du talc ? Tiens, tu es trop mignon. Je t'embrasse.

Cette Marguerite qui l'avait connu petit garçon effarouché et sauvage à son arrivée chez les Desrousseaux, lui posa sur les joues deux baisers de mère ou de grande sœur, mais Olivier ne les reçut pas de cette manière. Et Louise, se dressant sur la pointe des pieds, avec un de ces regards filtrants ! imita Marguerite :

— Moi aussi, je l'embrasse !

Olivier sentit un baiser mouillé contre sa lèvre suivi d'une caresse sur sa joue et d'un rire moqueur. Il dit : « Ah ! la barbe... » et, une fois sorti de la cuisine, ajouta à voix haute :

— Mais qu'est-ce qu'elles ont toutes !

— Tu dis, Olivier ?

— Rien, ma tante.

— Approche-toi, que je t'arrange ta cravate. Tu ne sauras jamais faire un nœud convenable. Je croyais que Marceau te l'avait appris.

— Maintenant, on les fait triangulaires, dit Olivier.

– Méfie-toi de certaines modes. Tiens, je t'embrasse.

Décidément ! Olivier retourna à la salle de bains pour effacer le rouge à lèvres, sans doute celui de Louise. L'oncle Henri entra en catastrophe pour brosser ses sourcils et regarder ses dents en faisant de curieuses grimaces.

– On sonne ! On sonne !

Tout le monde se précipitait pour ouvrir la grande porte donnant sur l'antichambre et on entendait : « Oh ! Oh ! cette robe, quelle splendeur ! » et des compliments, des politesses d'accueil, des émerveillements excessifs, des « Débarrassez-vous. Le joli manteau ! Tout est d'un chic ! » Olivier ne se pressait pas d'arriver, comme un acteur préparant son entrée. Du couloir obscur, il voyait l'entrée lumineuse, les laques qui brillaient, les feux des lustres, et la splendide Vivy en robe de crêpe de Chine lourd, longue, à fond noir égayé d'une impression de ramages argentés. On aurait cru un vêtement magique qui apportait à la jeune femme des radiations d'énergie, de splendeur. Elle paraissait toujours prête à dévorer le monde entier. Et la tante Victoria qui l'avait définie comme une poupée de salon exagérait son admiration.

– Scotch ? Bourbon ? De la glace ? De l'eau plate ? dit l'oncle.

– Bonsoir ! jeta Olivier.

Il esquissa un baisemain, mais n'osa le conduire à son terme. Bill lui tapa généreusement sur l'épaule :

– Voilà notre poète !

Olivier s'assombrit. Pourquoi ce mot accompagné d'un sourire entendu comme s'il s'adressait à l'idiot du village ? Il aurait pu répondre : « Parfaitement, et j'ai même envoyé un poème à *Comœdia !* » Mais le magazine littéraire et artistique n'avait pas même accusé réception.

– Vivy, comment faites-vous ? Toujours brunie, bronzée, cuivrée comme une créole !

– Les sports d'hiver...

Et voilà qu'une fois de plus, elle découvrait ses épaules,

levait sa robe jusqu'à mi-cuisses pour montrer sa peau ensoleillée.

— Vivy, observa Bill, tu es vraiment exhibitionniste !

— Cela ne déplaît à personne, dit poliment l'oncle Henri avec un regard du côté de sa femme.

Le repas s'ouvrit sur du foie gras de canard qu'on coupait au moyen d'un couteau à fine lame reposant dans un pot d'eau chaude et qu'on étalait sur des rôties en buvant un vin blanc des coteaux du Layon.

— Nous sommes rentrés de Naxos en octobre. Cet hiver, nous sommes allés trois fois au ski, la dernière à Davos.

Bill avait maigri, ce qui lui donnait une élégance aristocratique de vieux lévrier, mais il ressentait sans doute le poids de trop de veilles et sa faconde portait quelque chose d'artificiel. Olivier dont on ne s'occupait pas se mesurait avec le foie gras. Les Inguibert parlaient de montagne, de remonte-pentes, de qualités de neige, employaient des mots comme christianas, stemms, schuss, slaloms, déjà entendus de la bouche de Marceau.

— Mon fils aîné est un fin skieur, dit l'oncle Henri.

— Et sa santé ?

— C'est long, très long. Imaginez-vous qu'il joue au bridge, lui qui détestait nos parties. Il est devenu une sorte de champion. Il joue de l'argent et gagne beaucoup, mais je suis inquiète, très inquiète... dit la tante Victoria.

— Pour le jeu ? demanda Inguibert.

— Aussi pour le jeu.

En fait, elle ne voulait pas rapporter un incident : Marceau avait été le héros d'un scandale. Un industriel allemand venu voir sa femme en traitement l'avait surprise dans les bras du jeune homme. Le professeur qui dirigeait le sanatorium avait voulu renvoyer Marceau, interrompre le traitement, et la tante Victoria avait dû employer toute sa diplomatie pour arranger les choses.

— J'ai même skié avec James Couttet... disait Vivy.

– Et vous, Bill ? demanda la tante.

– Oh moi, pendant ce temps, je reste au bar.

Après le foie gras, du faisan Souvaroff sur un lit de petits légumes, avec un accompagnement de purées diverses : pommes de terre, pommes en l'air et céleri, et d'un Beaune 1929.

– Épatant, cette nouvelle autoroute de l'Ouest, épatant ! Nous l'avons en quelque sorte inaugurée.

– Il serait temps, dit l'oncle Henri. Quel retard sur les autostrades d'Allemagne ou d'Italie. Les Italiens ont été des pionniers...

– Ce sont des constructeurs, tous maçons, c'est bien connu. Mais quand même ! quand même ! mon cher. Le barrage de Génissiat, il n'est pas français, peut-être ? C'est curieux comme la France sait faire de grandes choses en période de crise !

– Tant pis ! Je me sers de mes doigts... dit Vivy avec un sourire carnivore.

Sa jambe balançait sous la table et parfois Olivier sentait la pointe du soulier qui touchait sa jambe. Elle le regardait rapidement sans sourire ni s'excuser. Bill et l'oncle Henri commentaient les événements politiques parce que cela met du sérieux dans la conversation. Ils avaient des points de vue sur tout et sur tous : Chamberlain tellement anglais, von Ribbentrop ancien représentant en champagne, quand même !, Reynaud à l'école de Mandel, Hitler ce bluffeur, Ciano ce danseur mondain, Goering et ses médailles, Mussolini ce César de carnaval... Et le pacte d'Acier. Et Memel...

– Comme disent les chansonniers, pourvu qu'on ne s'enrhume pas dans le couloir de Dantzig, avec ces courants d'air...

– En tout cas, pour l'instant, en France tout est calme, dit l'oncle Henri. Le franc est stable. Le 1er mai s'est déroulé sans incidents. La production industrielle est en hausse. Le chômage recule...

  – Je ne suis pas si optimiste.
  – Hitler se dégonflera. Et il y a le pacte de non-agression.
  – Un pacte, ça se déchire.

Vivy et la tante Victoria parlaient de la nouvelle mode : on resserrait la taille, on raccourcissait les jupes, jamais les bibis n'avaient été si drôles. On apprenait que Mme Raymond Patenôtre s'habillait chez Coco, Mme Hervé Alphand chez Maggy Rouff et la comtesse de Contades chez Molyneux, mais Schiaparelli, ah ! Schiaparelli...

  – Bill préfère le smoking croisé au smoking droit.

Olivier, bien qu'il parût loin de tout, n'en perdait pas une miette. « Comme c'est important ! » pensait-il ironiquement. La veille, en compagnie de Samuel, il avait vu le film *Toute la ville danse*. A l'entracte, l'étudiant avait glissé dans l'oreille de son ami une information offerte comme un cadeau : « Un savant nommé Pincus a réalisé la parthénogenèse artificielle du lapin ! »

Le pied de Vivy faisait tap tap contre la jambe d'Olivier, mais le contact était plus doux : elle avait retiré sa chaussure. Était-ce le Beaune qui mettait le feu aux joues ? Il sentit une caresse qui montait le long de sa jambe. Vivy devait croire qu'il s'agissait du bois de la chaise. Il ne pouvait reculer davantage.

  – J'ai acheté *L'Espoir* d'André Malraux, dit Bill, mais je n'ai pas le temps de le lire.

  – Je n'ai plus le temps de rien, affirma la tante Victoria. Nous croulons sous les commandes...

  – Tant mieux, tant mieux. Ne nous plaignons pas que la mariée soit trop belle !

Encore une phrase qu'Olivier attendait. Il observa que les adultes manifestaient pour tout un faux enthousiasme destiné à masquer une indifférence totale, comme s'ils s'obligeaient à la gaieté, se rassuraient avec des phrases toutes faites, comme si un trou dans la conversation eût libéré des monstres d'effroi. Avec Samuel, Olivier pouvait rester silencieux et chacun aimait le silence de l'autre.

Quand les bonnes faisaient leur office, la conversation s'arrêtait, comme pour leur cacher des secrets. Alors, pour Olivier, c'étaient les assiettes et les couverts qui chantaient. Marguerite, pour servir le vin, plaçait sa main gauche derrière son dos comme si ça la grattait. Les bonnes sorties, après un bref regard vers la porte refermée, on se raccrochait vite à quelque chose, le théâtre qu'on trouvait noble, le cinéma bien populaire mais si excitant, les voyages, les mariages de Gloria Swanson, les épouses successives de Sacha Guitry, la fortune de Barbara Hutton ou les mondanités d'Edda Mussolini. Olivier se taisait, écoutait, manifestait parfois une fausse attention qui cachait une attention réelle maintenue secrète. S'ils parlaient d'une représentation théâtrale, c'était toujours « assez bien » ou « pas mal » et les deux expressions se rejoignaient dans un bain tiède. La qualité de la mise en scène, du texte, le jeu des acteurs perdaient toute espèce d'importance. Seul importait le fait de sortir, de se montrer. Olivier imaginait les Inguibert en bas, à l'orchestre, se glissant parmi les autres spectateurs qui se levaient, recevaient l'effluve d'un parfum, chacun prenant l'air important qu'ont les gens dès qu'ils sont au spectacle ou entrent dans un restaurant. Il dirait à Samuel : « Si tu les avais entendus parler d'Anouilh, ils n'ont rien compris ! »

Inguibert imita Sacha Guitry en faisant « Mmmm... » avant chaque phrase et en répétant « Moi » et « Moa », ce qui amena à parler de Geneviève de Séreville, la énième épouse, et de citer un mot de Sacha. Comme on parlait de lui pour l'Académie Goncourt, il disait : « Les Neuf multipliés par moi, ça fait combien ? » Et l'on passa au divorce de Victor Francen et de Mary Marquet, on s'attrista sur le sort de Fred Snite, l'homme au poumon d'acier qu'on conduisait à Lourdes, sur le malheureux Nijinsky dans son asile d'aliénés : Serge Lifar avait dansé devant lui et, le temps d'un éclair, le dément avait mimé un envol.

— Oh ! je me suis tachée, dit Vivy en reposant son verre.

— Vite, du sel, ou du vin blanc...

— Non, un peu d'eau. Où est la salle de bains déjà ?

— Olivier, accompagne Mme Inguibert.

Il passa le premier « pour montrer le chemin », alluma au passage toutes les lumières, et même, dans la salle de bains, celle du miroir grossissant devant lequel l'oncle se rasait au coupe-chou, ouvrit le robinet d'eau chaude, tendit une serviette.

— Reste, Olivier, tu ne me gênes pas.

Elle passa un coin de serviette mouillée sur la tache, regarda Olivier dans la glace, se retourna et mit ses bras parfumés autour du cou du jeune homme stupéfait. Le visage aux lignes pures s'inclina et il sentit sur sa bouche des lèvres chaudes. Il ferma les yeux, desserra les dents et elle l'embrassa longuement. C'était son premier baiser et il le reçut maladroitement, comme une jeune vierge.

Quand elle se sépara de lui, lentement, en faisant glisser ses mains le long des joues, la tête d'Olivier tournait. Elle lui essuya la bouche avec la serviette humide, lui caressa l'oreille et la nuque, glissa jusqu'au menton, et, un doigt sur la bouche, fit « Chut ! » pour préserver le secret. Puis, d'une voix chantante :

— Tu es adorable, tu embrasses comme un petit chat.

Elle alla chercher son sac dans l'entrée et se remit du rouge sur la lèvre supérieure avec un petit pinceau, puis pressa sur la lèvre inférieure pour l'imprimer plus légèrement. Elle dit :

— Tu vas y penser quand tu seras seul...

Elle revint la première dans la salle à manger. Olivier s'attarda en écoutant les battements de son cœur. En s'asseyant, il dit : « Je rangeais... » Il but pour donner une raison à la chaleur de son visage. Déjà la conversation reprenait et il était question de la Diète de Bratislava avec le jeu de mots attendu du mot « diète » : en tout cas, chez les Desrousseaux, on n'y était pas soumis :

– Ce brie est d'un onctueux !

– Nous le prenons directement aux Halles...

Olivier sentit que Bill l'observait, avec dans l'œil bleu une lueur indéfinissable, un mélange d'indulgence, de gravité et de tristesse, mais ce devait être une illusion. Il pensa à Samuel, puis à Ji, à Junie Astor dont le visage s'effaçait derrière celui de Vivy. Le pied de la jeune femme ne tapait plus contre sa jambe et elle ne le regardait plus. Lui aussi regardait ailleurs, vers les mains de l'oncle Henri, vers les cristaux du lustre, vers cette charlotte aux pommes où coulait la sauce anglaise.

Ce soir-là, il veilla longtemps sans lire. La nuit, il rêva que Vivy l'embrassait encore.

**
*

A l'imprimerie, comme chaque année, on fêta la Saint-Jean-Porte-Latine, le patron de la profession, et les employés de la papeterie furent invités. Le marbre fut débarrassé des compositions et des galées et garni de papier blanc. Il y avait des bouteilles de Vouvray mousseux, des casse-croûte et des tartelettes aux prunes. L'oncle Henri et la tante Victoria vinrent pour trinquer et il y eut un *speech* du patron, à la fois amical et démagogue comme le signala par la suite le grand David dont on disait qu'il avait mauvais esprit. L'oncle Henri tint ce discours :

– Je sais bien que pour beaucoup de choses, nous ne partageons pas le même avis, n'est-ce pas, Jean et David ? (c'était une allusion aux idées de gauche) et je sais que vous ne voyez pas les réalités de la même manière, vous les jeunes et nous les anciens (petit regard vers les apprentis et clin d'œil à l'intention de Jacquet et d'Hullain), moi le patron et vous les employés. Je suis le singe, je le sais, mais si je gagne du pognon, il est clair que vous en gagnerez aussi. J'ai moi aussi mes soucis de fin de mois et d'échéance, mais les salaires ont monté et je suis sûr que vous vivez mieux qu'il y a quelques mois où, le cœur brisé, je devais mettre à pied. Oui, David, le cœur brisé, je dis bien : le cœur brisé ! Bref, je lève mon verre à la santé de tous, de vos familles, et aussi à celle qui m'est chère entre toutes, la mienne !

Les verres furent haut levés et Olivier trinqua avec tous, même avec le brocheur Félix qui se tenait à l'écart. Durant un instant, il ressentit une émotion qui ne le quitterait jamais chaque fois qu'un groupe humain fraterniserait. Après cette pause, ceux de la papeterie s'en allèrent, les machines furent remises en marche, mais on laissa le marbre en l'état et, jusqu'au soir, il attira comme un aimant. Par petits groupes, les ouvriers y revenaient, reprenaient leur verre, disaient des blagues, racontaient des histoires drôles, se mettaient en boîte en se tapant sur l'épaule :

– Sacré Jean, ah ! tu l'es heureux !

C'était une allusion à l'« imbécile heureux » et Jean ripostait en faisant référence à quelque particularité physique ou à quelque origine provinciale, imitant le chtimi ou l'accent alsacien.

– Ce soir, on va faire une de ces virées, dit le beau Gil, pas vrai Lulu ?

– Vous allez encore en faire de belles ! dit Nestor le bossu.

– On n'a pas tous les jours vingt ans... On t'emmène, l'Olive ? Tu verras : on va dans un endroit chouette !

– Non merci, je ne peux pas, je regrette mais j'ai un rencart.

Depuis le temps qu'ils en parlaient de l'« endroit chouette ». Ce devait être Robinson sous le grand arbre ou quelque bal de banlieue où se nouent des amourettes. S'ils savaient qu'une aussi belle femme que Vivy l'avait embrassé ! Et ces deux-là qui n'avaient pas cessé de couver de leurs regards la cousine Ji qui prenait des airs de princesse chez les pauvres ! Elle devait se préparer à rejoindre ce type à la gare de l'Est. Olivier eut un sourire de commisération.

*
**

Après le dîner, Samuel vint chercher Olivier et on lui offrit le café. Ils avaient hâte d'être seuls et Olivier chuchota : « On met les bouts de bois... » Ils descendirent jusqu'à la gare de l'Est. Ils n'avaient pas prévu de se rendre dans un endroit en particulier et décidèrent simplement de se balader. Cette soirée de fin mai était douce et chaude et ils avaient écarté leur col de chemise sur le veston. Ils adoraient marcher au hasard des rues sans but précis.

Samuel aimait les espaces de verdure, le bois de Boulogne qu'ils appelaient le bois de B. ou celui de Vincennes non loin du Musée colonial et du Zoo, les parcs Monceau et Montsouris, les Buttes-Chaumont. Une affection les unissait : celle du robinier-faux acacia de Saint Julien-le-Pauvre, et ils appréciaient aussi la fontaine Médicis au Luxembourg. Olivier gardait une préférence pour la Seine des bouquinistes, le canal avec ses chalands et ses pêcheurs, les hauteurs de Montmartre ou de Belleville-Ménilmontant, les quartiers pauvres qui ressemblaient à des villages, les Puces de Saint-Ouen, le quartier du Croissant, la place du Combat, la galerie de la Madeleine et les passages couverts nommés Choiseul, Panoramas ou Vivienne.

Il avait fait découvrir à Samuel le haut de la rue Labat et les versants montmartrois, et celui-ci l'avait conduit rue des Rosiers, là où son grand-père, au début du siècle, tenait commerce de bijouterie. Le quartier juif de Paris ouvrait à une sorte d'exotisme qui entraînait loin de la capitale, mais Olivier reconnut des odeurs familières qui lui rappelaient la rue Bachelet, relents fétides des eaux de vaisselle jetées à la volée dans le caniveau, de tabac mouillé, de bière éventée, de lait caillé, l'huile rance, de poisson, de safran, de poivre. Ils avaient marché le long des façades crevassées, sordides, des gargotes mal éclairées, des couloirs ténébreux aux murs suintants, des salons de coiffure sentant la brillantine, des boucheries ornées de têtes de bœuf en bronze, des boulangeries aux vitrines couvertes de petites annonces, des tailleurs à façon, des brocantes, des marchands de casquettes. Ils avaient bu de la bière dans une buvette parmi les beignets graisseux, le butterkirch, les bols de borsch rougeâtre, les pains nattés saupoudrés de pavot ou de cumin, les poissons fumés et les concombres à la crème. Des clients parlaient yiddish. Dehors, deux rabbins barbus, chapeautés de noir luisant, leurs cheveux pendants s'agitant en papillotes sur leur lévite sombre, se pressaient vers une pathétique synagogue. On voyait beaucoup d'hommes en casquette, des femmes en fourrure triste, des jeunes filles brunes aux écharpes blanches. Dans la ruelle, des enfants en tiraient d'autres sur un chariot. Ils parlaient français, s'interpellaient en argot. Aux fenêtres, les mères houspillaient leur marmaille.

– Vois-tu Olivier, dit Samuel, tous les juifs ne sont pas riches comme Rothschild.

Pourquoi dans ce décor qui lui était étranger, Olivier se sentait-il aussi à son aise ? L'enfant des rues qui subsistait au plus profond de lui-même, dans un protocole intérieur, reconnaissait un univers guenilleux et sonore, avec quelque chose de rageur et de fataliste, de fier et de libre.

– Hanélé, viens manger ta soupe !... Jacob, laisse Sarah tranquille !

Samuel avait parlé de Zohar et de Talmud, de la Thora, de Freud et de Marx, de pogroms et de migrations. Olivier s'était senti un peu jaloux de ne pas partager cela que Samuel portait en lui et, par réciprocité, il avait évoqué la vie de son village aux confins de l'Auvergne. Ils étaient revenus vers la République par le quartier du Temple.

Ce soir de mai, ils traversèrent le Sébasto, la place du Châtelet, la Seine, et remontèrent ce bon vieux Boul' Mich' où les terrasses se remplissaient. Ils restaient silencieux, contemplatifs, puis, d'un coup, les paroles se pressaient. Ils témoignaient d'exigences réciproques, d'attention constante :

chaque jour devait apporter sa découverte. Tout était pensé, médité, passé au crible, pesé, critiqué. Parfois, ils affirmaient, devenaient péremptoires tels de jeunes juges, révoltés comme des anarchistes ou emplis d'enthousiasme. Ils aimaient ou détestaient avec la même passion, ignorant la tiédeur, le juste milieu, repoussant les nuances ou bien les poussant jusqu'au byzantinisme, et pourtant ils restaient tendres, tout le contraire de ces jeunes Allemands à qui l'on avait prêché : *Jugend, werde hart !* Jeunesse sois dure !

Olivier avait prêté à Samuel *La Fable du monde* de Jules Supervielle et son ami lui avait fait découvrir *Plume* de Henri Michaux. Ce *Plume* dont ils apprenaient par cœur les courtes odyssées donna naissance à une épithète : pour eux, on était « plume » ou on ne l'était pas, ce qui devenait opprobre. Ainsi Louis Jouvet, Charles Dullin, Jean-Louis Barrault étaient « plumes » tandis que Henri Garat ou Victor Francen ne l'étaient pas. Admirer Katharine Hepburn, Joan Crawford, Madeleine Ozeray, toutes « plumes » faisait qu'on repoussait Viviane Romance (trop pute) ou Gaby Morlay (la chialeuse) avec des décisions sans appel, souvent injustes, et tous, écrivains, peintres, chanteurs, passaient sous les mêmes fourches.

Samuel était le seul être à qui Olivier eût pu confier ses émois, il lui aurait bien parlé du baiser de Vivy, mais il craignait son silence. Alors, il valait mieux commenter une fois de plus *La Règle du Jeu* de Renoir et se demander si Greta Garbo ne s'était pas trahie en se mettant à rire dans *Ninotchka*. Ils utilisaient des néologismes de leur cru comme « Je pourpense assidûment » ou « J'intellige à fond » et encore « Chaillotisons gaiement ! » allusion aux sentences de Valéry sur le fronton du Palais de Chaillot. Au hasard des jours et des lectures naquirent des adjectifs comme « agrippa-d'aubignesque », « pompadourisatif », mais « plume » les effaçait tous.

— Regarde, dit Samuel, regarde tous ces passants. A quoi crois-tu qu'ils pensent ? C'est angoissant...

– Oui, c'est angoissant.

– Et dire qu'aucun d'eux ne sait ce que je sais. L'information la plus importante du siècle.

– C'est quoi ?

Et Samuel se taisait abruptement, attendait que la question fût reposée, comme un étudiant gagnant du temps devant l'examinateur. Finalement, il se décidait :

– Une revue anglaise, *Nature,* dans sa dernière livraison, je le sais par mon prof, contient, écoute bien, le résumé des travaux des Joliot-Curie, von Halban et Kowarski sur la réaction en chaîne. S'ils aboutissent...

– Eh bien ?

– Eh bien, avec un grain de poussière, on obtiendra l'énergie nécessaire pour faire fonctionner le métro pendant des semaines.

Là, Olivier ne suivait plus, se contentait de marquer un intérêt poli, secouait la tête sur un vague acquiescement pour faire plaisir à son ami. Lorsque Samuel enfourchait son dada scientifique, rien ne pouvait l'arrêter :

– Et, dans un autre domaine, sais-tu que Bechman a réalisé la synthèse de l'hormone femelle, que l'on pourrait faire d'un homme une femme...

– Non, merci.

Comment après cela lui parler des lèvres de Vivy, de la secrétaire des Téléphones Picart-Lebas qui lui avait proposé d'aller avec elle au cinéma ou de Louise qui se tortillait de plus en plus ? Parce qu'il l'avait tant de fois répétée, l'antienne des « Je l'aime, je l'aime... » revenait et le laissait tout interdit parce qu'il ne savait plus très bien à qui elle s'adressait. Sans doute à une entité réunissant toutes celles qui le faisaient rêver. Seule Vivy avait une présence charnelle. Réfugié dans sa chambre il fermait les yeux, inclinait la tête, sentait la douceur des bras contre son cou, le corps qui se moulait au sien et ce baiser si chaud, si passionné, si... et le souvenir le figeait dans une attitude de vierge martyre attendant le sacrifice. Il entendait :

« Tu embrasses comme un petit chat... »

Vivy ignorait que c'était son premier baiser, qu'il l'avait reçu plus que donné, alors que pour elle, quoi ? Sans doute un caprice, une manière d'échapper à l'ennui. Elle se moquait bien de lui : pas un mot ensuite et un « Bonne nuit » incolore. Elle aurait dû lui téléphoner, lui écrire. Il n'imaginait pas un seul instant que lui-même eût pu le faire. Parce qu'elle était une femme, la Femme, Olivier en proie aux tabous et à ses propres indécisions gardait une attitude d'attente quasi féminine. Ce mystère qu'il attribuait à Vivy, à Ji, à Junie Astor, comme à quelques fillettes entrevues, il ne se doutait pas qu'il pouvait lui-même le détenir et paraître aussi incompréhensible aux belles aimées qu'elles l'étaient à ses yeux.

La nuit tombée, les grands cafés de Montparnasse devenaient des vaisseaux lumineux amarrés dans une rade d'ombre, attirant les passants et les insectes nocturnes. Samuel et Olivier déambulèrent devant ces îles sonores aux noms évoquant des formes arrondies et protectrices : Le Dôme, La Coupole, La Rotonde. Ils observaient les groupes autour des guéridons chargés de verres, de seaux à glace et de siphons bleus. Olivier voyait chaque être comme le héros d'un destin exceptionnel. Pour lui, ne se trouvaient là que des intellectuels et des artistes, tous, bien sûr, d'avant-garde et préparant des révolutions. Dans ce cadre cosmopolite, il imaginait que toutes les femmes étaient étrangères, Allemandes, Russes, Américaines, devenues non des Françaises mais des Parisiennes, et toutes exubérantes, excentriques, exaltantes ! Chaque visage féminin, sous les fards, dans la lumière, évoquait une toile peinte, Renoir ou Modigliani, qui répondait par son éclat aux enseignes lumineuses des cafés, des boîtes de nuit et des bars. Toutes étaient actrices, modèles, demi-mondaines, chattes ou biches, innocences voluptueuses, bruneurs et cernes, faisant flotter des désirs épars s'ajoutant à cette symphonie nocturne, multicolore, musique lascive, ballet de gestes. Le noctambulisme, le cosmopolitisme, par les prestiges de la nuit, devenait héraldique, aristocratique, quasi religieux, et Montparnasse, planète en réduction, le microcosme d'un univers magique tel qu'Olivier le rêvait.

— Si nous prenions un verre ? proposa Samuel. Je t'invite...

— Non, attendons encore un peu.

Olivier hésitait à franchir la barrière lumineuse qui les projetterait parmi la foule attablée où ils se fondraient. Il regardait, comme Michel Strogoff avant le fer rouge, de tous ses yeux. Les cars de Paris-la-nuit descendaient de Montmartre pour vider leur cargaison et les marchands de photographies spéciales se précipitaient. Des taxis arrivaient en cornant sans raison, déchargeaient leurs clients, relevaient par la portière le petit drapeau du compteur d'un coup d'index et repartaient en maraude. Des jeunes femmes en béret ou les cheveux emprisonnés dans une résille portaient des cartons à dessin. Une fleuriste allait de table en table et les dames faisaient non de la main. Un garçon montrait un manuscrit à un autre. Une Diane noire fit onduler son corps parmi les chaises paillées. Un illuminé tendait un crucifix en affirmant d'une voix sépulcrale : « Vous allez tous mourir ! » dans l'indifférence générale. Les garçons à long tablier blanc chassaient les mendiants des terrasses, mais ils revenaient pour tendre leur casquette en disant : « Mon prince ! » ou « Cher maître ! »

Comment choisir ? Partout, ils lisaient des enseignes : Le Stryx, le Jockey, le Bateau ivre... Ils optèrent pour La Coupole, à l'intérieur, côté bar, et y pénétrèrent timidement, se demandant s'il ne fallait pas porter une cravate. Ils trouvèrent une table libre près de deux dames au visage olympien qui ressemblaient à des allégories pour billets de banque et se tenaient la main. Une dame d'âge, trop maquillée, jouait avec les perles d'un long collier et éclatait d'un rire à quatre temps à chaque propos de jeunes compagnons. Derrière le comptoir, un barman agitait un shaker d'argent et les jeunes gens trouvaient cela très chic. Samuel décida qu'on prendrait des cocktails.

- Ces messieurs ?
- Heu... un manhattan, commanda Olivier.
- J'hésite entre un rose et un side-car. Un rose !

A leur droite, de chaque côté d'une table un homme et une femme penchés faisaient de leurs mains unies un double pont et parlaient à voix basse. Samuel et Olivier, après avoir regardé les consommateurs, échangeaient des signes imperceptibles d'assentiment ou de refus : tout le monde ne peut-être « plume ». Chacun goûta le cocktail de l'autre avec considération. Olivier pensa que Samuel ressemblait à l'acteur Robert Lynen. Ils parlèrent d'un film vu le samedi précédent, *Anges aux figures sales,* avec James Cagney, cela parce que le voisin de droite avait un visage de boxeur, mais voilà qu'il quittait les mains de sa compagne, une jeune femme au nez de pékinois et aux cheveux mordorés, que les regards se chargeaient de haine, que l'homme donnait, comme pour jouer, de petites tapes sèches du bout des doigts sur la joue poudrée, que le mouvement s'accélérait sans que la femme songeât à se protéger, que cela devenait brutalité, qu'elle était au bord des larmes. Olivier détestait la violence, il s'en voulait encore d'avoir rudoyé Félix le Chat. Regardant Samuel aussi scandalisé que lui, chevaleresque il se tourna vers l'homme :

- Monsieur, je vous prie de cesser... Oui, vous, je vous dis de cesser ces gestes inesthétiques.

Le mot « inesthétiques » était venu tout seul, sans être pensé, et l'homme fit : « Non, mais je rêve, non mais sans blague, c'est ce petit merdeux qui va me... » et la femme giflée : « Occupez-vous de vos oignons ! » Heureusement, le garçon de salle s'interposa en disant : « Ce n'est pas le genre de la maison. Si vous voulez faire vos scènes, allez en face, ou à Montmartre ! » La femme au petit nez sortit un poudrier laqué et son compagnon haussa les épaules et commanda un kummel.

Plus tard, deux hommes et deux femmes entrèrent et furent jugés « plumes ». Ils se placèrent au fond de la salle dans un angle, après en avoir délibéré en riant commandèrent une bouteille de champagne et, après avoir bu, se confièrent qu'ils n'aimaient pas ça. Très « plume » ! Samuel regarda le jeune homme à lunettes rondes et confia à Olivier : « Je crois que je le reconnais, c'est le philosophe Jean-Paul Sartre ! » et Olivier : « Celui de *La Nausée* ? » Dès lors, ils ne regardèrent plus que du côté de cette table où l'on devait échanger des propos étonnants. Cela les amena à parler de littérature. Samuel avait moins lu qu'Olivier, mais sans doute mieux lu et tout ce qu'il disait amenait à se poser des questions sur les causes et les buts de l'écriture. Olivier se demandait pourquoi il aimait tant lire et coucher des poèmes sur le papier sans trouver une réponse satisfaisante. Et Samuel disait : « Rien ne peut être gratuit ! » Olivier regarda le bout de ses doigts tachés d'encre bleue.

— On resterait bien toute la nuit...

— Chiche !

— Demain matin, j'ai un cours.

Son ultime regard vers la table de M. Sartre. Des « bonsoirs » que nul n'entendit. Olivier dit à Samuel qu'il l'accompagnerait rue Cujas. Il rentrerait ensuite à pied en traversant les Halles.

***

L'imprimerie connut des jours dorés, et ce n'est pas une image. Il s'agissait d'un travail très spécial, une impression publicitaire de luxe pour une marque d'automobiles. Jean imprimait lentement avec une encre jaune très grasse et il fallait répandre de la poudre de bronze sur les feuillets encore frais. Cette poudre était si légère, si volatile, que le métal des machines, les mains, les visages prenaient des teintes d'or tandis que les imprimés séchaient sur des claies. Tout l'atelier y travaillait, même les typos, le brocheur et le massicotier, mais tous protestaient, car cette poudre pénétrait dans la bouche et dans les narines : « Nous allons être empoisonnés ! » Cependant, entre deux grognes, ils plaisantaient et se traitaient de

« Gueule en or » par allusion à un film portant ce titre, avec Lucien Baroux.

– Il faut boire du lait, beaucoup de lait, comme contrepoison, dit Hullain dont la moustache s'ornait de paillettes dorées.

Olivier fut chargé de trouver des bidons et de faire couler le bon lait crémeux dans des verres où les lèvres s'imprimaient en or. Hullain parla des « coliques de plomb », maladie bien connue des typographes. La consolation était de voir ces limousines tout en bronze doré sur les prospectus où l'on intercalait un papier de soie.

Le soir, il y eut bousculade devant la pierre à évier qui tenait lieu de lavabo. On avait beau se laver au savon noir, frotter à la pierre ponce, le bronze résistait, colorait les cheveux. « De quoi on a l'air ! » Le grand David eut une courte altercation avec l'oncle Henri, mais Jean le calma, lui fit observer les difficultés d'embauche. Le supplice de l'or dura toute une semaine et l'oncle promit de ne plus accepter de tels travaux. Pourtant, chacun emporta quelques imprimés pour les montrer avec fierté à son entourage.

Aux papeteries, Olivier fut chargé de constituer un nouvel album d'échantillons. Il pliait les grandes feuilles et collait au coin une étiquette tapée à la machine par Ji, ce qui l'amenait à pénétrer souvent dans le bureau. Un matin, il était venu avec un bouquet d'iris blancs destiné à sa cousine.

– Oh ! c'est si gentil. Tu te civilises. Je t'embrasse...

– Tu n'es pas obligée.

Cela ne l'empêcha pas de serrer Ji contre lui plus longtemps qu'il ne le fallait et de chercher des lèvres qui se refusaient. Il fit un gros mensonge :

– Je les ai volés pour toi !

La fin du mois de juin 1939 fut très belle. Personne ne croyait plus à la guerre et l'on oubliait la politique. Paris fêtait le cinquantenaire de la tour Eiffel d'où le neveu du président Benès, un attaché tchèque, s'était jeté. M. Albert Lebrun affirma que la France était unie et sereine. On parlait du bal historique à l'ambassade polonaise, du duc et de la duchesse de Windsor présents à toutes les fêtes, de l'entrée de Charles Maurras et d'André Maurois à l'Académie française.

Lucien annonça aux apprentis que l'année prochaine il courrait sans doute au Vél' d'Hiv'. Avec le beau Gil et Olivier, il fêta cette espérance dans une brasserie de la gare de l'Est devant une choucroute géante. Ce fut ce jour-là qu'Olivier connut une aventure dans des circonstances autres que celles qu'il eût souhaitées. Après le verre de kirsch, le beau Gil annonça :

– Olivier, on t'emmène dans l'endroit chouette.

Ils parcoururent le boulevard de Strasbourg un peu éméchés parce que le kirsch avait été servi dans des verres à dégustation. Ils admiraient les belles passantes. Gil et Lucien entouraient Olivier comme des gardes du corps et échangeaient des regards de connivence. Le temps était à l'orage et le ciel noir pesait sur les corps. Ils portaient tous les trois leur veste sur l'épaule gauche.

Olivier pensait à son cousin Marceau : après une aussi longue absence, les rechutes successives de la maladie, il allait rentrer en juillet et passerait le mois d'août en Haute-Loire. Olivier imaginait cette atmosphère fiévreuse qui envahissait l'appartement dès que l'aîné était là. Il se demandait aussi quelle serait la nature de leurs relations, il éprouvait une crainte, une appréhension comme si on allait lui dérober quelque secret, une part intime de son existence, mais le plaisir des retrouvailles restait le plus fort.

Au coin de la rue du Château-d'Eau, Olivier regarda en direction de la mairie du Xe arrondissement où se situait la bibliothèque municipale. Il rendrait les deux Flaubert avec retard et la bibliothécaire lui en ferait l'observation. Les trois complices restèrent au bord du trottoir en attendant que le sergent de ville arrêtât la circulation. Passa un gros autobus vert qui filait vers le Châtelet. Dans les deux sens, la circulation était dense : auprès des nouvelles Citroën, des Renault, des Peugeot, on voyait de vieilles marques qui tenaient longtemps et nommer une Delage, une Mathis, une Rosengart devenait un jeu. Ils traversèrent le boulevard et prirent la rue du Château-d'Eau en direction du faubourg Saint-Denis.

A mi-chemin, Gil et Lucien s'arrêtèrent devant une porte d'immeuble, enfilèrent leur veste et conseillèrent à Olivier de les imiter. A l'entrée, sur une plaque de marmorite, on lisait en lettres d'argent : *M^{me}Gaby, bains et massages.*

— Allons, suis-nous, c'est à l'étage. Monte, bille de clown !

— Où ça ? demanda Olivier. On ne va pas prendre un bain à cette heure-ci...

Cela les fit rire. Ils se placèrent derrière lui et le poussèrent. Olivier, croyant à quelque farce, prenait un air bon enfant. Lucien tira sur le cordon de sonnette à gland et une soubrette ouvrit une porte munie d'un judas et matelassée à l'intérieur. On entendait de la musique. La jupe de la soubrette était très courte et son visage portait le plâtras d'un maquillage jaune.

— Je n'entrerai pas, dit Olivier qui venait de comprendre en quel lieu ses amis l'entraînaient. Salut, les gars. A lundi !

— Quel salaud, ce môme ! jeta le beau Gil. C'est qu'il partirait, vous savez !

Gil le tirait et Lucien le poussait. Alors il en prit son parti et essaya de ne pas avoir l'air trop benêt. Ses compagnons ricanant, lui tout rouge, ils pénétrèrent dans une pièce mauve et rose où trônait un bar en acajou placé en biais dans un coin. Sur la gauche, derrière une caisse très haute, se tenait une dame épaisse, aux fards violents, coiffée comme un caniche avec des cheveux teints en rouge qui laissaient apparaître des racines blanches. Ils s'assirent tous les trois sur un canapé recouvert de peluche d'un rose passé et la caissière que Lucien appela du terme curieux pour Olivier de sous-maîtresse, leur dit qu'ils étaient les premiers, d'attendre un peu, phrase qu'elle répéta à l'intention d'un monsieur au crâne chauve couronné de cheveux jaunes qu'Olivier regarda avec étonnement. Il le connaissait : c'était un commerçant de la rue Philippe-de-Girard client de l'imprimerie. Comme il ponctuait toutes ses phrases par une interrogation : « Okay ? » l'oncle Henri l'appelait M. Okay. Il portait un costume en pied-de-poule, des guêtres, et sa cravate grise piquée d'une perle lui donnait un aspect cérémonieux. Et voilà qu'il regardait Olivier avec surprise, lui aussi souriait, ajoutait un signe de tête qui devait vouloir dire « Okay ? » et s'asseyait sur un pouf en croisant ses mains sur son ventre. Olivier tenta de cacher sa gêne derrière une indifférence feinte.

– Ça va, p'tite tête ? demanda Lucien. On est bien ici. C'est mieux qu'un bistrot, non ?

– Tu peux dire que nous sommes de bons copains, ajouta le beau Gil qui ne cessait de redresser sa cravate.

Peu à peu, Olivier se rassura. Sans conviction, la serveuse proposa du champagne, mais, bien vite, Gil demanda des menthes à l'eau. En regardant les rideaux mauves et les fauteuils avachis recouverts de ce tissu d'un rose écœurant et usé, la moquette d'un autre ton de rose, une vague décoration murale rappelant la mer, avec des filets où s'accrochaient des carcasses d'araignées de mer et de crabes, Olivier pensait : « Quel mauvais goût ! » Il chuchota à l'intention de ses compagnons que c'était « tarte », croisa les jambes et prit avec philosophie le parti de siroter sa boisson pâle.

– Ces dames... dit la caissière.

D'autres clients étaient entrés et le défilé carnavalesque se répartit parmi les tables. « Comme dans *La Maison Tellier !* » se dit Olivier. Il y avait même une négresse qui s'assit en face de M. Okay. Olivier chercha secours dans ses lectures : après Maupassant, Georges Duhamel qui lui fit penser qu'il était un « spectateur pur ». Il dut quitter le canapé pour que deux femmes s'assoient ou plutôt s'insèrent dans un mince espace entre Gil et Lucien. Il s'enfonça alors dans l'unique fauteuil de cuir, pensant qu'on l'oublierait. Les « amies » de ses compagnons portaient des robes transparentes et l'on voyait les aréoles de leurs seins, l'une portait des chaussures à lanières argentées, l'autre des chaussons à pompons rouges. Leur coiffure, leur maquillage, leurs attitudes, tout paraissait presque trop vrai, et Olivier reconnaissait des images de films, des descriptions lues chez Maupassant et dans d'autres romans dont il avait oublié les titres. Elles réclamèrent à boire et il y eut une discussion sordide à propos du prix des consommations. Finalement, on servit aux dames des coupes de mousseux.

La voisine de Lucien, solide matrone dont le rouge à lèvres débordait en forme de cœur sous son nez, exhibait de grosses cuisses lisses et Olivier était fasciné par ses énormes genoux ronds. Gil expliqua à la sienne, une assez jolie blond platine, qu'il était venu pour accompagner ses amis et qu'il ne payait pas « pour ça », avec un sourire niais de séducteur. La promise de Lucien se leva, tenant son compagnon par la main comme un enfant qu'on emmène à l'école. La blond platine invita Olivier à venir sur le canapé en tapotant sur le siège comme pour appeler un chat. Olivier, les yeux baissés, changea de place en murmurant un « je reste là aussi » qui ne fut pas entendu.

Et voilà qu'une brunette coiffée à la Jeanne d'Arc quittait un client réticent, se glissait près d'Olivier pour chuchoter d'une voix qui semblait répandre son parfum de chypre : « C'est toi que je préfère ! » Il esquissa un sourire, se tint très droit et fut choqué parce qu'elle buvait dans son verre. Il vit que M. Okay avait changé de siège et qu'une demoiselle au visage osseux se serrait contre lui. Tant bien que mal, le beau Gil avait trouvé un sujet de conversation : comme lui, la blond platine était originaire du Sud-Ouest et ils parlaient de cassoulet, de garbure et d'autres plats. Olivier était en proie à des sentiments mêlés qui le rejoignaient en vagues absurdes et contradictoires et se situaient entre la confusion et la honte, la timidité et le désir de se montrer supérieur à sa gêne. Il hésitait entre une froideur méprisante et un laisser-aller paresseux. Il regarda en direction de la porte, imagina qu'il la rejoignait en quelques bonds et s'échappait, mais se sentit cloué à son siège, serré entre Gil et cette brunette qui le regardait de ses yeux couleur de mare au soleil. Elle lui tendit le verre qu'elle avait fait emplir et il dit poliment : « Merci, mademoiselle ! »

— C'est gentil de m'appeler mademoiselle, dit-elle en lui caressant les cheveux et en suivant sa tête dans son recul, mais tu peux m'appeler Suzy.

— Laissez-moi.

Il éloignait tellement sa tête qu'elle touchait celle de Gil, mais il dit aussitôt : « Excusez-moi ! » et elle : « Je ne vais pas te manger, tu sais ! » Guère plus âgée que lui, elle le regardait avec une amitié amusée et ses gestes avaient de la délicatesse. Comme elle portait un peignoir à ramages chinois et qu'elle était moins déshabillée que les autres, il pensa qu'elle n'était peut-être pas une prostituée. Sa voix musicale avait un accent indéfinissable et elle lui apprit que son père était russe et sa mère originaire de Vals-les-Bains. Elle habitait Paris depuis trois mois et voulait devenir danseuse. Il l'imagina en tutu dansant *Le Lac des cygnes*. Il l'appela encore « mademoiselle » et elle lui répéta qu'elle s'appelait Suzy, ce qui lui fit penser à la sœur de *Bicot, président de club,* mais la sœur de Bicot était blonde. Elle avait préparé son bac et son passage chez Mme Gaby serait de courte durée : « Je ne suis pas comme les autres... » Il la trouva sympathique et il chercha à lui donner des conseils sur la conduite de sa vie qui la firent rire et dire : « Tu sais, vous dites tous la même chose ! » Puis :

— Tu viens parfois ici ? Je ne t'ai jamais vu.

— Non, c'est la première fois !

Quelle force dans cette négation ! « La première fois, oui, et la dernière... » Elle s'en doutait bien : lui non plus n'était pas comme les autres. Pourquoi la grosse dame de la caisse lui adressait-elle un regard impatienté, lui désignait d'autres tables, disait : « Alors, Yvonne ? » bien qu'elle se prénommât Suzy, puis, se reprenant : « Suzy, tu es là pour parler ? » Elle se leva, prit Olivier par la main, l'obligea par petites secousses à se lever : « Mais, viens donc ! » Parce que M. Okay le regardait, parce qu'il croyait que tous le regardaient, il suivit Suzy qui lui disait absurdement : « Tu sais, je suis de Châtellerault... » Que faire pour échapper à tous ces regards ? Il tremblait et Suzy l'aidait à sortir de l'argent de son portefeuille, comptait la monnaie, lui disait de garder une pièce pour le service. Il croyait payer les consommations, mais une voix obscure lui murmurait qu'il payait autre chose. Dans l'escalier, il voulut partir, mais elle le retint, le gronda comme une sœur aînée, se plaignit : « Tu ne me trouves pas jolie ? » et « Tu sais, je pourrais te laisser partir, pour moi c'est la même chose ! » Il répondit : « Oh si... » puis il se résigna à gravir les marches derrière elle. Dans la chambre il lui avoua que c'était la première fois. Elle dit : « Je serai gentille, tu verras ! » et elle ajouta : « Tu pourras m'embrasser... »

Olivier, un peu plus tard, descendit l'escalier jusqu'à la rue où il rejoignit à pas pressés le boulevard de Strasbourg. Ainsi, c'était cela, ce n'était que cela. Il s'arrêta devant la vitrine du magasin *A la source des inventions,* regarda les maquettes de planeurs et les trains électriques. Il vit son visage se refléter dans la glace. Il s'éloigna, entra dans le premier café venu, descendit au sous-sol pour se passer de l'eau sur la figure. Quand il ressortit, il se sentit mieux, plus clair, plus lucide, mais des sentiments confus se heurtaient, des sensations rapides où passaient de la fierté, de la honte, pas tout à fait du dégoût. Il ressentait encore l'attraction de ce jeune corps nu tout en en repoussant l'image. A la fois bien et mal dans sa peau, à une sorte de langueur heureuse se mêlait une idée misérable d'échec, d'abandon. Il s'assimila à M. Okay qu'il trouvait laid. Par défense, il tentait d'idéaliser cette Suzy qui s'appelait Yvonne, qu'il ne reverrait jamais, bien qu'en imagination il l'arrachât à des forces maléfiques et la purifiât. De tout cela, il ne parlerait à personne, ferait croire à Gil et à Lucien qu'il était parti sans rien faire, tant pis s'ils se moquaient. Et si Suzy commettait une indiscrétion ? Peut-être, en ce moment même, se gaussaient-ils de lui, tous assis sur le vilain canapé rose. Et si elle se trouvait déjà dans les bras d'un autre, de M. Okay peut-être ? Il eut un frisson de dégoût.

Il pensa à Marceau à qui la même aventure était arrivée ; il s'en était vanté auprès de la tante Victoria qui l'avait emmené aussitôt chez le médecin. Et si... Il revit Ji, Vivy, Junie Astor et balaya leur présence d'un geste, comme s'il leur en voulait de quelque chose. Il aurait voulu être à la piscine des Amiraux comme dans son enfance avec Jean et ses copains, là où il oubliait ses soucis d'écolier. Et Samuel ? Il se sentit tellement inférieur à l'idée que son ami se faisait de lui. Pour trouver l'oubli, la solitude, il entra dans un cinéma sans même consulter l'affichage. « Un endroit chouette... » Il ressentit de la pitié pour Lucien et le beau Gil. On donnait un documentaire sur le ski et les étendues neigeuses l'apaisèrent. Il avait besoin de ne plus penser, d'oublier son corps, de s'enfouir dans une obscurité protectrice.

*
* *

Le retour de Marceau en juillet coïncida avec un séjour à Paris de Julienne, la nièce de l'oncle Henri, et de son mari, un jeune sous-lieutenant de chasseurs à pied. Il n'y eut pas place pour la moindre conversation sérieuse avec Marceau. Le garçon avait bien changé. Maigre, diaphane, il paraissait fragile, immatériel. Il touchait à peine aux aliments, à l'exception de pamplemousses qu'il préparait longuement, minutieusement, séparant les quartiers de chair avec un petit couteau. « Il faut que tu te remplisses ! » disait la tante Victoria en lui caressant la joue, ce qu'il aurait détesté autrefois, mais il ne parlait pas et paraissait envahi d'une lassitude de vieillard, regardant tout ce qui l'entourait avec étonnement comme s'il le voyait pour la première fois.

Seule l'arrivée de Julienne et de son mari apporta de

l'animation. Devenue femme, Julienne avait perdu son allure gauche de collégienne et son air perpétuellement pincé, cette impression qu'elle donnait d'être sur le qui-vive et se protégeant d'une atteinte possible à la dignité de sa précieuse personne. D'une élégance sportive, fraîche et détendue, elle inspirait une sympathie immédiate. Hervé portait l'uniforme de chasseur alpin avec le grand béret. Il se mit bientôt en civil, mais en gardant la chemise kaki. Ils formaient un couple superbe, tous deux étant de haute taille et élancés. Olivier se demandait pourquoi ils se disaient « vous » alors que leurs regards se tutoyaient. Ils répandaient une bonne humeur, une joie de vivre contagieuses qui ravissaient, donnaient envie de les imiter, et même les bonnes étaient plus empressées qu'à l'ordinaire. Il y eut des chahutages, des lits en portefeuille et des bas de pyjama cousus, des éclats de rire derrière les portes, une bataille de polochons, toutes sortes de farces et de courses dans le grand appartement. Aux éclats de rire du couple, de Jami, d'Olivier, répondit bientôt le sourire de Marceau. Chacun essayait le béret, la veste d'uniforme avec ces crochets de métal où se glissait le ceinturon. Tous les jours arrivaient des fleurs, des boîtes de bonbons et de chocolats, de petits cadeaux bien choisis pour chacun.

Tandis qu'Hervé et Marceau disputaient de longues parties d'échecs, Julienne parlait de musique, de littérature et de beaux-arts, jouait du Chopin sur le piano qu'il aurait bien fallu faire accorder. Elle traçait des portraits comiques de la vie de garnison, se moquait des snobs de la cavalerie, alors que dans l'infanterie alpine, tout le monde est tellement mieux. L'après-midi, elle partait seule écouter une conférence du docteur de Pomiane ou de Georges Duhamel, tandis qu'Hervé rejoignait au Cercle militaire, place Saint-Augustin, des camarades de promotion de Saint-Maixent qui valait bien Saint-Cyr. Marceau tenait bien quelques propos antimilitaristes, mais Hervé ne s'en formalisait pas, disait que sans une armée forte les Allemands auraient attaqué depuis belle lurette.

A Paris, le jeune couple s'exaltait, menait une vie active, faisait provision de souvenirs et de sujets de conversation qui égaieraient la vie provinciale, bien qu'à Antibes on ne manquât pas de distractions. Julienne demandait : « Que faut-il voir au théâtre ? » Olivier apportait des réponses, chérissait Dullin, Baty, Jouvet, fustigeait le boulevard, tandis que l'oncle Henri ruminait de vieilles nostalgies, parlait de scènes où tout était mieux au bon vieux temps.

Le 14 juillet fut triomphal et rassurant. Jamais Paris n'avait vu autant d'uniformes divers, mesuré à ce point la toute-puissance de l'alliance franco-anglaise. Dans la nuit du 13 au 14, des gens avaient campé aux Champs-Élysées pour se trouver au matin à la meilleure place et le spectacle de la revue avait dépassé toutes les espérances : les grandes écoles, la gendarmerie, les chasseurs au pas rapide, la Légion avec ses sapeurs barbus, la hache sur l'épaule, son pas noble et lent évoquant les déserts de l'Empire colonial, les marins, les marsouins, les aviateurs, les soldats venus des colonies et des protectorats : fantassins du Tonkin, tirailleurs sénégalais, soldats syriens en culotte courte, cavalerie marocaine, spahis aux dolmans écarlates qui ressemblaient tous à Jean Gabin, et l'artillerie, les chars d'assaut, les avions ! Et l'on applaudissait les uniformes si bien coupés des Anglais avec ces bonnets à poil qui en faisaient des géants, les Écossais en kilt aux accents joyeux et aigrelets des cornemuses. « Deux millions de combattants dans l'Empire ! » affirmait Georges Mandel. La ligne Maginot connue par les actualités cinématographiques était une longue cité souterraine, un miracle de béton et d'acier, et, bientôt, la ligne Daladier la prolongerait jusqu'à la mer. Jusqu'où n'irait-on pas ! A l'intérieur de ses frontières imprenables, la mer s'ouvrant sur des colonies fidèles et des alliés sûrs, la France pouvait danser la java et le *lambeth walk,* jouer au PMU et déguster la meilleure cuisine et les meilleurs vins du monde. Même les pessimistes, les esprits chagrins, les défaitistes, auraient-ils supposé qu'ils ne reverraient pas cela l'année suivante et toutes les autres années, que cette apogée sonnait le glas d'une époque et d'une manière de vivre ?

Hervé et Julienne partis, l'appartement retrouva son silence, la vie son train-train rythmé par le carillon Westminster de la salle à manger. Marceau aidait son frère Jami à faire ses devoirs. En Suisse, il avait renouvelé sa garde-robe et portait des costumes Prince-de-Galles, des vestes anglaises à soufflets et à martingale. Il parlait de ses amis de Suisse et paraissait en villégiature à Paris. Sa parole était devenue rare et lente, avec un accent chantant rapporté d'Helvétie. Parfois sa voix se cassait et l'on craignait la réapparition de cette mauvaise toux sèche, mais elle avait disparu. Il parlait de compagnons de sanatorium dont les noms étaient connus : le fils Roüy des fromages Roüy d'Or, un fils Panhard, et cela flattait la tante Victoria. Il retrouva une camarade guérie comme lui et dont le père était *shirtmaker* rue de la Paix. Les parents furent invités. Déjà la tante Victoria parlait de fiançailles et Marceau répondit par un rire amer et des sarcasmes : « Ils furent heureux et eurent beaucoup de petits tuberculeux ! » L'après-midi, allongé sur son lit tout habillé, une couverture sur les jambes, il sommeillait. Le soir, il se couchait tôt, appelait Olivier pour une partie de dames. Il avait des colères soudaines : s'il perdait, il jetait le damier et Olivier devait partir à la recherche des pions ; s'il gagnait, il accusait son adversaire de faire exprès de perdre. Parfois il s'enfermait dans sa chambre pour écouter ses disques de jazz et on savait qu'il ne fallait pas le déranger. Lui-même, avant d'entrer dans la pièce aux provisions où se trouvait le lit de cuivre d'Olivier, frappait, attendait l'autorisation d'entrer, prenait un journal littéraire, le feuilletait et disait : « Tout ça... », mais il mesurait d'un regard admiratif les piles de livres d'Olivier qui avaient débordé de l'armoire et occupaient le devant et le dessus de la cheminée de marbre avec un espace libre pour un carré de miroir, et, comme pour faire plaisir à son cousin, il empruntait quelque livre, Gide ou Kafka, et remerciait exagérément en ajoutant avec de l'ironie et de la malice affectueuse :

— Pratique d'avoir un cousin intellectuel !

Il observait Olivier avec une attention profonde, presque gênante, lui prenait les mains et le regardait longuement. Un soir, il dit sur un ton rêveur : « Le petit Olivier, le petit Olivier de la rue Labat... »

A l'imprimerie, le principal sujet de conversation était le Tour de France que gagna, comme en 1936, le Belge Sylvère Maes succédant à son compatriote Romain Maes, alors que la majorité des ouvriers avait misé sur le petit Breton Cloarec. La politique semblait en sommeil. On parlait bien des Allemands, mais David disait qu'avec Staline aux fesses, ils n'oseraient rien tenter, tandis qu'Hullain et Nestor affirmaient que Roosevelt restait le meilleur bouclier. Et puis, ces Allemands, c'étaient des crève-la-faim : ils fabriquaient des brosses avec des arêtes de poisson, du caoutchouc et de l'essence avec du charbon et même du sucre avec du bois !

Il arriva que Samuel vînt chercher Olivier à l'appartement. Il le présenta rapidement à Marceau et insista pour qu'on partît très vite comme s'il avait peur qu'on lui volât son ami. Mais Marceau se contenta de tendre une main indifférente. Il n'était plus le meneur de jeu, celui dont la personnalité forçait l'imitation. Il se tenait à l'écart, étranger et silencieux. « C'est un garçon qui a souffert, disait l'oncle Henri, le temps va lui rendre son appétit de vivre... » La tante Victoria conseillait l'indulgence, disait que comme les montagnes de Suisse avaient guéri son corps, l'air vif de Saugues fouetterait son esprit.

Cette année-là, les Desrousseaux décidèrent que l'imprimerie ne fermerait pas et que les ouvriers prendraient leurs congés par roulement. Un plan de vacances fut établi sur du papier millimétré avec de longs traits figurant les jours d'absence de chacun. Le nom d'Olivier y figurait. Il eut le choix entre Montrichard et Saugues où il pourrait rejoindre Marceau pour deux semaines et c'est Saugues qu'il choisit. Jami resterait en

Touraine avec Marguerite qui avait maintenant un vrai fiancé, un sergent-chef de la Coloniale.

Durant ce temps, alors qu'on ne parlait que des congés, loin, dans une nouvelle « ville libre » appelée Dantzig, les incidents se multipliaient.

*
**

Olivier fêta à Saugues ses dix-sept ans en compagnie de la mémé, de l'oncle Victor et de Marceau devant une tourte aux airelles quadrillée de pâte dorée. Comme la maison était petite et que Marceau tenait à sa liberté, il occupait une chambre chez Chany à l'Hôtel de la Terrasse. La prédiction de sa mère tendait à se réaliser : à Saugues, Marceau retrouvait de l'allant et du goût pour la vie. Il faisait de longues randonnées à bicyclette, allait pêcher la truite dans la Seuge, fouettant le cours de la rivière d'une ligne impatiente malgré les protestations des pêcheurs sédentaires. Il avait même une petite amie estivante au Villeret.

Toute la gaieté venait du tonton Victor que les jeunes adoraient. Il ne savait qu'inventer pour leur plaire, les distraire. Dès qu'il cessait de battre le fer ou de ferrer chevaux et vaches, il partait avec eux pour rejoindre des copains devant chez le coiffeur Chadès ou dans des cafés de village. A peine plus âgé que ses neveux, il aimait jouer à l'oncle, profitant de cette condition parentale pour voiler de pudeur sa bonté et sa générosité. Marceau disait de son forgeron d'oncle : « Tu sais, Olivier, nous rencontrons une chose rare : un homme ! » et Olivier, bien que trouvant la phrase pompeuse, approuva.

La mémé vieillissait sans que cela se vît. Rugueuse, sauvage, se partageant entre le tricot, le fourneau, l'église, les pèlerinages et le cimetière, elle menait une vie immuable et de rude écorce. Un jeu était de dire : « On va faire *marronner* la mémé ! » Les garçons montaient tous les trois l'escalier de bois en silence, ouvraient la porte et s'approchaient les bras ouverts, avec joie et cérémonie, pour l'embrasser. Dans un bruit de galoches, elle tentait de leur échapper, jouait de tous ses membres et s'écriait : « Ah ! les drôles, les coquins, de ma vie ! de ma vie ! » et elle continuait dans sa langue : « *Preco preco preco ! Saï que beleou ! Co fero pas coum'aco, vaï !* » Mais ils savaient que si elle détestait les « poutous » et les manifestations affectueuses, obscurément cela lui faisait plaisir, et aussi de les voir manger comme des ogres, dans une bonne odeur de feu de pin, surtout Victor et Olivier qui s'y entendaient à engloutir de vastes omelettes aux mousserons et des ragoûts longuement mijotés, et même à épuiser la bouteille.

Devant la forge, sur le mur, séchaient des champignons. Dans l'étable où les vaches avaient été décimées l'année précédente par une épidémie de fièvre aphteuse, le bois de fayard, les sacs bosselés de petit bois et de pommes de pin, les bûches entassées disaient qu'on n'aurait pas froid l'hiver. Le cellier bien garni, les caisses de pommes de terre, les sacs d'oignons, les chapelets d'ail, les quartiers de lard suspendus aux poutres confiaient la fierté des richesses acquises et aussi qu'on ne demandait rien d'autre à la vie sinon la santé et le travail.

« Autrefois aussi, l'*ousta* était pleine de jeunesse ! » disait la mémé en pensant à la génération précédente. Le fauteuil du grand-père n'était occupé que par la chatte et cette présence animale semblait garder sa place. Un soir, la mémé eut cette parole de croyante :

— Olivier... Ton pépé, il n'est pas parti, il est arrivé.
— Où ça ?
— Là-haut. Il se promène avec ton pauvre père.

Comme le temps des vacances était compté, il restait le plus qu'il pouvait auprès de sa grand-mère. Elle lui reprochait d'être tout le temps dans ses jupes tout en le retenant près d'elle. Il la comprenait, il l'aimait. S'il allait se promener sur le Cours National, il se trouvait comme dans une cour d'école à la récréation. Ses copains l'appelaient, lui racontaient des histoires, le blaguaient. Il fallut rendre visite à des cousins, des cousins de cousins dont on ne saisissait plus très bien le lien de parenté. Chaque fois, dans des logis qui se ressemblaient, où l'on trouvait les mêmes odeurs de laitages et de salaisons, parmi des femmes souriantes et des enfants intimidés, l'hôte apportait le jambon, le fromage et la bouteille. Olivier ne pouvait refuser le partage du pain sans s'exposer à des reproches : « Tu ferais le *maniérouse* avec nous, tes cousins ? » Le refus provisoire n'était reçu que comme politesse et Olivier ouvrait son Laguiole pour couper la bonne nourriture et boire le canon qui le grisait.

– Tu as vu la petite cousine du fond de Saugues ?

– Deux fois. Il y avait Lilou. Elle est jolie, la Lilou.

– Comme sa mère...

La mémé qui persistait à le traiter en enfant, s'il faisait l'éloge de quelque beauté campagnarde, secouait la tête avec une fausse colère et disait, pour lui, Victor et Marceau à la fois : « De ces putaniers ! » et Olivier aimait ce langage rude.

Auprès d'Olivier, compagnon de sa grand-mère, Marceau faisait figure d'insaisissable. Son teint perdant sa pâleur, il était comme un elfe, un feu follet, tantôt ici, tantôt ailleurs, comme cette Bête du Gévaudan qu'on apercevait jadis partout à la fois.

– Oh ! l'Escoulas, passe un peu par ici !

C'était Olivier qu'on appelait ainsi du sobriquet familial.

Marceau en cela le jalousait :

– Ne croirait-on pas qu'il n'y a que toi à être un Escoulas. Ma mère était la sœur de ton père, non ?

– Peuh ! c'est parce que tu es un Desrousseaux, un homme du Nord.

– Je suis aussi Escoulas que toi. Tout ça parce que le mâle prime sur la femelle dans notre aimable société. Tu n'as pas réfléchi à cela, petit garçon !

« Petit garçon » : le vrai Marceau réapparaissait. Naguère, il disait même : « petite âme populaire ». Et Olivier déplaçait le débat, philosophait, forçait son talent pour montrer qu'il avait bien changé. Il alla jusqu'à dire :

   — Je ne suis plus puceau, tu sais !

   — Toi ? A d'autres ! Le jour où tu me feras croire ça !

Un matin, Olivier partit seul pour une longue marche dans la montagne. Il emprunta la musette de Victor, la chargea de lard rose et de pain, de pommes, et présenta son visage à l'air chargé d'ozone. En altitude, l'été prenait un goût d'automne. La bise jetait des gifles de pluie argentée et il dut s'abriter sous les bras d'un sapin en observant le jeu des corneilles. Plus haut un berger gardait ses moutons et ses chèvres, debout et immobile comme une statue, dans ce manteau lourd, de chaude étoffe, recouvert de toile bâche, avec une capote et un capuchon, portant le nom patois difficilement prononçable de *san-hïlle*. Quand la pluie cessa, il le quitta et apparut en blouse, en pantalon et en sabots. Il rejoignit Olivier à grandes enjambées, le salua et lui proposa de boire un coup de vin à son bidon, ce qu'on ne saurait refuser sous peine d'offense. Olivier but le moins qu'il put en prolongeant son geste, en essuyant ensuite le goulot de la paume de la main comme quelqu'un qui connaît les usages.

Il était jeune et mince, ce berger, mais les intempéries avaient à ce point sculpté son visage que des rides couraient sur sa peau tannée. Comme Olivier partageait avec lui le pain et le lard, il dit : *De paye ou di fè tsa empli lou bounet,* et, à la demande d'Olivier traduisit : « De paille ou de foin il faut remplir la bedaine. » Et de s'enquérir du promeneur, de reconnaître en lui le petit-fils du *fabre,* Auguste, le forgeron de Saugues, d'évoquer une rencontre avec Victor à quelque foire. Après deux siècles, on parlait toujours de la Bête du Gévaudan : était-ce un gros loup, une hyène, une panthère, un garou, un malfaisant ? Jamais personne ne le saurait, à moins qu'elle ne revienne. Et à parler ainsi, à caresser le chien, à regarder les moutons, le moment de *medzourna,* du repas de midi, approchait. « Au revoir, sans adieu, ménagez-vous ! » Et de grands saluts pour vous accompagner jusqu'au versant de la colline, derrière les genêts et les floraisons de bruyère.

**
*

Olivier n'avait fait qu'entrevoir la belle Ji qui partait chez des parents du côté de son père dans les Cévennes. Ce débrouillard de Marceau obtint en location une antique bagnole, une « as de trèfle » décapotable qui s'emplissait de copains comme Anglade, Chambaron ou Lonjon avec qui on faisait des balades. Ils parcoururent le Gévaudan, la route des crêtes entre Haute-Loire et Lozère, visitèrent la vallée de la Seuge, de la cascade du Luchadou à Notre-Dame-d'Estours où la Vierge était apparue à des enfants. Ils découvrirent les châteaux d'Ombret et de la Clauze, les églises romanes de Saint-Christophe d'Allier, Saint-Vénérand, Chanaleilles, des demeures paysannes vastes comme des manoirs, aux massives architectures contrastant avec les lignes douces du paysage, des granges-étables adossées aux pentes des terrains dont les moellons surgissaient puissamment du sol dans le scintillement du granite gris aux solides boutisses accrochant la lumière, et aussi des cafés villageois, des buvettes chez l'habitant où l'on emplissait le verre directement au tonneau.

— Tu as de la veine, dit Olivier à Marceau, toi, tu restes.

— C'est parce que je suis en convalescence.

Marceau ne se trouvait à son aise qu'en Suisse ou à Saugues, cette Suisse du Gévaudan. A Paris, l'étouffement le gagnait. Il confia à Olivier qu'il ne comprenait pas la manière de vivre de ses parents, le conditionnement de leur vie à leur réussite sociale, qu'il n'aimait que les princes et les gueux. Il n'osait envisager son retour à Paris : « Ce que je vais m'ennuyer... » et il pensait autant à l'ennui quotidien qu'à une autre sorte d'ennui, le monstre délicat qu'Olivier avait entrevu dans les poèmes de Baudelaire. Marceau lui donna une marque d'affection en avouant :

– Il n'y a que toi qui pourrais me comprendre.

Olivier inclina gravement la tête, mais Marceau ajouta aussitôt : « Je ne veux pas t'encombrer de ma vie. » Il enviait Victor, il enviait Olivier d'être porteurs d'un trop-plein d'énergie qu'il tentait de simuler par ses turbulences.

Samuel se trouvait en vacances à Amélie-les-Bains. Olivier lui écrivit des lettres moins longues que celles de l'années précédente, non parce que leur amitié perdait des forces, mais au contraire parce que leur exigence réciproque interdisait les bavardages. Dans cet échange de correspondance, les points de suspension abondaient et il fallait toujours déchiffrer quelque énigme, répondre à quelque question inattendue, presque absurde ou marquée de byzantinisme et susciter soi-même l'intérêt comme si chacun craignait qu'un fil ne se rompît.

*
**

Un matin, très tôt, Olivier prit le car de Saint-Chély-d'Apcher où il rejoignit Jean et Élodie pour une journée. Ils habitaient chez la mère d'Élodie, rue du Château, une maisonnette avec une boutique qui était la salle à manger, le lieu de séjour. La vielle femme s'occupait de porter les rares télégrammes et, pour cela, une sonnette la reliait à l'hôtel des postes. En bas de la rue, se trouvait un boulanger et Olivier trouva du plaisir à regarder le pétrissage de la pâte et l'enfournage des pains.

Si proche de Saugues, Saint-Chély ne lui ressemblait guère, faisait plus ville, on y voyait moins de bétail, mais les alentours portaient les mêmes délices, et, avec Jean, Élodie et son jeune frère, Olivier se baigna dans la Truyère, près d'une chute d'eau qui caressait les épaules, vers le fameux viaduc de Garabit. Jean et Élodie faisaient très Parisiens en villégiature. La jeune femme qui n'avait jamais perdu son accent chantant puisait dans son entourage un regain de musicalité. Son rire sonnait comme des clochettes et elle portait un charme capiteux. A des riens, des toilettes, on voyait que Paris l'avait façonnée et ses anciennes amies l'enviaient. Olivier trouva que son frère Louis, l'électricien, ressemblait à la fois à Victor et à Lucien. Quand, à la fin d'une journée douce, ils se quittèrent, Jean et Élodie prolongèrent les adieux, comme s'ils ne devaient pas se revoir bientôt à Paris. Jean glissa une pièce dans la poche d'Olivier pour qu'il fasse le jeune homme.

— A la semaine prochaine, au turbin...

*
**

A Saugues, Olivier fit une provision ardente d'images. Il monta sur les hauteurs pour contempler la bourgade et la garder en lui. Chaque fois qu'il parcourait du regard ces alignements de toits rouges groupés sous la protection de la tour des Anglais et de l'église Saint-Médard, filant dans toutes les directions à la conquête de la campagne, il ressentait la même émotion. Il imaginait des ancêtres inconnus et, un rameau à la main fouettant l'air, il revenait se fondre dans le village aux ruelles ombreuses et fraîches, parmi ses habitants qu'il saluait tous même s'il ne les connaissait pas, absorbant le pays de tout son être. Un troupeau de vaches brunes, des enfants s'amusant, un homme charriant des sacs de plâtre sur une brouette, une ancienne mangeant sa soupe devant sa demeure, le plus humble spectacle apportait sa magie. Et voilà que, comme un rappel de la précarité, l'archiprêtre, précédé par deux enfants de chœur en galoches, l'un portant la croix d'argent en haut d'une hampe noire, se dirigeait vers quelque demeure endeuillée, et Olivier pensait à son grand-père.

A l'occasion d'une « vogue », Olivier, en compagnie de Victor et de Marceau, se rendit à un bal de village. Tandis que s'exprimait par la danse la joie campagnarde, il regarda les visages éblouis par une valse lente, les sourires, l'application et la gravité des pas, et, devant tant de bonheur simple, une mélancolie inexplicable le visita, comme s'il s'était trouvé exilé à jamais de tout cela qui demandait sa participation. Plutôt que de danser, comme Victor et Marceau qui se chipaient leurs cavalières, il se tenait en retrait, appréciait les déhanchements, les inclinaisons de buste, le mouvement des pieds, cette manière des danseurs de poser la main de champ contre le dos de la dame pour ne pas tacher d'humidité son corsage ou même le protégeant d'un mouchoir. A l'entrée, on marquait le poignet des messieurs d'un tampon qui laissait une tache violette. Après chaque danse, tout le monde applaudissait.

– Tu ne danses pas, Olivier ?

Comment expliquer qu'immobile, il dansait intérieurement plus que les autres et avec toutes les jeunes filles à la fois ?

Plus jamais des vacances ne seraient aussi belles, mais, heureusement, on ne le savait pas. A Saugues, Olivier connut encore quelques jours de liesse toujours assombris le soir à la pensée du départ. Il faudrait attendre un an, plus peut-être, car avec Montrichard...

– La mémé va y aller de sa petite larme, dit Victor au moment de la séparation, pour cacher qu'il était aussi désolé qu'elle de voir partir son « nebou ».

A Langeac, avec son bagage, un colis de charcuterie et de fromages du pays, Olivier monta dans une troisième classe du train de nuit pour Paris. Sur le quai, Victor et Marceau agitèrent l'un sa casquette, l'autre son mouchoir. Et la marche du train déchira le tissu d'adieu qui les unissait.

*
**

Olivier se casa dans un coin en face de deux jeunes filles aux visages d'anges. Plus tard, vers Brioude, quand ils partagèrent les casse-croûte, elles lui confièrent qu'elles étaient parisiennes et sœurs jumelles, ce qui se voyait bien. Sous la petite veilleuse bleue, il les regarda s'endormir l'une contre l'autre, leurs cheveux blonds se mêlant. Il ne fit que sommeiller, les caressant du regard dans l'obscurité, comme s'il veillait sur elles.

Tandis que le petit jour se levait sur le train aux vitres zébrées de pointillés de pluie et que les visages fripés portaient des traces charbonneuses, les jeunes filles étaient restées fraîches comme au départ, gardant seulement sur la bouche la ravissante moue des sommeils enfantins. Elles se levèrent, se sourirent et tapotèrent une même jupe plissée en écossais avec des bretelles croisées dans le dos, arrangèrent d'identiques cheveux en nattes et, s'avisant de la présence d'Olivier, lui adressèrent le même sourire. Béatement, Olivier les regarda en repoussant une expression absurde : une paire de jumelles. Pourquoi vêtait-on les jumeaux de même manière alors qu'au contraire il eût fallu les différencier par le vêtement ? A Saugues, il existait ainsi deux vieilles demoiselles qui, toute leur vie, avaient acheté leurs habits en double : peut-être leur faisait-on des prix ?

Les sœurs blondes sortirent en même temps que lui dans le couloir où des voyageurs malchanceux étaient assis sur des valises. Ils assistèrent à un lever de soleil rouge et dansant. De temps en temps, Olivier souriait à l'une, puis à l'autre équitablement et elles répondaient discrètement, avec une réserve qu'elles ne montraient pas la veille. Olivier pensait : « Nous avons dormi ensemble... » Elles rentrèrent dans le compartiment et il resta seul, les yeux fermés sur un retour à ses vacances.

Devant la forge, Victor ferrait un cheval gris. La mémé, malgré son grand âge, serrait le fer sur le pied d'une main osseuse et ferme, dans une odeur de corne brûlée, de sueur de cheval et de crottin. Avec ses cheveux battus par le vent, ses yeux bleus de candeur, le maréchal-ferrant paraissait très jeune. Le travail terminé, il fallait boire un canon au café Laurent avec le client. Puis Victor rentrait, se lavait les mains à la fontainette d'émail et la mémé lui tendait un torchon. Il appelait ses neveux pour le repas de midi qu'on nommait dîner, et l'on mangeait des mets succulents comme le mouton aux pommes de terre à la brayaude ou le salé aux lentilles du Puy... L'image proche passa et fut remplacée par un calendrier suspendu à un clou où chaque jour Olivier arrachait un feuillet avec un gros numéro rouge en murmurant : « Déjà... »

Il attendit son tour pour procéder à une toilette de chat et se coiffer avant de retrouver sa place. Les autres voyageurs perdaient toute existence, il ne voyait que les jumelles. L'une d'elles paraissait plus mince que l'autre et sur son front il distingua une légère marque brune. Il s'enhardit et reprit la conversation amorcée la veille et interrompue par le repas :

– Vous étiez en vacances ?

Elles se consultèrent avant de répondre et Olivier se demanda si elles n'allaient pas le faire ensemble d'une même voix. Celle dont le front portait la tache répondit :

– Nous étions à Châteauneuf-de-Randon chez notre grand-mère.

– Comme c'est curieux ! Moi j'étais à Saugues, et aussi chez ma grand-mère.

– Vous avez passé de bonnes vacances ? demanda l'autre jeune fille. Ah oui ? Nous aussi. Il a fait beau.

– J'ai un oncle qui s'appelle Victor.

– Nous aussi, nous avons un oncle, mais c'est Antoine.

Et voilà que tous trois répétaient : « C'est curieux, c'est vraiment très curieux... » comme si le fait d'avoir une grand-mère et un oncle constituait une originalité, mais l'on savait que la conversation, avant d'aller plus avant, doit se fonder sur des assises de complicité. Elles dirent habiter rue de Paradis, non loin de la gare de l'Est (comme Olivier !), leur père était originaire de Lille (comme l'oncle Henri !) et leur mère de Châteauneuf-de-Randon.

– Je me nomme Olivier Chateauneuf...

– C'est curieux, très curieux vraiment. Moi c'est Claire et ma sœur Clarisse.

– Enchanté. Vous êtes étudiantes ?

– Non, nous travaillons toutes les deux depuis un an dans un magasin, dit Claire, et sa sœur, avec un regard malicieux, précisa sur un ton inspiré : dans un magasin de porcelaine.

– Moi, je suis dans l'imprimerie, confia Olivier regrettant de ne pas trouver un rapport avec la porcelaine autre que celui du fameux éléphant. Nous approchons de Paris...

Pourquoi la peau de Clarisse était-elle plus hâlée que celle de Claire ? Leurs nattes leur donnaient un aspect de gretchens. Sur les fronts bombés et les jolis nez, la même poussière de soleil. Dans la lumière matutinale, les nuances des yeux bleus s'éclaircissaient. Elles mordillaient sans cesse leurs grosses lèvres de bébé Cadum. Comme le train traversait la banlieue de Paris avec ses immeubles grêles, ses pavillons et des émouvants carrés de choux, ils échangèrent rapidement des adresses. Olivier possédait de minuscules cartes de visite qu'il avait imprimées lui-même et il en tendit une avec quelque préciosité.

Les parents des jeunes filles les attendaient au bout du quai, près de la locomotive qui jetait un ultime souffle de vapeur. A la hâte, elles lui tendirent la main, elles se mirent à courir, les sacs tyroliens leur battant les jambes. Olivier, tout rêveur, tendit le billet au contrôleur et prépara la monnaie du ticket de métro. Jusqu'à la station Château-Landon, il ne fit que répéter la litanie de leurs prénoms : « Claire et Clarisse, Clarisse et Claire... » comme un jeune amoureux promis à la bigamie.

Cinq

En cette fin du mois d'août, Olivier trouva un Paris déserté : cette année-là, on comptait un million de « congés payés ». Malgré l'absence de David, de Lucien et d'Émile, les machines tournaient à plein rendement. Jean, encore tout à ses souvenirs de Saint-Chély, s'était attelé à la Centurette qu'il connaissait mal. Olivier surveillait les Express, les chargeait de papier blanc, les délivrait de papier imprimé. L'oncle Henri faisait fonctionner la Phénix qui imprimait des dossiers bulle. Hullain se tenait au massicot. L'oncle demandait qu'on poussât la vitesse et l'impression en souffrait, parfois des feuilles se prenaient dans les rouleaux encrés et il fallait arrêter la machine. Jean signalait qu'on ne gagnait pas de temps en se précipitant.

– Mon oncle, le caractère ne vient pas bien.

– Mets un peu plus de pression !

– Ce n'est pas du travail, pestait Jean.

Comme Marguerite était à Montrichard avec Jami et Louise en vacances à Saint-Léonard-de-Noblat, le soir les Desrousseaux et Olivier dînaient à La Bière. Olivier adorait la brasserie où des serveurs en gilet rouge servaient des chopes de bière plus grandes qu'ailleurs et où l'on pouvait choisir ses plats, le plus souvent des choucroutes ornées des différentes saucisses fumées, de jambon cuit et de jambonneau. Après le repas, ils prenaient la rue Lafayette jusqu'à la gare du Nord où l'on consommait à une terrasse des infusions de tilleul.

En l'absence de Ji, Olivier avait rédigé à la main les relevés de comptes mensuels, de sa petite écriture penchée, encore scolaire, avec pleins et déliés, et des majuscules ouvragées. La tante lui avait conseillé une écriture droite pour constater ensuite :

– Tu vois, ton écriture se personnalise. Tu écrivais comme un gendarme.

Les Nouvelles littéraires avaient répondu à un envoi de poèmes par un refus poli, prétextant une abondance de manuscrits. Olivier retint le mot « pléthorique » et un morceau de phrase : « en dépit de leur évidente qualité ». Il imaginait le monsieur qui lui avait répondu à lui, un inconnu, à la signature illisible, comme quelqu'un d'important, comme M. Lacroix-Laffitte qui, malgré une faute prosodique, avait jugé un sonnet correct. S'il savait qu'Olivier écrivait des vers libres et, de plus, obscurs !

C'est dans *L'OEuvre* que l'oncle Henri lut que Joseph Staline, ne voulant pas, lui non plus, « mourir pour Dantzig », venait de signer un pacte de non-agression avec Adolf Hitler, ce qui fit crier à l'immoralité et à la trahison. Assisterait-on la Pologne, proie entre deux ogres ? Le général Gamelin affirmait l'excellence de l'armée polonaise. Guy La Chambre assurait que l'aviation de chasse française équilibrait celle de l'Allemagne, que l'Angleterre se chargerait du bombardement, et l'on comptait sur de nouveaux Guynemer pour faire la différence. Il était bien évident pour M. Campinchi et l'amiral Darlan que la flotte avait la supériorité. Et Benito Mussolini reculait déjà, Vorochilov assurait que le pacte germano-soviétique n'était pas dirigé contre la France. L'Allemagne manquait de tout. Personne ne tenait à la guerre, pas même les généraux. Non, il s'agissait d'une partie de poker fondée sur le bluff. Pourtant, la guerre, chacun y pensait, comme à un événement impossible, mais y pensait tout de même dans un souci permanent.

– Je lui en parlerai à David de ses communistes, dit Hullain, je lui en parlerai...

Les jours insensiblement raccourcissaient. En attendant le retour des absents, les ouvriers encore en congé, Ji, Marceau, Jami, Marguerite et Louise, Olivier éprouvait une impression d'entracte. Se sentant coupable de trop courtes missives alors que Saugues le requérait, il écrivit à Samuel, encore à Amélie-les-Bains, d'interminables lettres qu'il appelait « bafouilles », cette fois d'une écriture droite, avec des fantaisies de présentation, des calligrammes et des dessins en marge du texte. Samuel lui répondit en lui parlant d'un nouvel ami nommé Paul, ce qui déplut à Olivier.

Une fin d'après-midi, après avoir effectué une livraison en métro rue Edouard-VII, il déambulait sur les boulevards, sa toilette verte sous le bras, quand il vit près de l'église de la Madeleine une jeune femme en tailleur bleu qui s'évertuait à faire jouer un cric pour dégager une roue de sa Simca 5 dont le pneu était dégonflé. Galamment, s'excusant de son indiscrétion, il lui proposa ses services. Elle le laissa faire avec indifférence, et, quand il eut terminé, elle ouvrit son sac :

– Tiens, c'est pour toi.

Elle lui tendait un billet de dix francs qu'il refusa, terriblement vexé, lui disant sur un ton impertinent :

– Figurez-vous que c'était pour le plaisir...

Une nuit, il rêva que Claire et Clarisse l'entouraient de leurs bras mêlés, le serraient, l'emprisonnaient dans des vagues de cheveux blonds. En se réveillant, il ouvrit la fenêtre pour rafraîchir son corps brûlant. Au matin, il se rendit rue de Paradis, mais ne put déchiffrer sur le rectangle de papier le numéro de l'immeuble. Alors, il parcourut toute la rue, immeuble par immeuble, côté pair puis impair, sans les retrouver. Il pénétra dans les nombreux et souvent admirables magasins de vaisselle et de cristaux qui caractérisent la rue de Paradis sans succès. Et lui qui les avait magnifiées, prêt à aimer l'une ou l'autre ou peut-être les deux à la fois ! Il revit leurs jupes écossaises bien sages, leurs manières délicates, certains petits sourires aussi qu'elles échangeaient : se seraient-elles moquées de lui ?

A les embellir encore dans son imagination, il en fit des comédiennes et, pour les retrouver, hanta le café Métropolis vers la porte Saint-Martin où se retrouvaient les acteurs, le Fouquet's où il n'osa pas entrer, le café de Saint-François-Xavier près du cours René Simon. Cette recherche l'occupa toute une semaine. Les jumelles resteraient un souvenir.

Fin août, la vie de Paris semblait arrêtée. Beaucoup de boutiques étaient fermées et il fallait se rendre rue de Flandre ou avenue Jean-Jaurès pour trouver une boulangerie ouverte. Même les salles de cinéma étaient vides. Olivier vit des comédies américaines qu'on repassait l'été : *Madame et son clochard, L'Extravagant Mr Deeds, Vous ne l'emporterez pas avec vous.* Puis un John Ford : *La Chevauchée fantastique.* Son pécule de vacances à peine entamé lui permit l'achat d'une encyclopédie, d'un stylographe à cartouche et de nombreuses plaquettes de poèmes. Dans un hall d'attractions, boulevard de Strasbourg, il joua au football miniature avec des garçons qu'il ne connaissait pas et qui faisaient fonctionner l'appareil en fraude au moyen d'une lamelle de métal. Il visita des petits musées peu fréquentés en regrettant que Samuel ne fût pas avec lui.

Il errait à la recherche de quelque chose d'inconnu et d'exaltant qui ne se manifestait pas. Et, brusquement, tout spectacle lui semblait incongru. Il s'abîmait dans la contemplation étonnée du quotidien : un garçon de café frottait le cercle de cuivre d'un guéridon, une femme battait un tapis avec un instrument en osier, une arroseuse municipale laissait une traînée humide sur l'asphalte, des valises empilées par tailles devant un magasin l'entraînaient vers l'Égypte des Pyramides, des mannequins de bois dénudés chez le fourreur qui fait fureur créaient un paysage surréaliste. Une petite phrase destructrice le visitait : « Il ne se passe jamais rien ! »

*\
**

Le 1ᵉʳ septembre, Paris s'était empli d'un coup et tout semblait redevenu comme auparavant. En apparence du moins, car les visages encore dorés du soleil des vacances s'assombrissaient, se fermaient comme les rideaux d'une chambre. Le temps s'était radouci et Paris avait la fièvre. Jamais on n'avait tant lu de journaux. Jamais on n'avait tant écouté les informations de la TSF. Une angoisse lourde se propageait, une peur du lendemain et même de l'heure à venir jusqu'alors inconnues et que l'activité urbaine, les forces vitales, les appels à la confiance ne pouvaient dissiper.

Dans la nuit, l'éclairage avait été interrompu sur la Ville Lumière. Des sacs de sable s'empilaient devant les monuments. Les chefs-d'œuvre du Louvre, certains dans des caisses depuis 1938, avaient pris la direction de la Bretagne. Devant les immeubles, des pancartes rectangulaires portaient le mot ABRI en lettres grasses. Prétextant une agression, les troupes allemandes progressaient en Pologne, les tanks décimaient la cavalerie polonaise, les Stukas écrasaient les armées.

— Olivier, va voir si *Paris-Midi* est arrivé.

Il posa son composteur chargé de caractères sur le rebord de la casse, prit la pièce qu'Hullain lui tendait et fila vers le métro Louis-Blanc où des groupes attendaient devant le marchand de journaux des nouvelles fraîches. Deux clans se formaient : ceux qui croyaient à la guerre, ceux qui n'y croyaient pas ou feignaient de n'y pas croire, par exorcisme. Deux hommes faillirent en venir aux mains : l'un d'eux n'affirmait-il pas que Staline souhaitait une guerre qui lui permettrait de déclencher la révolution mondiale ! Olivier vit naître et grandir une haine soudaine, imbécile entre ces hommes qui ne se connaissaient pas quelques instants plus tôt. Des femmes les séparèrent : « Si nous nous battons entre Français... »

« Complètement loufes ! » pensait Olivier prêt à retrouver sa gouaille montmartroise de titi. Et aussi : « Quelle bande de schnoques ! » La peur de la guerre rendait les adultes idiots. Ils avaient des comportements infantiles. Même ce monsieur à l'allure de père noble qui regardait les antagonistes calmés en répétant : « Allons, messieurs, allons... », ce qui ne voulait rien dire. Olivier vit heureusement un garçon de son âge déjà rencontré chez le loueur de voitures à bras. Ils échangèrent un signe qui en disait long sur leurs aînés. Eux restaient pleins de quiétude, et même amusés par tout cela qui changeait le cours de la vie et permettait de surprendre dans un état autre, tout désordonné, sans certitudes, ces gens si sûrs d'eux habituellement.

A l'arrivée du porteur-cycliste, ce fut une ruée sur les feuilles, et la pile de *Paris-Midi* s'enleva rapidement, l'infortuné marchand de journaux ne parvenant pas à encaisser assez vite. Olivier revint avec son journal à la main faisant exprès de ne pas lire les gros titres, mais la concierge du 31 *bis* rue Louis-Blanc l'arrêta, déploya la feuille luisante d'encre fraîche et se lamenta sous le sourire ironique d'Olivier. En plus des informations écrites ou diffusées par la radio, d'autres, souvent folles, couraient de bouche en bouche. Il suffisait que quelqu'un lève les yeux vers le ciel pour qu'un groupe de badauds se forme, chacun scrutant quelque gros nuage d'où surgirait peut-être un monstre d'acier porteur de bombes. Il soufflait dans les esprits un vent d'apocalypse qui contrastait avec une fin d'été souriante. Ceux qui paraissaient calmes la veille prenaient un masque soucieux, parfois tragique, à la fois par l'effet d'une crainte réelle et pour montrer le sérieux de leur caractère. Les crispations du visage, par mimétisme, se communiquaient. Les passants à l'allure étrangère étaient examinés avec suspicion et il ne faisait pas bon s'exprimer avec un accent inconnu. Ne disait-on pas dans le quartier Louis-Blanc que le teinturier du magasin La Réparation appartenait à la Cinquième Colonne ! Son rideau tiré, il avait disparu. Une nouvelle maladie, l'espionnite, composait des visages d'inquisiteurs.

Cette information : *La mobilisation générale est décrétée,* bien qu'elle fût attendue, fit l'effet d'une bombe dont chacun reçut les éclats. Tout l'atelier cessa le travail pour se pencher sur le journal et échanger des réflexions navrées. Un silence et un avant-goût de mort. On venait de parler de vacances, de nature, de jardins, de routes et de plages, et l'on s'éveillait sur un cauchemar. La voix du gros Émile sonna faux :

— La mobilisation n'est pas la guerre.

David et Jean qui allaient partir le toisèrent avec presque de la haine. David revint à sa machine, la regarda comme une fiancée que l'on doit quitter, et commença à ranger ses outils. Jean, accoudé au marbre, mit sa tête dans ses bras, puis s'éloigna vers le lavabo pour cacher sa peine. C'est seulement à ce moment-là qu'Olivier quittant son air goguenard, prit conscience de la réalité et se sentit bouleversé, comme s'il n'avait pas prévu que Jean pût partir. Il mesura l'affection profonde qui le liait à Jean et Élodie, les témoins de sa petite enfance et de la mort de sa mère. Ils s'aimaient tant ces deux-là et le drame allait les séparer.

Olivier passa devant le beau Gil et Lucien qui parlaient à voix basse, hésita devant sa casse parisienne. Hullain le regarda par-dessus ses lunettes, il avait cherché en vain dans les articles à l'intérieur du journal une information rassurante. Ses yeux de myope, pleins d'intelligence et de sensibilité, semblaient encourager Olivier qui rejoignit Jean aux lavabos.

L'imprimeur était appuyé, un bras contre le mur, et il regardait devant lui, dans le vide, intensément. Olivier ne lui dit rien, se contentant de rester là, près de lui, les yeux baissés, et le silence les unit plus que des paroles. Jean ouvrit inutilement le robinet et regarda l'eau couler, puis il le ferma, eut un semblant de sourire, posa sa main sur l'épaule d'Olivier et dit : « Embrasse-moi, va ! j'en ai besoin... »

**

Les murs reçurent bientôt les affiches barrées de tricolore : l'ordre de mobilisation générale « *à partir du 2 septembre, 0 heure* ». Olivier pensa qu'on mobilisait à partir d'une heure néant, sans existence. Des passants se groupèrent devant l'affichage de l'école communale de la rue Eugène-Varlin. Un ancien à la boutonnière ornée d'une échelle de rubans faisait des comparaisons avec la mobilisation de 1914, parlant de cloches et de tocsins, d'enthousiasme et de Marseillaise :

— Quand il faut y aller, il faut y aller !

Il ajouta sur un ton convaincu : « On les aura ces sales Boches ! » Une femme le regarda par en dessous, avec mépris. Elle était grise dans cet attroupement, grise comme ses cheveux, comme sa robe, comme sa peau. Elle secoua la tête et dit tristement :

— Vous oubliez combien de morts, d'invalides, de gueules cassées ! Réfléchissez un peu. Faites fonctionner votre pois chiche. Votre guerre, personne n'a envie de la faire.

Les autres écoutaient, observaient un mutisme serré, s'efforçant de ne manifester aucune opinion, n'approuvant ni ne désapprouvant, ne sachant pas bien au fond, mais montrant une lassitude désabusée. Savaient-ils que penser ? Et ceux qui pensaient ne disaient-ils pas ce qu'on dit fatalement dans ces cas-là ? Des images traversèrent la pensée d'Olivier : aux Invalides, une procession de mutilés dans des petites voitures suivant l'enterrement d'un des leurs ; et ce « gueule cassée » qui habitait l'immeuble sur cour du 210 dont on n'osait regarder le visage ; et le monument aux morts de Saugues avec tous ces noms de famille connus, les commentaires du grand-père.

— Salope, dit l'ancien combattant, et il répéta : Salope !

— On n'est pas une salope quand on est contre la guerre.

Le vieux tout rouge, la femme très pâle. Il levait une main menaçante et la femme se rapprochait de lui, disait : « Osez, osez le faire ! » Olivier se glissa entre eux, écarta le bras de l'homme d'une main ferme.

— Et toi, petit salaud...

– Mais non, dit Olivier, mais non.

Le groupe se dispersa. Seul resta l'ancien combattant en colère, comme un gardien devant l'affiche.

Les événements se précipitaient. Le Parlement était convoqué. Les titres des journaux apportaient quelques lueurs d'espérance : Daladier cherchait à éviter le conflit, quêtait la médiation de Mussolini, et le comte Ciano donnait des assurances à Paris. Le président Roosevelt lançait un appel pour que les villes ouvertes ne soient pas bombardées. Mais à son tour l'Angleterre mobilisait.

Au déjeuner, avec Ji, le front marqué d'un coup de soleil, l'oncle et la tante ne parlaient que de ça. La tante prenait cette mobilisation comme une atteinte personnelle : « Nous faire cela à nous ! » L'oncle Henri fut apaisant :

– La parole est aux diplomates.

– On ne peut plus reculer, dit sa femme, sinon cela recommencera dans trois mois.

Olivier et Ji se contentaient d'écouter les aînés dont la gravité les atteignait. Ji avait de longs doigts délicats et souples dont les mouvements fascinaient. Sur le dos des mains et les poignets de l'oncle Henri courait une mousse de poils roux. Les doigts de la tante se crispaient sur la fourchette et le couteau. Elle repoussa son assiette et dit :

– Je ne peux plus avaler une bouchée.

– Il faut manger, il faut manger, répéta l'oncle Henri.

Pourquoi Ji regardait-elle si souvent Olivier comme pour le questionner ? Il lui versa à boire et elle le remercia avec un sourire si affectueux qu'il se méprit sur sa signification et qu'un flot de joie l'envahit.

– Il faut faire rentrer Marceau et Jami, dit la tante.

En de telles circonstances, il lui fallait tout son monde près d'elle pour le protéger et pour qu'il la protégeât.

– Il n'y a aucune raison, observa l'oncle, au contraire.

– Je veux les avoir près de moi.

Elle reprit son assiette et coupa soigneusement un morceau de la côtelette charcutière, puis reprit d'une voix déserte :

— Et mon frère qui part. Ma mère qui sera seule... Olivier, c'est la guerre qui a tué ton père !

— Jean va partir aussi, dit Olivier.

— Je lui enverrai des mandats. Et toi, au lieu d'acheter des livres, tu lui expédieras des colis au front. Je lui ai donné un pull-over et un cache-nez.

Comme si cela arrangeait tout ! Que répondre sinon : « Oui, ma tante ! » et regarder Ji pour quêter son attention, peut-être un nouveau sourire. Louise, rentrée du Limousin, faisait mal son service, elle pensait au fils des fermiers voisins, à Marguerite et à son sous-officier. Et la TSF où l'on entendait un laconique bulletin et dont la musique solennelle portait sur les nerfs.

— Encore heureux que Marceau ne soit pas mobilisable, avec sa maladie...

Au moins, cela servait à quelque chose. L'oncle Henri, monolithique, répéta que cette guerre était impossible. La tante éprouvait l'impression que ses paroles se brisaient contre un mur. Elle cherchait un reproche, le trouvait :

— Et pendant ce temps-là, mon mari boit du bourgogne !

— Pourquoi je ne boirais pas du bourgogne ? En veux-tu ?

— Oh ! non. Ce n'est pas le moment...

Un regard en direction d'Olivier comme pour chercher une aide chez quelqu'un de fragile, mais peut-être plus ouvert et sensible que son mari. Des mots encore :

— Ils appelleront peut-être les jeunes classes. Enfin, tu n'as que dix-sept ans. Et l'atelier, les commandes. Il va falloir remplacer nos combattants. Olivier, fini de s'amuser ! tu entends ? tu m'écoutes ? Et s'il le faut, je me mettrai aux machines. Comme autrefois. J'attendais Marceau et je transportais des piles de rames de papier...

— Victoria, dit l'oncle d'une voix courroucée, en voilà

assez ! Ici on dramatise tout. Puisque je dis qu'il n'y aura pas la guerre, il n'y aura pas la guerre. Un point c'est tout.

Un silence. Le chef de famille a parlé. L'arrivée du plateau de fromages et son renvoi d'un geste impératif. La même chose pour le dessert. Et la belle Ji et Olivier qui semblaient dire : « C'est gai ! » et qu'une jeune complicité unissait. La tante s'apaisa au café, se voulut conciliante, presque confiante :

– Avec les abris et les masques à gaz, nous nous en tirerons peut-être. Il faudra toujours garder son masque avec soi, en bandoulière, ce n'est pas si lourd. Ce soir, tous ensemble, nous ferons un exercice de maniement.

Les masques à gaz ! Il avait fallu suivre une longue file d'attente pour les obtenir. Olivier trouvait cette boîte cylindrique ridicule. On disait que les clochards en remplaçaient le contenu par leur chopine. Pourquoi celui de l'oncle Henri était-il dans une musette ?

– Enfin, Henri, c'est bien d'avoir accepté d'être chef d'îlot, c'est bien ! Je vais aménager notre cave. Le vieux divan, tu sais ? Avec une couverture, nous y serons bien. Il faut aussi une lampe. L'acétylène, tu crois ? J'aurais bien dû faire rentrer les couche-partout de Montrichard.

Olivier, Lucien et Jacquot passèrent la journée à badigeonner de bleu les vitres de l'atelier. Olivier s'occupa des phares de l'automobile. A l'entrepôt, Jacquet et les magasiniers en firent autant pour la grande verrière. A l'appartement, on tendit des rideaux de toile cirée opaque. Partout les vitres reçurent une application de papier kraft gommé placé en croisillons. Les demeures se fermaient à la lumière du jour comme des prisons, des cercueils.

Pourquoi en sortant de l'appartement Ji avait-elle serré le bras d'Olivier ? Il se répétait déjà qu'il l'aimait. Oubliée Vivy, oubliée Junie Astor, oubliées les jumelles menteuses. Oublié même « l'endroit chouette » de la rue du Château-d'Eau, cette pauvre aventure. Dans un univers en proie à l'angoisse,

Olivier, avec un doux sourire, comptait sur ses doigts les syllabes d'un poème d'amour.

***

Le samedi, avec l'aide de Jacquet venu en renfort, les machines roulèrent toute la journée. Le temps de la semaine anglaise semblait révolu. Plus de « semaine des deux dimanches », comme disait ironiquement Paul Reynaud. David et Jean partis, Lucien fut promu ouvrier et, avec l'aide d'Hullain, de l'oncle Henri et d'Olivier, les commandes de la SNCASO, les affiches de la CGT, les fiches Kardex et les travaux de ville sortirent des presses. On ne s'attardait pas à préparer, comme Jean et David, de fines mises en train. Le châssis bloqué, on donnait de la pression et les presses roulaient à leur plus vive allure.

Le repas de midi fut pris en compagnie de Victor qui rejoignait un centre de rassemblement à Nancy et ne passait à Paris que quelques heures entre la gare de Lyon et la gare de l'Est. Il portait son pantalon de forgeron, un pull à torsades au col roulé sous un blouson de cuir et une casquette à pont. Il avait pensé à apporter des truites dans des herbes, des cèpes et une tomme savoureuse du pays. Sa présence, dans le luxueux appartement, jurait et la tante lui proposa vainement de meilleurs vêtements. Comme le père d'Olivier, comme l'oncle Henri artilleur en 1914, il partait, de la mélancolie dans ses yeux bleus, triste non parce que la guerre approchait et parce qu'il risquerait sa vie, mais parce qu'il était exilé de Saugues et de sa forge.

Il assura que la mémé ne manquerait de rien et, le visage rose, qu'avant son départ il s'était fiancé. La promise s'occuperait de sa future belle-mère. Et Marceau était encore auprès d'elle. Il allait bien et avait retrouvé sa santé morale. La tante dit qu'elle enverrait chaque mois un mandat à la mémé, et à Victor aussi, et des colis. Toutes les cinq minutes, elle disait à ce frère bien plus jeune qu'elle et qu'elle considérait comme un fils : « Mon pauvre garçon... » et il la regardait sans comprendre. A Saugues, on réquisitionnait les chevaux. Les autres maréchaux-ferrants n'étant pas tous mobilisables, pour le ferrage des vaches, ils s'en tireraient, mais qui sait si plus tard la clientèle reviendrait ?

L'oncle Henri l'accompagna sur le quai de départ et lui offrit des paquets de Gauloises bleues en l'assurant qu'il reviendrait bientôt : « Tu n'auras pas même le temps de toutes les fumer ! »

A six heures, Olivier prit lui aussi le chemin de la gare de l'Est, mais avec Ji qu'il accompagna à son autobus et dont il prit le bras. Jamais il ne s'était promené ainsi avec une jolie fille qu'il serrait contre lui. La station de métro Château-Landon était fermée par une chaîne où pendait un écriteau indiquant les plus proches stations ouvertes. Ils se penchèrent sur les barreaux donnant sur les quais de la gare en contre-bas encombrés d'appelés qui ressemblaient tous au tonton Victor avec leurs valises, leurs musettes, leurs sacs de camping, une couverture roulée en bandoulière. Des femmes et des enfants essuyaient des larmes. Les employés de gare et les gendarmes invitaient les hommes à monter dans les wagons. On entendait des coups de sifflet. Un drapeau sortit d'une portière, des mains s'agitèrent, et quand le train démarra on entendit une pâle Marseillaise bientôt effacée.

Ils traversèrent le faubourg pour oublier ce triste spectacle. Olivier serra le bras de Ji et dit : « Je t'aime, tu sais ! » Elle répondit : « Tu te répètes. Ce n'est pas une raison parce que... » La boutique du cordonnier était fermée et on lisait sur une pancarte : « Magasin français. M. Charles mobilisé ». Des enfants trop chaudement vêtus entouraient un autocar. On les évacuait vers la campagne et ils portaient une carte avec leur nom inscrit sur leur vêtement. Cela faisait penser à un départ en colonie de vacances. Ils devaient avoir envie de jouer ou de chanter, mais les regards attristés des parents les en empêchaient.

Sur l'esplanade de la gare de l'Est, Ji et Olivier se lâchèrent le bras pour courir, car l'autobus allait partir et le receveur criait : « Pressons, pressons... » Ji tendit sa bouche vers la joue d'Olivier et, dans sa précipitation, l'embrassa sur les lèvres. Il ne vit pas là une simple maladresse. Tandis que le receveur tirait la poignée de la chaîne, il lui envoya du bout des doigts un baiser fervent.

*
**

Pour rentrer, il prit son temps : il savait qu'on ne parlerait que des événements. La charcuterie Schmid fermait ses portes. Des mobilisés, seuls ou accompagnés de famille, marchaient lentement, à regret, en direction de la gare. Les terrasses étaient pleines et l'on y entendait les accents de toutes les provinces. Les sacs et les valises s'amoncelaient près des guéridons. On voyait beaucoup d'officiers de tous âges, en uniforme kaki, avec des vareuses boutonnées jusqu'au cou, en képi, parfois chaussés de souliers de fantaisie ou de chaussures de ski à bout carré. Certains avaient grossi et les uniformes boudinaient sous le ceinturon trop sanglé. Des appelés les regardaient à la dérobée. Il en était aux traits flétris qui paraissaient âgés, d'autres qui portaient un visage poupin d'enfant. L'un d'eux qui avait trop bu chantait en imitant Tino Rossi.

Le matin, Olivier avait reçu une lettre de Samuel sans la moindre allusion aux événements. Il lui disait qu'à Amélie-les-Bains existaient des Jeux floraux et qu'il devrait envoyer un poème. Son père terminait heureusement une cure et sa mère envoyait à toute la famille Desrousseaux son bon souvenir. Il lui parlait encore du *Journal* d'André Gide et, pour se faire plaisir à lui-même, d'une « capsule du temps » que les Américains avaient enterrée à l'intention des habitants de la planète aux siècles futurs et qui contenait le résumé des connaissances humaines. Il serait de retour vers le 15 septembre et les rencontres, les conversations, les promenades,

les sorties au spectacle reprendraient. La lettre se terminait par
« Je te serre la cuillère ».

Olivier rejoignit le canal Saint-Martin par la rue du Terrage.
Près de la baraque avec la bouée de sauvetage et l'inscription
« Secours aux noyés », il regarda le mouvement des eaux de
l'écluse entrouverte. Il observa le pont tournant et il pensa qu'il
ne l'avait jamais vu tourner. D'une péniche montait une odeur
de friture. Il s'éloigna, passa devant les papeteries où le gardien
de nuit assis devant la grille fumait sa pipe. Au garage Parodi,
le mécanicien lui dit : « Tu n'as pas lavé la bagnole
aujourd'hui ! » et il répondit : « Trop de boulot ! »

Il fallait bien rentrer, trouver l'oncle et la tante assis devant le
poste de TSF dont on ne cessait de tourner les boutons dans
une criaillerie de parasites. Olivier gagna sa chambre, ouvrit la
fenêtre et s'accouda à la croisée. Quelqu'un faisait hurler sa
radio, sans doute pour que toute la cour en profite, et l'on
entendait Jean Sablon chanter « Je tire ma révérence ». Il
regarda en bas, là où venaient parfois des chanteurs des rues à
qui on jetait une pièce enveloppée dans du papier journal. La
concierge sortait de la cave avec un balai et une poubelle pleine
d'ordures. Des locataires avaient donné des tapis usagés dont
on couvrait le sol humide pour donner à ces caves un air
d'appartement.

« Si j'écrivais à Samuel ? » Non, Olivier n'en avait pas le
goût. Il se surprenait brusquement à vouloir entendre les
nouvelles lui aussi. Il revint vers la salle à manger en
demandant. « Rien de neuf ? » et l'oncle Henri répondit
laconiquement :

– Dantzig résiste.

La tante tricotait un chandail. De temps en temps, Louise,
étonnée qu'on ne la sonnât pas pour le dîner, venait regarder à
la porte. L'oncle ferma le poste qui ne faisait que diffuser de la
musique et dit :

– Il paraît que la DCA polonaise est très efficace. Les
Polonais sont de bons soldats, mais les Prussiens aussi, il faut

bien l'avouer. Un train blindé allemand a été pris. Les Polonais s'accrochent. Ils se demandent ce que nous attendons. La France et l'Angleterre ont sommé l'Allemagne de revenir sur ses frontières. Hitler peut encore se dégonfler. Chaque heure est historique ! Si on dînait ?

    — Si tu veux, dit la tante en soupirant.

A peine avait-elle posé le pied sur le bouton de la sonnette électrique, sous la table, que Louise entrait portant la soupière fumante qui répandait un parfum de soupe aux pois cassés avec des croûtons frits à la poêle. Elle sentait délicieusement bon et Olivier avait grand-faim.

Un dimanche, un beau dimanche quand même. Tandis que les hommes politiques désemparés donnaient une idée de marionnettes, usaient de phrases claironnantes du genre « union sacrée de tous les Français », des parfums de café et de croissants chauds venaient de la cour de l'immeuble. Olivier en pyjama bleu était assis devant la fenêtre ouverte, à sa table, avec près de lui *Lewis et Irène* de Paul Morand et son carnet de molesquine ouvert sur un poème inachevé.

De l'autre côté de la cour, un homme se rasait devant sa fenêtre, grimaçant pour tendre sa peau sous le rasoir mécanique. On entendait des chamailleries d'enfants et la voix de Louise qui, de la fenêtre de la cuisine, conversait avec la couturière d'en face. « C'est comme moi... », disait-elle et la femme répondait : « Moi aussi... » Un lointain phonographe jetait une musique éraillée. Après un marchand d'habits et son antienne de laquelle aucun mot ne se détachait, mais qu'on comprenait tout de même, un livreur de charbon cria : « Émiroff ! Émiroff ! ». D'une fenêtre, une dame à l'accent russe répondit : « Je descends ! » Il y eut des bruits de vaisselle, de tapis battus, de machine à coudre. Tout cela formait la symphonie heureuse du dimanche matin et de la grasse matinée.

La salle de bains étant inoccupée, Olivier se savonna le corps et se frotta au gant de crin, prit une douche brûlante suivie d'une autre glacée, fit gla-gla-gla et s'essuya énergiquement avec la serviette qui sentait l'eau de Cologne. Il se brossa les dents devant le miroir grossissant, se coiffa les cheveux en arrière, essaya une raie au milieu, revint à sa première manière et abusa de la brillantine. Il se regarda complaisamment, se dédia un clin d'œil dans la glace, fit jouer ses biceps, gonfla ses pectoraux en affirmant : « Pas mal du tout le mec Olivier ! » et en ajoutant : « Mais un peu cinoque ! »

Il donna des coups de poing et des claques au traversin et à l'oreiller, retapa le lit et cacha les mauvais plis sous l'édredon piqué que recouvrait une couverture au crochet. Par deux fois, la porte de l'appartement s'était ouverte et refermée : sur l'oncle Henri en quête des nouvelles, sur la tante Victoria partie aux commissions. Dimanche ! Quel que fût le menu du déjeuner, sans doute du gigot aux flageolets, il y aurait au dessert ces délicieux tom-pouce au marasquin glacés de sucre. A moins que la mobilisation... « La barbe avec leur guerre ! » Il pensa cependant à Jean, à Victor et au grand David : peut-être se rencontreraient-ils. Il imagina aussi Hervé, le mari de Julienne, en chasseur alpin, surveillant à skis la frontière italienne.

La veille, l'oncle Henri avait coiffé un casque, pris la musette au masque à gaz où se trouvait aussi un nécessaire de secours aux blessés et, en compagnie de sergents de ville et d'autres chefs d'îlot, était parti à la chasse aux lumières. Dès qu'une fenêtre laissait filtrer l'électricité, ce qui arrivait souvent sur les cours intérieures d'immeubles, ils criaient « Lumière ! Lumière ! » et l'on pensait aussitôt à des espions nazis faisant des signaux à des avions qu'on croyait sans cesse entendre.

L'essai des masques à gaz avait été pour Olivier un moment réjouissant. Ce caoutchouc qui vous collait à la peau, ces hublots qui vous donnaient un air de scaphandrier et que la buée masquait, cela paraissait effrayant et ridicule. « Jamais j'pourrai m'habituer à c'fourbi ! » dit Louise, et la tante répondit : « Il faudra bien ! » Olivier fit la sauterelle, puis imita la sirène et se cacha sous la table avec une mimique apeurée et des gestes comiques. La tante jugea la chose de mauvais goût : « On ne plaisante pas avec cela ! »

Olivier prépara deux messages à l'intention de Marceau et de Jami qui rentreraient en fin de semaine, chaque phrase commençant par « On est prié de... » et donnant des conseils humoristiques de défense passive, avec cette finale : « On est prié de ne pas empoisonner l'existence du sieur Olivier Chateauneuf ! »

– Ma tante, il y a des tom-pouce ?

– Évidemment, dit la tante en posant ses filets à provisions, évidemment. Si tu cirais les chaussures ? Louise ne peut pas tout faire.

– Évidemment, évidemment...

Chère Louise ! Si la tante savait que l'oncle Henri lui tapotait son petit derrière rond quand elle passait près de lui ! Il avait surpris ce geste et l'oncle avait dit :

– Hum ! Hum ! Olivier, je te donne vingt francs pour acheter des livres.

Et ce regard qui disait : « Pas un mot à la reine mère ! » Cette complicité d'hommes ponctuée d'un clin d'œil. Et Louise qui se tortillait, haussait les épaules avec un de ces sourires en coin ! une manière de dire à Olivier : « Qu'attends-tu pour en faire autant ? »

Il lisait Paul Morand dans sa chambre quand l'oncle rentra et appela : « Victoria ! Victoria ! ». Elle répondit : « Ça y est, c'est la guerre ? » et, pour elle comme pour Olivier qui arrivait, il dit d'une voix tremblante :

– Non, mais la guerre est invévitable ! On le dit partout...

– Espérons encore, dit la tante.

– On ne parle que de ça partout. On lit la guerre sur les visages. La vox populi ne se trompe pas.

L'oncle Henri annonça encore qu'on réquisitionnait des automobiles. Les cafés devaient fermer à vingt-trois heures sous peine d'amende. Le repos hebdomadaire était suspendu dans les établissements de l'État. Aux Halles, le marché n'ouvrirait plus qu'à midi. Déjà, les bennes Sita des éboueurs n'avaient enlevé les ordures qu'en fin de matinée. Tout allait à la dérive.

A la fenêtre, Olivier se pencha sur le faubourg. Un autobus chargé de militaires passa. Une vieille ramassait des cageots de bois écrasés. Un clochard fouillait parmi des épluchures. La gérante de Loiseau-Rousseau, devant sa boutique, bâilla bruyamment et regarda autour d'elle toute surprise. Il régna un silence soudain.

Un vieillard ouvrait son journal, faisait quelques pas en lisant, le refermait, le rouvrait, repartait en secouant sa tête blanche, rentrait les épaules comme si, en plein soleil, il avait froid.

Le repas fut comme un conseil de guerre, la tante Victoria distribuant des ordres :

— Olivier, chaque samedi, tu t'occuperas des colis à nos soldats... Louise, vous nettoierez les Thermos pour qu'ils soient toujours prêts et emplis de café au moment des alertes... Henri, nous descendrons la table de bridge et les pliants à la cave : autant jouer aux cartes... Il faut que je trouve de la laine kaki...

— Ne nous affolons pas, dit son mari.

— Est-ce que je m'affole ?

— Non, mais...

La question se posa de savoir si le père Marchand, à la retraite depuis dix ans, voudrait revenir travailler à l'imprimerie. On pourrait embaucher une margeuse : n'y avait-il pas maintenant des receveuses dans les autobus ! Le gigot était trop cuit et Louise avait oublié l'ail. Les tom-pouce parurent moins bons que ceux du dimanche précédent.

— Olivier, ce n'est pas le moment de rire, et de rire bêtement.

— Je ne ris pas, ma tante, je souris.

— Ça me fait drôle d'être à l'arrière, dit l'oncle Henri, je me sens très vieux brusquement.

— C'est aux jeunes de faire la guerre.

Olivier se demanda pourquoi et des pensées secrètes, peu conformistes, qui émanaient de certaines lectures, le traversèrent. Et ce moment de sa vie qui jaillissait du fond de sa mémoire, sans le secours de l'*auto-skiff* cette fois. Il était assis sur un tapis de corde et jouait avec des bobines. Sa mère, assise derrière le comptoir de coupe de la mercerie, cousait. Son père se tenait à cheval sur une chaise. Il avait de très longues jambes, ses cheveux et ses moustaches frisées au petit fer étaient très bruns. Olivier restait fasciné par un gros soulier orthopédique, une cicatrice en haut du front, une canne à bout caoutchouté qui ne le quittait jamais. Il réclamait du vin rouge. Quel était l'âge d'Olivier ? Cinq ans, six ans peut-être. Et une voix rageuse montait, faisait tressaillir la femme et l'enfant : « Sans cette putain de guerre... »

— Non, non et non, répéta l'oncle Henri, la fourchette et le couteau dressés, plus j'y pense et plus je me dis que tout cela est impossible. Les armées sont trop puissantes, les armes trop destructrices. Et il y a la ligne Maginot, les Sénégalais...

— Quoi, les Sénégalais ?

— Les Teutons ont peur des Sénégalais. Ils ne font pas de quartier. Ce sont des soldats redoutables.

Olivier, en tournant sa cuillère dans la tasse de café, rêvassait. La plate-forme de l'autobus. Ji se précipitant, se retournant pour un dernier regard, recevant toute surprise le baiser donné du bout des doigts. Peut-être avait-elle eu envie de le rendre, mais avec tout ce monde ! Ils s'étaient tenus par le bras, comme un couple. Une pensée embarrassa Olivier : les événements ne provoquaient-ils pas ce resserrement des êtres ? Et si la peur la gagnait, elle aussi ? Il se vit bardé de fer comme un chevalier pour la protéger.

– J'ai enfin trouvé des fillettes vides, dit l'oncle. Olivier, tu m'aideras à mettre le rosé en bouteilles.

Ils décidèrent d'aller au cinéma et consultèrent les programmes. Au César, on donnait *Les Aveux d'un espion nazi*, à l'Alhambra *Pensionnat de jeunes filles*. La tante dit : « Choisissons quelque chose de plus gai ! » et l'oncle proposa *M. Brotonneau* avec Raimu, au Colisée, et *Circonstances atténuantes*, au Marivaux. Ils parlèrent des théâtres et des music-halls fermés par manque de personnel et d'artistes. L'oncle voulut attendre les informations de quatorze heures. Finalement, il était trop tard pour quitter le quartier et l'on se décida pour un cinéma de la rue Lafayette qui donnait *L'Enfer des Anges*, avec le petit Mouloudji.

En sortant de la nuit du cinéma, on regarda vers le ciel qui s'était couvert, on quêta sur les visages des passants les effets de nouvelles supposées inquiétantes. Devant l'immeuble de la CGT, des groupes de syndicalistes parlaient à voix basse. L'oncle prétexta une course pour se rendre au bureau de tabac et sans doute boire une chope en écoutant les propos des clients et dire : « Rien de neuf ? » au patron. En rentrant, la tante demanda à Olivier de lui donner le bras. Tout devenait gris, le ciel, les immeubles et les visages.

En fin de soirée, il se mit à pleuvoir. Gagné par la contagion pessimiste, Olivier n'avait plus de goût à rien. Soudain, l'oncle Henri dit :

– Sombre dimanche !

Il faisait allusion à la chanson portant ce titre et dont on disait qu'elle avait provoqué tant de suicides. Olivier remua ce mot « dimanche » dans sa tête comme un dé dans un gobelet de cuir et d'autres refrains lui revinrent : « C'est aujourd'hui dimanche, tiens ma jolie maman... » Puis : « Les beaux dimanches de printemps – Quand on allait à Robinson... » et il fredonna la suite : « Comme des oiseaux dans les buissons – On s'embrassait à chaque instant... »

– Olivier, je t'en prie, dit la tante.

Il leva un regard étonné. On ne chanterait donc plus ? Il se réfugia dans un livre de poèmes. La pendule grignotait les minutes. Il s'aperçut brusquement qu'il parcourait les lignes de vers sans vraiment les lire. Une lecture morte. Il changea en vain de livre. Et une fine pluie d'été frappait les vitres par rafales rageuses.

*
**

Le lendemain, à la typo, Nestor le bossu arracha la page du calendrier-éphéméride, dit à haute voix : « Lundi 4 septembre 1939 » sans savoir qu'il nommait une date historique, lut le texte illustrant le dessin naïf du feuillet et ajouta : « C'est stupide ! » Après l'échange de quelques paroles évasives, Hullain dit :

– Au boulot, les gars ! Je ne vois pas ce qu'on pourrait faire d'autre.

Les apprentis se regardèrent. Lucien gonfla ses joues et fit passer l'air de l'une à l'autre. Gil émit un ricanement sans savoir à qui ou à quoi il s'adressait, puis il vérifia si l'encre n'avait pas séché sur le rouleau à épreuve. Le gros Émile changea sa lame de massicot. Félix mit la prise de courant de son pot de colle et se moucha en trois fois de plus en plus bruyamment.

Olivier fut chargé d'un encartage à la machine. Tandis que le bras de l'Express posait un feuillet imprimé et numéroté, il devait glisser un feuillet rose qui servirait de double quand Félix aurait piqué une couverture et encollé un ruban de toile grise. Ce travail réclamait une attention constante.

Ce fut Jacquot, muni d'une pièce de cinquante centimes, qu'on chargea en fin de matinée d'aller acheter le journal. Les machines arrêtées, tous les ouriers se réunirent autour de la table de brochage. Depuis onze heures, l'Angleterre était en état de guerre avec l'Allemagne. Hitler était resté sourd aux démarches des ambassadeurs et même de Mussolini son partenaire de l'Axe. Pour la France, un dernier espoir : l'ambassadeur, M. Coulondre, devait se rendre à midi à la Wilhelmstrasse pour demander au gouvernement allemand sa réponse à la communication du 1er septembre. Mais le bombardement de la ville de Czestochoma, la Lourdes polonaise, les mille cinq cents morts des villes ouvertes de Pologne, n'étaient-ils pas déjà une réponse ?

— Alors ? demanda Olivier.

— Alors, mon petit gars, c'est la guerre.

— Merde alors, jeta le beau Gil, il manquait plus que ça.

— C'est pas encore fait, observa Lucien qui pensait à son vélo de course.

— Tu parles ! dit le gros Émile.

Ils se remirent au travail. L'oncle Henri vint faire un tour. Il distribua à chacun des bribes de phrases : « Ça va être dur, hein, Hullain ?... Travaillez bien, les jeunes !... Alors, Émile, ça nous en rappelle... Bon, pas d'informations avant une heure moins le quart... »

Les aînés, à l'exception de Félix qui s'enfermait dans un retrait farouche, échangeaient des regards de connivence comme s'ils détenaient en commun un secret. Avant de partir, l'oncle tendit une petite enveloppe à Olivier :

— C'est un mot pour toi.

— Pour moi ?

— Oui, sans doute un billet doux, mon garçon. C'était sur ma planche à dessin. Je ne sais pas qui l'y a posé.

Olivier mit l'enveloppe dans la poche de sa salopette et attendit que l'attention se fût détournée de lui pour aller lire aux lavabos.

Fébrilement, il ouvrit l'enveloppe. A l'intérieur sur un bristol, un trèfle à quatre feuilles était retenu par un morceau de Rubafix. En dessous on lisait : « Pour te remercier » et c'était signé par un grand J. La semaine précédente, il avait offert à sa cousine Ji un petit mouchoir brodé à son initiale. Il se sentit fou de bonheur. Il répéta : « Ji, Ji, Ji... » pensant avoir trouvé le chemin de son cœur.

Quand il revint vers l'Express, il rayonnait d'une joie qui faisait contraste avec les visages assombris des ouvriers. Il poussa la barre de mise en marche de la machine et profita du bruit pour fredonner un refrain, ce qui, un tel jour, eût choqué les autres.

Le soir, le titre seul de *L'Intransigeant* s'étala sur la moitié de la page, avec les mots LA GUERRE en lettres grasses et soulignées de cinq centimètres de hauteur et une phrase encore soulignée : « La France et l'Angleterre sont en état de guerre avec l'Allemagne. » Et dans un encadré : « Londres, depuis onze heures... Paris, depuis dix-sept heures... » Suivait l'historique des vaines négociations, la nouvelle d'une contre-attaque des Polonais, le texte du discours radiodiffusé de M. Chamberlain, un éditorial se terminant par « Non, la patrie ne peut pas périr. » Toutes les autres rubriques paraissaient vaines : le feuilleton de Pierre Humbourg, l'ambassadeur de Turquie sur la tombe du soldat inconnu, la bonne position des États-Unis pour la Coupe Davis, etc. La rubrique astrologique portait un blanc : sans doute la crainte d'un communiqué secret. Et la première absurdité de la guerre : à Liège, la foudre avait fait éclater la charge d'explosif d'un pont miné. L'oncle Henri lisait et relisait tous les articles comme s'il s'attendait à trouver entre les lignes une nouvelle rassurante.

Les informations étaient les mêmes sur toutes les radios, Tour Eiffel, Radio 37 ou Radio-Cité. A dix-neuf heures trente, après une chaconne de Bach, on les entendit sans rien apprendre de nouveau. Plus tard, on écouta des mélodies par Jean Sorbier à Radio-Paris, puis « L'Heure des auditeurs » de Georges Briquet au Poste Parisien, mais la tante ferma rageusement le poste de TSF, puis elle éclata en sanglots.

**

Le lamento des sirènes s'insinua dans les oreilles des villes. Les êtres émotifs croyaient entendre le chant même de leurs nerfs blessés, une longue plainte prémonitoire qui poussait les corps au plus profond des cavernes où, poitrine creuse, tête basse, chacun pénétrait dans le monde du salpêtre, recevait des caresses froides sur les épaules et sentait la fragilité de sa peau.

Lorsque, les premiers tressaillements passés, les Parisiens s'aperçurent que les alertes étaient toujours de fausses alertes, l'invitation à se terrer devint comme une sorte de rite, l'appel d'un clocher futuriste à une étrange messe, une voix qui rappelait : « C'est la guerre, ne l'oubliez pas ! » Beaucoup de personnes délaissèrent même les abris ou le métropolitain devenu refuge pour rester chez elles dans une attente muette, en se donnant l'illusion du courage.

Les communiqués disaient : « *Les contacts sont progressivement pris sur l'ensemble du front* » et cela faisait penser à une rencontre quasi amicale, comme celle d'un match ou à une guerre en dentelle, avant que Roland Dorgelès trouve l'expression « drôle de guerre ». Dans le ciel, des ballons d'observation nommés « saucisses » se balançaient mollement et leur fragilité même éloignait les craintes. Des nouvelles se diffusaient comme l'enrôlement des étrangers à la Légion ou l'arrestation des Allemands résidant en France, mais aussi ce qu'on appelait « bobards », des histoires de négociations secrètes entre les antagonistes, de famine en Allemagne, de combats dont on cachait le nombre de victimes, de messages chiffrés par l'intermédiaire des mots croisés des journaux.

Olivier, quand il accompagnait Ji à la gare de l'Est, se surprenait à espérer une alerte bienvenue qui lui permettrait de la serrer contre lui dans quelque abri. Son trèfle à quatre feuilles ne le quittait pas, mais ce n'était peut-être qu'une attention délicate de la part de Ji. Pourtant...

Si la tante savait qu'il avait remplacé le masque à gaz dans sa boîte par des livres et le carnet de moleskine qui s'arrondissait ! Les lettres venues de secteurs postaux apportaient de calmes informations : Jean, affecté au train des équipages, parlait des chevaux qu'il soignait et qu'il s'était mis à aimer, Victor espérait être muté dans la cavalerie pour y exercer son métier.

La première surprise passée, tout redevenait plus normal. Marceau et Jami rentreraient et ce serait comme auparavant. Samuel, dans une dernière lettre, annonçait son retour d'Amélie-les-Bains, disait que si la guerre durait jusqu'au printemps, il s'engagerait. Élodie était retournée à Saint-Chély-d'Apcher auprès de sa mère et de son frère. La fiancée de Victor donnait des nouvelles de la grand-mère et la tante Victoria disait : « Cette petite veut se faire bien voir. Ses lettres sont d'ailleurs charmantes. »

Les anciens de la Première Guerre mondiale, comme Hullain et Jacquet, ne prenaient pas cette guerre au sérieux, mais ils se sentaient investis de responsabilités, parlaient de leur expérience. Dès les premières modulations de la sirène, Hullain criait : « Alerte ! Alerte ! » comme si lui seul avait entendu. Aussitôt, les machines se taisaient. Plus aucun bruit sinon celui des sirènes enflant leur voix et la laissant mourir. Sans raison, les anciens appelaient au calme, à la discipline. Les jeunes clignaient de l'œil, prenaient des airs goguenards, car cette pause inattendue les ravissait. Ils allaient pouvoir chiper du temps au patron. L'oncle Henri parlait de récupération de la durée des alertes, mais chacun disait : « Mon œil, tiens ! » ou « Polope polope ! » avec un geste de la main par-dessus l'épaule.

En ce début de guerre, alors qu'on croyait encore au bombardement immédiat des villes, une après-midi, le mugissement des sirènes parut effrayant. A l'entrepôt dont le vaste abri recevait aussi les habitants des immeubles voisins, Jacquet cria :

— Alerte ! Alerte ! A l'abri, allons, pressons, pressons !

Il fallait d'abord descendre dans un premier sous-sol d'où partait un escalier abrupt protégé par une large trappe et conduisant à un ancien souterrain muré formant une vaste salle. Dès l'entrée des entrepôts, de grosses flèches noires, sous le mot ABRI indiquaient la direction à prendre. Sur la porte de métal figurait un plan des lieux recouvert de cellophane. Aux voisins qui se pressaient en compagnie d'un chef d'îlot dont il voulait ignorer la présence, Jacquet faisait des observations : « On ne fume pas, voyons ! » ou « Et votre masque à gaz ? » Il s'effaçait devant Mme Desrousseaux, souriait à Ji, caressait la tête des enfants : « Laissez passer. Les femmes et les enfants d'abord ! » Des hommes serraient de précieuses serviettes ou des valises, les femmes des sacs à provisions ou des paniers d'où elles sortiraient leur tricot. Avec l'air noble d'un capitaine restant le dernier sur le pont d'un navire naufragé, Jacquet ne s'abriterait qu'après tout le monde, resterait sur le qui-vive près des pioches et des pelles, appuyé contre un sac de sable, sa lampe électrique à la main.

Mentalement, il compta ceux de l'entrepôt, ses ouailles, en secouant l'index sur chacun. Il s'écria : « Il en manque un ! » et il devina lequel. Il gravit les marches, se retourna :

– C'est Olivier comme de bien entendu, toujours le même. Olivier ! Olivier ! Quel outil, celui-là ! Il n'était pas en courses ou à l'imprimerie ?

– Non, dit Ji qui respirait une rose en bouton qu'elle tenait par le bout de la tige, il était avec moi dans le bureau.

Cette rose, elle l'avait trouvée sur son sous-main et elle souriait parce que la patiente fidélité de son cousin commençait à la toucher et parce que cela lui plaisait qu'il s'efforçât de ne rien faire comme les autres. Et Jacquet, homme de devoir, imaginant des bombardiers survolant Paris, et qui criait, les mains en porte-voix :

– Olivier, sale outil, cesse de faire l'œuf. Olivier, cette fois, c'est un ordre !

Un peu inquiète, la tante Victoria le rejoignit et appela, elle aussi, son neveu, sans grande conviction. Ce dernier, avec un sourire malicieux, s'était caché sous une bâche et, par le trou d'un œillet cerclé de métal, il les voyait parcourir l'allée à grands pas, passer près de lui à le toucher. Finalement, Jacquet et la tante Victoria rejoignirent l'abri avec des gestes fatalistes.

*
**

Resté seul, un vaste espace de silence autour de lui, Olivier sortit de sa cachette. Il se promena tranquillement comme si le monde appartenait à lui seul. Puis il assura le carnet de molesquine sous son ceinturon de salopette, déplaça une échelle, en gravit les degrés avec agilité, atteignit en sifflotant le sommet des rames double jésus disposées par quatre en carré et s'étageant en ordre contrarié. De là, il se hissa sur une pile de papier plus élevée, saisit la chaîne du palan et monta par à-coups jusqu'à la plus haute tour, là où personne ne pourrait le rejoindre.

Il s'allongea avec satisfaction sous la verrière teintée de bleu en se récitant du Baudelaire : « Au-dessus des étangs, au-dessus des vallées... » Il se sentait calme, libre, joyeux, et, en même temps, offert à quelque danger venu du ciel, avec une douce sérénité. Naguère, aux moments les plus douloureux de sa solitude d'orphelin, il se réfugiait dans un cagibi à balais, aux escaliers Becquerel, pour allumer tristement des allumettes suédoises les unes aux autres. Il pensa aux hauteurs de la Butte, aux montagnes de Saugues. Il se trouvait en accord avec une idée ascendante de la destinée. Maintenant, il allait au plus haut, sans se soucier de l'opinion d'autrui. Il sourit à la pensée de Samuel, puis de Ji. Il se répéta des bribes de poèmes qu'il connaissait par cœur :

> *Le Poète est semblable au prince des nuées*
> *Qui hante la tempête et se rit de l'archer.*

Et aussi :

Tu sillonnes gaiement l'immensité profonde
Avec une indicible et mâle volupté.

Il rêva longtemps. A Arnouville-lès-Gonesse, il grimpait sur un tas de pavés devenu navire. A Valpuiseaux, avec ses copains, il gravissait la sablière. A Nesles-la-Vallée, dans le parc du docteur où il suivait M. Caron, le jardinier, il voyait l'*auto-skiff* : elle brillait, jetait des lumières sur son passé et l'entraînait sur le futur. Et des fleuves, des rivières coulaient, graves, apaisants, la Seine et le Cher, la Seuge et la Truyère. Marceau préparait son retour. Et Jami. La guerre finirait vite. Jean, David, Victor reviendraient. Et Ji, la belle Ji l'aimait, contre toutes les preuves contraires il le croyait, il le savait, il en portait la certitude, elle l'aimait !

Dans sa pensée défilèrent des processions de bicyclettes et de tandems fleuris de coucous, des couples valsant dans un bal populaire, les rires de l'atelier, des théâtres splendides, des rayonnages chargés de livres, et des flots de bonheur le visitèrent, sans prévenir, comme ces poèmes venus de l'inconnu qui parfois le rejoignaient ou le souvenir des années d'enfance que le temps embellissait, une foule de visages encore, ceux de la rue Labat, de l'appartement, du canal, de Saugues, les fillettes chantantes de Montrichard.

Son exaltation était si intense, portait sans raison apparente un tel trop-plein de joie que la petite tache de malheur que contient tout bonheur trop fort, brusquement, s'agrandit. Des ombres estompèrent les clartés, les effacèrent, puis surgit le monstre, l'imbécillité sinistre de la guerre qui prenait la figure hideuse d'un masque à gaz. Il frissonna, serra les poings sur sa rage, son impuissance, son désespoir. Quoi qu'il arrivât et quelque danger qu'il courût, il ne se cacherait jamais dans une cave comme un rat. Cette révolte suffit à faire naître un arc-en-ciel, un rayon de soleil illumina comme un vitrail le bleu de la verrière et il reçut cette apothéose comme un appel de lumière venu d'un ailleurs inconnu.

Il aurait voulu que cette alerte fût interminable. Jamais le silence n'avait porté autant de pureté, jamais il n'avait senti ses pensées et ses rêveries se rassembler avec tant d'intensité en lui-même.

Olivier se croyait seul avec ses pensées quand une autre présence vivante se manifesta : sur la poutrelle, son amie la souris grise trottinait sans hâte, s'arrêtait en face de lui et le regardait. Il pensa : « Comme elle est belle ! » Il chuchota :

— Tiens ! Tu es là, toi, tu n'es pas dans l'abri ?

Le petit animal dressa le museau, regarda encore Olivier avec cette fois une mimique courroucée, comme s'il était vexé, et lui tourna le dos pour s'éloigner lentement.

Alors, les mains croisées derrière la tête, ses jambes repliées formant un pont, Olivier sourit, puis éclata d'un rire frais, sonore, plein de jeunesse et d'insouciance, traduisant le présent de son imagination et de ses forces vitales, un rire de joie qui s'envola vers le ciel jusqu'à faire frémir les sirènes qui marquaient pour les autres le retour à une lumière qu'il possédait en lui.